Carrie Ann Ryan n'avait jamais pensé devenir écrivaine. C'est seulement quand elle est tombée sur un roman sentimental alors qu'elle était adolescente qu'elle s'est intéressée à cette activité. Lorsqu'un autre romancier lui a suggéré d'utiliser la petite voix dans sa tête à bon escient, la saga *Redwood* ainsi que ses autres histoires ont vu le jour. Carrie Ann a publié plus d'une vingtaine de romans et son esprit foisonne d'idées, alors elle n'a guère l'intention de renoncer à son rêve de sitôt.

De la même autrice :

Redwood :
1. *Jasper*
2. *Reed*
3. *Adam*
4. *Maddox*
5. *North*
6. *Logan*
7. *Quinn*

Griffes :
1. *Gideon*
2. *Finn*

Carrie Ann Ryan

Gideon

Griffes – 1

Traduit de l'anglais (États-Unis) par Hélène Assens

Milady

Milady est un label des éditions Bragelonne

Titre original : *Tattered Loyalties*

ISBN : 978-2-8112-2007-5

Bragelonne – Milady
60-62, rue d'Hauteville – 75010 Paris

E-mail : info@milady.fr
Site Internet : www.milady.fr

À Kennedy. Merci, mon chou, d'avoir insisté.

Note de l'autrice

Merci à vous tous d'avoir choisi *Gideon* ! J'espère vraiment que vous aimerez l'histoire de Gideon et Brie. Au cas où vous l'auriez ignoré, ce livre prend place dans le même univers que celui de la série *Redwood*. Il se passe trente ans après la fin du tome 6, *Logan*, et contient quelques visages familiers. Mais, si vous découvrez cet univers, bienvenue à vous ! Aucun besoin de lire l'autre série pour vous plonger dans celle-ci. Un grand merci pour votre lecture !

Chapitre premier

Il allait vraiment devoir tuer ce connard.

Gideon Brentwood fit rouler son cou, et savoura le petit craquement qu'il provoqua quand il l'étira juste comme il fallait. Il était tendu au point d'avoir l'impression de porter le monde sur ses épaules. Il n'avait aucune envie de tuer ce jour-là, même si, à la perspective du combat, l'adrénaline affluait dans ses veines.

Son loup brûlait de se battre, d'asseoir sa domination.

L'homme voulait juste en finir pour pouvoir passer à autre chose.

Il était tellement las de devoir sans cesse recommencer. Ils ne semblaient jamais apprendre.

Le loup solitaire devant lui avait tenté de revendiquer le territoire des Griffes et lui avait disputé sa position d'Alpha.

L'imbécile.

La déesse de la Lune avait beau lui avoir conféré son titre, pas un jour ne s'était écoulé depuis sans qu'il doive se battre pour le conserver.

Son entaille au torse le brûlait, mais il n'y prêta pas attention. Il était l'Alpha et ce loup solitaire ne pourrait pas l'atteindre s'il se concentrait un minimum. Le fait qu'il n'y parvenait pas lui montrait à quel point il était fatigué de tous ces défis.

Il discernait l'odeur putride qu'exhalait son adversaire et entendait sa respiration pénible. Le loup était déjà efflanqué et mourant avant de mettre la patte sur le territoire des Griffes, et Gideon serait obligé de l'achever s'il ne revenait pas sur sa position. Par la déesse ! il détestait le devoir qui lui incombait, détestait ce rôle qu'il avait été contraint d'endosser, mais, s'il ne le faisait pas, qui d'autre le ferait ?

Son cousin Mitchell et son frère Ryder se tenaient à l'écart, les yeux rivés sur le combat. Ils n'interviendraient pas pour l'aider, sauf si, par extraordinaire, le loup solitaire recourait à une ruse ou à la magie noire. Gideon n'avait pas besoin d'eux et ce combat n'était pas le leur, mais son loup n'en appréciait pas moins leur présence.

Le sang était sur le point de couler et il savait, sans l'ombre d'un doute, qu'il pouvait tuer ou mutiler l'intrus – il avait beau l'avoir défié, ce loup était bel et bien un lâche – devant lui.

Cette première possibilité pesait lourdement sur sa conscience.

La seconde ne dérogerait pas à l'ordinaire.

— Rends-toi, grogna-t-il d'une voix profonde, redoutable.

Le loup glapit mais ne baissa pas complètement la tête, pas plus qu'il ne croisa le regard de Gideon ni ne le défia. Gideon doutait que le loup ait assez d'énergie pour ça de toute façon.

Il soupira.

— Si tu ne te rends pas, je vais devoir te tuer. C'est bien clair ? Tu n'es pas assez fort pour me battre et je ne peux pas laisser un loup me défier sans le punir. Tu connais nos coutumes. Si tu te rends, je ne serai pas obligé de te tuer.

Ce n'était qu'une formalité, mais il n'hésiterait pas à l'accomplir si besoin.

Il était las de la mort, de la souffrance et de perdre des petits bouts de son âme à chaque meurtre, à chaque homicide justifié. Il avait tué l'homme qui aurait dû le protéger et désormais il devait en assumer les conséquences ainsi que les responsabilités quotidiennes qui découlaient de cette seule décision.

C'était quelque chose qui le hantait à chaque respiration, chaque pas qu'il faisait, même si trente ans s'étaient écoulés depuis qu'il avait tué le loup qui avait tenté de tous les massacrer.

À présent Gideon se trouvait de nouveau amené à prendre une décision qui pourrait finir de détruire son âme. Ce n'était pas comme s'il en avait véritablement besoin. Il était l'Alpha. Il pouvait fonctionner et gouverner sans ces facettes de sa psyché sur lesquelles il s'était appuyé autrefois et qu'il avait cru être les parties les plus importantes de son être.

Par absolue nécessité, il était devenu un homme qui n'hésitait pas à tuer et était prêt à tous les sacrifices pour protéger les siens.

Le loup devant lui gronda encore et Gideon soupira.

Il n'y aurait pas de châtiment ce jour-là. Personne à guérir ni à qui pardonner. Il ferait ce qu'il avait à faire pour protéger sa famille et sa meute.

Il se préoccuperait des conséquences plus tard.

Comme toujours.

Le loup solitaire bondit sur lui et Gideon s'écarta d'une roulade, se relevant promptement. Il n'avait pas besoin de se changer entièrement en loup. *Primo*, ce serait trop long. Il avait beau être l'Alpha et être capable de se métamorphoser plus vite que tous ses loups, il n'avait pas de temps à perdre, là tout de suite. *Secundo*, il était assez dominant pour pouvoir ne transformer que ses mains en griffes et les maintenir ainsi sans perdre le contrôle, contrairement à tant d'autres de ses congénères.

Il laissa émerger son loup, pleinement conscient que celui-ci ne demandait qu'à se battre. Dans la pénombre, il voyait le rougeoiement de l'or qui cerclait ses iris se refléter sur la fourrure de son adversaire. Les yeux de Gideon ne flamboyaient que quand il était prêt à se battre ou à baiser. Et, vu qu'il s'était écoulé bien trop de temps depuis qu'il avait eu une femme, il savait que c'était à cause du combat. Il devait en terminer au plus vite cependant, sinon il se laisserait emporter par l'agressivité qu'il avait refoulée du fait du manque précédemment cité et il serait foutu. Si triste que cela soit, il n'avait pas de temps à perdre avec ce loup solitaire.

Le loup attaqua encore, touchant cette fois Gideon au flanc à toute volée. Deux coups de bol pour le connard. Cependant il gagnerait – il n'en avait jamais douté. La question était de savoir s'il se ferait beaucoup amocher au passage. Il ne lui restait plus qu'à voir combien de temps il devrait faire durer les choses. À ce stade, il laissait surtout s'épuiser le connard. Ouais, le loup solitaire avait réussi à lui porter quelques coups, mais c'était parce que lui-même n'était pas dans son assiette.

Quoique cela ait été une tactique, il ne voulait pas prolonger le combat. Ce n'était pas juste envers le loup d'ajouter aux souffrances qu'il avait déjà endurées. Il ne le connaissait pas, ignorait pourquoi il n'avait pas de meute et tentait de s'en prendre aux Griffes. Peu importait. Gideon protégerait ce qui lui appartenait quoi qu'il en soit.

Il gronda doucement et plia les genoux, laissant croire à son adversaire qu'il avait l'avantage. Le loup solitaire lui sauta de nouveau dessus, montrant ses grandes dents menaçantes. Gideon referma les griffes sur son cou, perçant la chair. Le loup émit un petit gémissement puis s'affaissa quand Gideon lui tordit le cou.

Le loup avait été condamné avant d'avoir posé le pied sur le territoire des Griffes.

Gideon le savait.

Sa mise à mort n'en avait pas été moins pénible.

— C'est le deuxième loup solitaire en autant de mois, fit remarquer avec désinvolture Mitchell, son Beta, tandis qu'il s'avançait vers Gideon.

Son cousin Mitchell et le frère de celui-ci, Max, avaient été élevés avec Gideon et ses propres frères, et il le considérait comme l'un d'eux.

— Il a été bien trop près de te blesser sérieusement à mon goût, dit doucement Ryder, son Héritier.

Ryder parlait toujours doucement, à moins que grogner soit justifié, même si Gideon n'aurait su dire pourquoi. Son frère était juste comme ça.

Gideon baissa les yeux sur ses deux entailles au flanc et au torse et haussa les épaules.

— Elles guériront sans problème. Elles ne sont pas très profondes.

— Je ne sais pas pourquoi tu l'as laissé te blesser pour commencer, dit Mitchell d'un ton brusque.

Son frère s'accroupit près du corps du loup solitaire et soupira.

— Pourquoi t'a-t-il défié ? Cela n'a aucun sens. Vu l'odeur qu'il dégage, il n'était manifestement pas en assez bonne santé ni assez fort pour affronter ne serait-ce que nos dominants les plus faibles. Pourquoi se battre contre notre Alpha ?

Levant la main pour la passer sur son visage, Gideon s'interrompit. Merde ! il avait encore du sang sur les mains – aux sens propre et figuré. Il devait rentrer chez lui pour se doucher et tenter de laver toute trace de cette journée de chiotte.

Cette décennie de chiotte, semblait-il.

— Je n'en sais rien, Ryder, répondit enfin Gideon. Ce ne sont pas les raisons qui manquent. Peut-être qu'il a voulu partir en combattant un Alpha. Peut-être que son loup a pris le contrôle et n'a pas pu s'empêcher de me défier. Peut-être qu'on l'a poussé à le faire. Je n'en sais juste rien, putain !

— Je vais l'enterrer, annonça Ryder. Je n'aime pas ne pas savoir qui il est ou s'il a de la famille quelque part. Ce n'est pas parce que c'est un loup solitaire qu'il est forcément seul.

C'était logique, quoiqu'un peu tiré par les cheveux. Ce n'était pas parce qu'un loup n'avait pas de meute qu'il ne vivait pas avec une famille. Les meutes apportaient protection, nourriture et réconfort. Les liens noués entre leurs membres ainsi qu'avec l'Alpha et le reste de la hiérarchie ne les aidaient pas juste à contrôler leur loup intérieur, mais les intégraient dans une communauté qui dépassait le cadre de l'amitié et de la famille.

Il arrivait que des loups naissent en dehors d'une tanière ou finissent par la quitter avec le temps pour une raison ou une autre – qu'ils soient bannis ou non – et se retrouvent sans meute. Qu'ils n'aient qu'une idée vague de leur nombre exact n'était pas du goût de Gideon, mais le monde changeait à une vitesse vertigineuse. Bientôt ils ne pourraient plus cacher leur existence, et le fait que des loups n'étaient pas sous la domination et la protection d'un Alpha l'inquiétait.

Beaucoup de choses l'inquiétaient ces derniers temps.

— Je vais t'aider à l'enterrer, dit-il finalement à Ryder. J'ai pris sa vie. J'aiderai à le porter en terre.

Mitchell et Ryder le regardèrent longuement avant de hocher la tête. À quoi bon refuser son assistance. Il était l'Alpha et mettre ce loup en terre relevait de sa responsabilité sur plus d'un plan.

Ils creusèrent une fosse assez profonde pour qu'aucun animal ne trouve le corps, puis adressèrent une prière à la déesse de la Lune. Le loup avait beau avoir défié Gideon, il n'en méritait pas pour autant une damnation éternelle. Gideon n'était pas suffisant au point d'estimer avoir le droit d'en juger.

— Je vais aller me laver, annonça-t-il une fois leur tâche achevée.

Mitchell sortit son téléphone.

— Je vais m'assurer que Walker t'attend.

Gideon ferma les yeux et lâcha un juron.

— Je n'ai pas besoin du Guérisseur. Je vais bien. Ne va pas lui faire gaspiller ses pouvoirs et son énergie pour des entailles superficielles.

Ryder arqua un sourcil.

— Walker est ton frère, notre frère, alors, ouais, il va vouloir s'assurer que tu vas bien. En plus, les Redwood viennent dans notre tanière pour la réunion. Tu as oublié ? Tu n'as pas envie d'empester le sang et la faiblesse devant un autre Alpha et sa meute. Peu importe que Kade et les autres soient nos amis. Ce ne sont pas des Griffes.

Gideon leva les yeux au ciel et pria pour ne serait-ce qu'un instant de répit. Était-ce vraiment trop demander ?

— Tu as oublié la réunion ? s'enquit Mitchell derrière lui.

Gideon soupira.

— Non. *(Oui.)* Finissons-en histoire que je puisse aller faire des ronds de jambe avec les autres, grogna-t-il.

— Je croyais que Kade était ton ami, protesta Ryder alors qu'ils traversaient la forêt pour rejoindre le centre de la tanière.

Son frère ne cessait pas de lui jeter des regards furtifs par-dessus son épaule, comme s'il craignait qu'il tourne de l'œil d'un instant à l'autre. Gideon était l'aîné, mais il n'était pas faible. Cependant, Ryder avait tendance à plus s'inquiéter pour ses proches qu'il ne prenait soin de lui-même. Heureusement, son frère était aussi un loup et se détournait à temps pour éviter de trébucher en chemin.

La tanière des Griffes se situait au cœur du Montana. La plupart des meutes à travers les États-Unis étaient bien plus anciennes que le pays lui-même et leurs territoires avaient des frontières naturelles plutôt que des limites arbitraires. Ils partageaient un terrain neutre avec les Redwood, qui vivaient dans le nord de l'État de Washington. Grâce aux politiques environnementales humaines, les forêts des loups étaient restées intactes et avaient été préservées des humains pendant des siècles. Leur tanière avait beau être entourée de barrières infusées avec les magies des loups et des sorcières afin de repousser les humains, sans les arbres qui les mettaient à l'abri des regards indiscrets, ils n'auraient pas bénéficié d'autant de sécurité.

Ou, du moins, pas autant qu'ils l'avaient été jusqu'à présent.

C'était l'une des raisons pour lesquelles ils se réunissaient dans sa tanière avec Kade et les autres Redwood ce jour-là. Auparavant, seules certaines personnes triées sur le volet avaient été au courant de l'existence des métamorphes. À présent cependant, beaucoup trop de gens étaient dans le secret et il y en avait même qui les… cherchaient, carrément. Les détachements d'éclaireurs humains se rapprochaient trop de sa tanière et de celle des Redwood, et toute la magie du monde ne pourrait les sauver si la technologie les trouvait. La majorité de la population avait beau tout ignorer des métamorphes, ceux qui savaient et ne portaient pas les loups dans leur cœur étaient en chasse. Ces éclaireurs militaires, voire civils, se cachaient eux aussi, de sorte que les humains lambda ne se doutaient pas de la guerre qui menaçait à leurs frontières.

En l'occurrence, l'existence des loups était parvenue aux oreilles de beaucoup trop de mauvaises personnes. L'armée était au courant depuis longtemps et se servait même d'eux comme soldats quand elle le pouvait. Certaines huiles du gouvernement étaient dans le secret, mais pas tout le monde. Si certaines factions l'apprenaient un jour… eh bien, Gideon refusait d'y songer. Il savait qu'il finirait par ne plus avoir le choix – plus vite qu'il ne le pensait à en juger par ce que lui soufflaient ses tripes –, mais il ne voyait pas comment les loups pourraient rester en sécurité une fois le secret éventé.

Depuis la fin de la guerre contre les Reyes et le traité que les Redwood et les Griffes avaient conclu trente ans plus tôt, ils avaient été obligés d'apprendre à compter les uns sur les autres, contre vents et marées. S'ils en arrivaient à manquer de terres et de moyens pour dissimuler leur existence, ils devraient de nouveau s'appuyer les uns sur les autres.

Gideon ignorait s'ils seraient prêts un jour à se montrer aux humains, mais viendrait un temps où ils pourraient ne plus avoir voix au chapitre.

Les photos satellites étaient bien trop précises, permettant de les localiser en appuyant simplement sur un bouton. La magie ne pouvait pas tout, et il craignait qu'ils aient fait le tour de leurs pouvoirs.

S'ils devaient révéler leur présence à la société humaine, ils devraient le faire à leur façon.

À condition d'avoir leur mot à dire.

Après tout, ils n'étaient pas les deux seules meutes des États-Unis et encore moins du monde. Ces quinze dernières années, depuis qu'ils avaient créé le Conseil du Nord-Ouest, ils s'étaient efforcés d'ouvrir les lignes de communication par des moyens que nul n'avait jamais crus possibles, et avec leur Voix des Loups, Parker Jamenson, ils tentaient de maintenir la paix au moins au sein de leurs propres tanières.

Gideon avait l'intuition que son prochain combat ne se jouerait pas à coups de griffes. Non, il serait bien pire.

Il secoua la tête, cherchant à s'éclaircir les idées. Là tout de suite, il n'avait pas le temps de songer à la fin du monde, de son monde. Il appuya la main contre le pavé numérique pour déverrouiller la porte de sa maison puis franchit le seuil. Il devait laver le sang de décisions qui lui échappaient. Il était au beau milieu d'un monde absurde – un monde où les rites et rituels du passé s'opposaient à la technologie et aux incertitudes de son présent.

Il avait presque peur de voir ce que lui réservait l'avenir.

— Tu en as mis du temps, fit remarquer Walker, installé dans la cuisine.

Gideon ricana puis enleva sa chemise, sans prêter attention aux myriades de petites douleurs qui l'assaillirent. Le tissu collait à ses entailles et au sang séché, mais ces dernières cicatrisaient bien.

Walker fit claquer sa langue comme une poule avec ses poussins puis se frotta les mains.

— Je m'en vais guérir ces plaies pour que tu sois en pleine forme quand tu seras entouré d'autres loups. Et pas de bravade, s'il te plaît.

Gideon arqua un sourcil.

— C'est toi qui fais montre de bravade. Tu as oublié, je suis l'Alpha. Et, allô, je suis le frère aîné. Tu es le bébé.

Walker ricana puis appliqua les mains sur les plaies de Gideon. La chaleur intense qui s'en dégagea lui coupa le souffle, puis il expira avec lenteur.

— On a plus de cent ans, Gideon. Au bout d'un moment, être plus âgé ou plus jeune ne devrait plus compter. Et je te signale que Brandon est plus jeune que moi. Alors voilà.

Cette réplique familière arracha un sourire à Gideon.

— Tu as quoi ? cinq minutes de plus que Brandon, et Kameron a cinq minutes de plus que toi.

Walker roula des yeux avant de les plisser tandis qu'il examinait la peau de Gideon.

— Tu es guéri, mais ne va pas te refaire taillader pendant deux ou trois jours. Je ne peux pas non plus souder des kilomètres de peau à la fois.

Gideon le remercia d'un signe de tête puis se dirigea vers la douche. Le sang et la boue qui lui recouvraient le corps commençaient à le démanger, une sensation qui n'avait rien d'agréable. Il aurait probablement dû y être habitué vu le nombre de fois où ça lui était arrivé dans sa vie, mais il espérait que ce ne serait jamais le cas.

— Tu sais de quoi on va parler ? demanda Walker en s'appuyant contre la porte de la salle de bains.

Gideon se dévêtit puis entra dans la douche, laissant l'eau chaude lui marteler le dos. Le combat et sa tension face à l'inconnu avaient rendu ses muscles douloureux.

Il ferma les yeux et haussa la voix pour se faire entendre malgré le ronflement de l'eau. Walker l'aurait probablement entendu grâce à son ouïe fine, mais il ne voulait pas que son frère ait à tendre l'oreille.

— On va parler de plans de divulgation de notre existence aux humains. Ou, du moins, de nos projets de plans. Puis on va s'assurer que nos souterrains sont en bon état, vu que les relations entre nos deux meutes sont relativement récentes.

Nul ne savait ce qu'il adviendrait lorsque les humains découvriraient l'existence des métamorphes et des démons.

Néanmoins, ils se préparaient depuis des années à l'éventualité d'être obligés de se protéger de gens qui ne les comprenaient pas et avaient peur de ce qu'ils ne connaissaient pas. Ce n'était pas comme si des souterrains constituaient le moyen parfait de sauver les loups, mais c'en était un parmi de nombreux autres. Ils devaient être en mesure de mettre rapidement à l'abri leurs membres les plus importants et les plus vulnérables au cas où leurs barrières magiques tomberaient. Ils avaient également pris d'autres mesures, mais il devait s'entretenir avec Kade pour s'assurer qu'ils faisaient bien leur maximum.

Il poussa un soupir et se savonna en vitesse, conscient d'être en retard. Entre les loups solitaires qui cherchaient un moyen de survivre, sa meute qui l'observait plus que d'habitude pour une raison ou une autre et cette réunion, il avait besoin d'un putain de week-end de repos.

Mais il était l'Alpha et savait donc que ça n'était pas près d'arriver. Les Alphas n'avaient pas de week-ends. Ni de vacances. Et ne dormaient pas non plus apparemment.

Il coupa l'eau et sortit se préparer pour la réunion. Dieu merci, Walker l'avait laissé seul et il enfila en vitesse un jean et une chemise à manches longues en coton. S'il s'était agi de n'importe quel autre Alpha, il aurait passé une tenue un peu plus habillée, mais il avait rendez-vous avec Kade et sa famille – il pouvait choisir donc des vêtements un peu plus confortables sans que ça pose un problème.

Lorsqu'il entra dans le salon pour mettre ses bottes, il soupira. Il avait su qu'ils étaient là bien sûr, mais son loup n'était pas d'humeur à affronter toute sa famille dans la même pièce.

Je suppose que c'était trop vous demander que de me retrouver simplement dans la salle de réunion ?

— Tu nous aimes, mon frère adoré, le taquina Brynn, l'unique femelle Brentwood, depuis l'accoudoir du canapé sur lequel elle était juchée.

Gideon se pinça l'arête du nez.

— Non, sérieusement. Pourquoi êtes-vous tous ici ?

— Parce que tu as besoin de nous, dit Brandon, son plus jeune frère et l'Omega des Griffes, depuis le canapé.

— Ai-je vraiment besoin de vous ici ? demanda-t-il, conscient que c'était un combat perdu d'avance.

— Bien sûr, répondit Max, son cousin. On se rend tous à la réunion de toute façon, alors pourquoi ne pas y aller ensemble ?

— On forme une grande famille heureuse, dit Mitchell d'un ton pince-sans-rire.

— Ce qu'ils ne disent pas, c'est que nous nous faisons du souci pour toi, ajouta Kameron, son frère et son Exécuteur.

Gideon grogna et Ryder ferma les yeux en jurant.

— Vraiment, Kameron ? lâcha Ryder. Je croyais qu'on avait un plan.

Gideon se raidit.

— « Un plan » ? Pourquoi auriez-vous bien besoin d'un plan vis-à-vis de moi ? Que faites-vous ici ?

Brynn se leva et s'avança vers lui. Elle repoussa ses longs cheveux brun foncé – de la couleur de ceux des Brentwood – derrière ses épaules et le regarda, clignant ses yeux du bleu caractéristique de sa famille.

— Tu es notre frère et tu souffres, chuchota-t-elle.

Ils étaient tous des loups et l'entendaient donc distinctement.

— Tu as dû tuer un loup solitaire qui menaçait nos frontières et a refusé d'entendre raison. Maintenant tu dois prendre des décisions qui, nous le pressentons, n'auront pas des conséquences faciles. Alors, Gideon, mon frère, notre frère, nous sommes là pour toi. Même si on t'irrite au plus haut point, on est là.

Gideon plissa les yeux alors même que son cœur se réchauffait à ces mots. Ouais, ses frères, sa sœur et ses cousins étaient là pour lui, mais certaines choses ne concernaient que l'Alpha. S'il avait eu une compagne, il aurait pu se reposer un peu sur elle, mais, étant donné que la déesse ne lui avait pas accordé ce bonheur, il n'avait pas cette possibilité.

À ce stade, il doutait de jamais l'avoir.

Sur cette pensée déprimante, il fit sortir sa famille de chez lui et se dirigea vers la salle de réunion. Il voulait en finir. Ce n'était pas comme s'ils n'allaient rien faire de toute façon. C'était impossible. Pas avec les autres meutes des États-Unis qui gardaient le silence. Parker, la Voix des Loups, était parti à leur recherche et tentait de les convaincre d'accepter de leur parler, à lui et Kade. Gideon n'en espérait pas grand-chose. Même s'il avait été adopté par la famille Redwood, Parker était le fils biologique d'un boucher sanguinaire, Corbin, qui avait été l'Alpha des Reyes et avait failli détruire leur monde.

Un détail que certains loups avaient juste du mal à digérer, et Gideon craignait que cela réduise leurs chances de trouver un moyen d'amener toutes les meutes à coopérer. Il ne pouvait s'attaquer qu'à un seul problème à la fois, cependant – même si la plupart des jours il avait l'impression de s'attaquer à une centaine de problèmes en même temps.

Ils gagnèrent en groupe l'autre bout de la tanière, là où les Redwood sortiraient des bois. Les sentinelles qui gardaient les barrières les laisseraient passer, la plupart d'entre eux étant déjà venus. À y repenser, Gideon ignorait qui accompagnerait Kade.

Les Redwood étaient en plein bouleversement de leur hiérarchie. Les plus jeunes Jamenson remplaçaient leurs parents lentement mais sûrement. Autrement dit, Kade pourrait amener n'importe quels membres de sa puissante famille. Peu importait dans le fond puisque Gideon les avait presque tous rencontrés et les avait tous appréciés. Non qu'il compte le leur dire. Non, pour le monde extérieur, il demeurait l'Alpha ronchon et dur à cuire.

Ça lui convenait.

Kade s'avança le premier, un petit sourire sur le visage. Du fait qu'ils se déplaçaient en nombre dans une autre tanière, leur arrivée prenait les allures d'une cérémonie un peu ridicule, ce dont ils avaient tous deux pleinement conscience. Il fallait en passer par là, cependant.

Kade avait amené sa compagne, Mélanie, ainsi que les couples de Betas, d'Omegas et de Guérisseurs. Il avait laissé les Exécuteurs sur ses terres avec d'innombrables autres loups pour les protéger, apparemment. Un choix intéressant, mais compréhensible. À mesure que la nouvelle génération entrait en possession de ses pouvoirs, elle apprenait à s'en servir aux côtés de la précédente. Ce serait intéressant de voir comment elle s'en sortirait lorsque l'ancienne génération, les frères de Kade, devrait se retirer complètement.

Son fils Finn, son Héritier, l'accompagnait aussi, ce qui était logique. Ainsi qu'une autre louve. Une jeune femme qui, à en juger par son apparence, était une Jamenson, mais Gideon ne pensait pas l'avoir déjà rencontrée. Ses longs cheveux châtains ruisselaient sur ses épaules, ondoyant légèrement dans le vent. Elle n'était pas petite. Non, au moins de taille moyenne, mais, alors que la plupart des loups qui la précédaient étaient tout en muscles et en force, elle avait de douces rondeurs qu'il n'avait pas l'habitude de voir chez les loups.

Bizarre, il aurait cru avoir rencontré la plupart, si ce n'était tous les Jamenson. Il se demandait comment celle-ci avait pu lui échapper.

Ses pommettes se dessinèrent et elle pinça ses lèvres charnues quand elle le regarda. Elle inclina la tête sur le côté et cligna ses yeux d'un vert vif, et il se figea, son loup hurlant de joie.

Abasourdi, il recula presque d'un pas et ne s'en abstint que grâce à sa force d'Alpha.

Compagne.

Ce parfum, cette attraction qu'éprouvait son loup.

Compagne.

— Gideon, mes chers Brentwood, dit Kade d'une voix grave, je pense que vous avez déjà rencontré la plupart d'entre nous. Probablement pas Brie, cependant. Brie, voici les Brentwood. Mes chers Brentwood, voici la fille de Jasper et Willow, ma nièce Brie.

Elle esquissa un sourire empreint de douceur, mais n'avait d'yeux que pour lui, pas pour le reste de la meute ou sa famille. Et lui ne regardait qu'elle, pas Kade ni les autres.

Nom de Dieu !

Il venait juste de trouver sa compagne et c'était une Redwood, putain !

Et, vu la façon dont sa louve cherchait la protection de son loup tout en voulant le réconforter, c'était une soumise aussi.

Un Alpha des Griffes et une soumise Redwood ?

Ouais, le destin craignait grave.

Chapitre 2

Peu importait le nombre de fois où elle avait pensé à cet instant, rien de la sorte n'avait jamais traversé l'esprit de Brie Jamenson. Quand elle était petite et s'imaginait trouver son compagnon, elle croyait que tout ne serait que paillettes et bonheur. Puis elle avait entendu l'histoire de l'union de ses parents, et son image de la chose avait un peu changé. Le début de leur relation n'avait pas été vraiment romantique. Ils s'étaient plus unis pour sauver leurs vies respectives, mais ils s'aimaient davantage de jour en jour.

À dix-sept ans, elle avait vu la silhouette d'un homme et les lignes allongées de son corps. Il avait été de dos alors qu'elle regardait par la fenêtre avec sa cousine Gina. Elle avait même fait une remarque sur ses fesses sexy. Elle n'avait jamais aperçu son visage, mais avait su qui il était.

Son compagnon.

Le seul loup du monde entier qui pouvait la compléter sur tous les plans, si romantique et rebattu que ce soit. Il serait son protecteur – et elle sa protectrice, même si elle le protégerait différemment. Ils vieilliraient ensemble en ne formant plus qu'un, apprenant peu à peu à se connaître tout en s'embrasant d'amour. Lorsqu'elle l'avait vu de dos, elle avait été sur des charbons ardents, ne songeant plus qu'à découvrir son identité et commencer sa vie de louve unie. Cela lui avait été égal d'être jeune, parce que, avait-elle pensé, son compagnon l'aurait laissée grandir et devenir celle qu'elle aurait souhaité être. C'était ce que faisaient les compagnons. Après tout, ses parents, ses oncles et ses tantes lui montraient que l'union pouvait être merveilleuse. Elle n'accepterait rien de moins. Avant de savoir qui c'était, elle s'était imaginée en robe blanche avec des fleurs dans les cheveux. Il aurait passé ses mains dans ses boucles avant de poser un genou à terre et de la faire sienne afin d'achever la cérémonie d'union.

Puis sa cousine Gina lui avait dit qui était cet homme exactement.

Gideon Brentwood.

L'Alpha des Griffes.

Précisément la mauvaise personne pour une jeune fille comme elle.

Heureusement, elle n'avait jamais parlé à âme qui vive du loup qui aurait pu être le sien lorsqu'elle aurait été un peu plus âgée. Gina ne s'était jamais doutée de rien – du moins, Brie l'espérait. Ce n'était pas comme si elle avait été tiraillée par l'appel de l'union qui submergeait les loups de la tanière quand ils trouvaient leur compagnon. Incapables de se retenir, ils se jetaient sur l'élu du mieux qu'ils pouvaient. Ils étaient ronchons, à cran, en manque de l'autre personne. Certains se retrouvaient dans des situations compromettantes, ce qui n'arriverait jamais à Brie.

Apparemment, elle avait été trop jeune pour ressentir pleinement tout ça. Elle avait su tout au fond d'elle que l'Alpha était celui dont l'âme se serait entrelacée à la sienne et qui serait resté à son côté jusqu'à la fin de l'éternité.

Dommage que ce ne soit pas près d'arriver.

Elle n'était pas comme les autres loups autour d'elle. Elle n'était pas dominante et n'occupait aucune place dans la hiérarchie. Alors que ses cousins voyaient tous peu à peu émerger leurs pouvoirs et leurs liens, elle avait été oubliée.

Non pas qu'elle ait jamais pensé devenir autre chose que ce qu'elle était.

Elle était forte.

Elle était féroce.

Elle était aussi une soumise. Ce qui signifiait que sa louve ne souhaitait pas se battre si elle n'y était pas obligée. Il existait d'autres façons de gravir les échelons de la hiérarchie et de montrer sa force. Elle utilisait son besoin de materner et son grand cœur pour aimer sans limites, mais n'était cependant pas une louve maternelle dotée de la force intérieure nécessaire pour protéger les louveteaux de la meute.

Elle était juste Brie.

Il n'y avait rien qui clochait chez elle – elle le savait, bien sûr. Cependant, elle était tout le contraire de celle qui conviendrait à l'Alpha d'une meute. L'Alpha avait besoin d'avoir à son côté une compagne qui se battrait bec et griffes pour protéger la meute. Même si Brie en était parfaitement capable, s'étant forcée à apprendre à se battre dès son plus jeune âge, sa louve n'était pas aussi forte que les autres. Elle était plus petite, plus douce, et éprouvait le besoin de protéger d'une autre façon.

Alors que les dominants avaient besoin de protéger, les soumis avaient besoin d'apaiser et de prendre soin. C'était là que résidait sa force, et ce ne serait jamais suffisant pour un Alpha.

Elle avait donc passé la majeure partie de ces quinze dernières années à se cacher de l'Alpha des Griffes et à veiller à ce qu'ils n'aient jamais à se rencontrer. Il aurait pu se passer bien des choses si Gideon l'avait vue, et Brie n'avait pas voulu être confrontée à l'appel de l'union ou à la souffrance du rejet lorsqu'il se serait rendu compte qu'elle n'était pas à la hauteur.

Parce qu'il aurait trouvé qu'elle ne l'était pas.

Ça n'aurait pas été la faute de Gideon. Son loup et sa meute méritaient mieux qu'une louve soumise. Ça n'aurait pas été très malin de prendre une soumise comme femelle Alpha. Ç'aurait été du jamais-vu et, franchement, elle ne s'en sentait pas capable. Non pas qu'elle ait peur de l'échec. Elle craignait que d'autres soient blessés à cause de son désir égoïste d'avoir un compagnon.

Alors, plutôt que d'en affronter les conséquences, elle s'était efforcée de ne jamais laisser une telle chose arriver pour commencer. Quinze ans durant sa louve avait souffert et n'avait voulu d'aucun autre loup, ce qui n'avait pas été de tout repos. Elle savait que plusieurs personnes dont sa mère avaient senti qu'il y avait un problème, mais ç'avait été la meilleure solution pour tout le monde. D'abord elle avait été trop jeune pour Gideon, et ensuite rester loin de lui était devenu plus facile.

Ou, du moins, c'était ce qu'elle s'était dit.

Ce soir-là, cependant, elle n'avait pas eu le choix. Son oncle Kade, l'Alpha des Redwood, avait voulu qu'elle l'accompagne dans la tanière des Griffes où ils devaient discuter des mesures à prendre pour leur avenir. Le monde changeait et les loups devaient évoluer avec lui. Son oncle avait besoin d'une soumise pour calmer les dominants au cas où les esprits s'échaufferaient de trop. Les Omegas pourraient faire baisser la tension en absorbant les émotions exacerbées avant de les évacuer à travers leurs liens avec la meute, mais même eux étaient bien plus dominants qu'elle ne l'était. Sa présence pourrait apaiser tout à la fois les ego et les loups.

C'était ce qu'espérait son oncle.

Il en aurait peut-être été autrement si elle lui avait avoué la vraie raison pour laquelle elle ne s'aventurait jamais chez les Griffes. Elle aurait dû refuser de venir en lui expliquant pourquoi. Mais elle n'avait pas pu résister à l'envie d'assister à cette réunion. Peut-être était-elle bel et bien faible, finalement.

Et voilà qu'elle se tenait aux côtés de sa famille hors de sa tanière et devant les Griffes… devant Gideon.

Elle avait vu des photos de lui au cours des années, bien sûr. Elle n'avait pas pu s'en empêcher. Sa famille l'avait souvent rencontré et sa cousine Gina s'était unie à un ancien Griffes, Quinn, de sorte qu'elle avait pu observer à travers leurs yeux le rôle de l'Alpha des Griffes. Mais rien de tout cela ne l'avait préparée au choc de le voir en personne.

Sa louve hurla de joie, la tannant avec plus de détermination qu'elle l'aurait cru possible.

Il était costaud. Très. Ayant grandi entourée d'hommes baraqués, elle n'aurait pas dû être surprise par sa carrure, mais la femme assoiffée de contacts physiques en elle en prit note. Il devait mesurer près de deux mètres. Avec ses larges épaules et son torse musclé, il émanait de lui une impression de force et de pouvoir. Son torse massif s'effilait vers une taille et des hanches fines, mais il avait des cuisses épaisses, tout en muscles, qui paraissaient terriblement puissantes. Elle s'obligea à relever les yeux en rougissant, sachant parfaitement où elle les avait laissés traîner aussi.

Avec ses parents, oncles, tantes et cousins qui se tenaient près d'elle, elle refusa de reconnaître avoir vu quoi que ce soit d'autre. Alors même que son corps avait quelque chose de terriblement féroce et trahissait son caractère de dominant, c'était son visage – ses yeux en particulier – qui révélait qu'il était un Alpha. C'était comme si son loup était en permanence sur le point d'émerger. Il en était légèrement autrement pour son oncle, mais c'était peut-être parce qu'il avait sa tante Mélanie pour l'apaiser. L'anneau doré qui cerclait les prunelles de Gideon trahissait une force qu'elle n'avait jamais vue avant.

Une force qu'elle était certaine de ne plus jamais revoir après son départ.

Il avait coiffé ses cheveux sombres en arrière, dégageant son visage et mettant en valeur ses traits saillants. Il n'était pas beau, mais avait un charme brutal. D'une brutalité qui semblait rendre sa louve très heureuse. Elle croisa son regard et en resta sans voix. Elle était une soumise et n'aurait pas dû être capable de croiser son regard du tout, mais sa louve l'avait tant tannée qu'elle y était parvenue. C'était comme si celle-ci savait que l'homme devant elle ne lui ferait jamais de mal. C'était un mensonge, cependant ; il pouvait lui faire du mal. Il pouvait lui briser le cœur, l'âme, ses rêves – mais c'était quelque chose que sa louve ne comprenait pas. Elle trembla presque sous le pouvoir qui irradiait de lui, tout en ayant envie de lui présenter la gorge en remontant contre son corps pour ne plus jamais le lâcher.

Il ne cligna jamais ses yeux bleu vif. Mais la regarda directement.

Pouvait-il deviner ? Savait-il que la déesse de la Lune l'avait choisie pour lui ?

Oh, par la déesse ! où avait-elle eu la tête ? Elle n'aurait jamais dû accompagner sa famille, même si son oncle le lui avait ordonné. Il y avait toujours un moyen de se soustraire à ce genre de choses. D'autres loups soumis de leur tanière auraient pu venir avec les Redwood sur le territoire des Griffes.

Kade avait peut-être voulu limiter leur groupe à la famille parce qu'il savait pouvoir lui faire entièrement confiance, mais ce n'était pas non plus une obligation.

Elle avait tout risqué parce qu'elle avait eu envie de voir Gideon. Elle s'était retenue pendant si longtemps qu'elle avait fait montre de faiblesse.

Et elle devrait à présent en assumer les conséquences.

— Brie, dit Kade.

Elle cligna des yeux et les détourna de Gideon, le cœur tambourinant dans ses oreilles. Qu'avait dit son oncle ? Qu'avait-elle raté pendant qu'elle dévorait l'Alpha du regard comme une collégienne face à son premier béguin ?

Sauf qu'elle n'était plus une gamine et que ce n'était pas un béguin. Dans cet unique regard s'était concentrée une éternité de lien et de promesse. Une promesse qui serait écrasée dans l'œuf parce qu'il ne pouvait pas en être autrement. Si elle prononçait un seul mot qui la pousserait vers ce qu'elle ne pouvait pas avoir, elle serait perdue.

— Quoi ? demanda-t-elle, la voix essoufflée.

Oh ! oui, voilà qui convaincrait tout le monde qu'elle allait bien. À présent ils pensaient probablement qu'elle perdait la tête ou, pire, qu'elle avait peur de tous les loups dominants qui l'entouraient. Contrairement à certains soumis de leur meute, elle n'était jamais vraiment effrayée par ceux qui avaient des loups plus forts. Leur pouvoir était comme une puissante étreinte qui l'enveloppait quand ils étaient près d'elle. Sa louve savait qu'elles seraient protégées et qu'on se battrait pour elles, tout comme le fait que leur propre pouvoir pouvait se révéler utile. Sa louve voulait alors s'assurer que les loups plus forts autour d'elle allaient bien et étaient apaisés. Un loup dominant ne pouvait pas véritablement espérer protéger si on ne lui protégeait pas son propre cœur et son loup également.

C'était à cela que servaient les soumis.

— Je ne faisais que te présenter, dit Kade, les yeux plissés.

Elle savait qu'il voulait lui demander si elle allait bien, mais il devait craindre que ce soit interprété comme un signe de faiblesse dans le bras de fer qui l'opposait aux Griffes.

Génial. C'était la première fois qu'elle avait l'occasion d'aider la meute dans l'arène politique et elle perdait la mise à cause de l'homme qu'elle ne devrait pas désirer.

Bien joué, Brie.

— Merci, dit-elle doucement avant de se tourner vers les Griffes.

Elle veilla à garder le regard baissé plus que tous les autres. Elle occupait le rang le plus bas de la bande, même si en réalité les soumis n'étaient pas classés de la même façon que les dominants. Il existait des dominants plus ou moins forts et il en était de même pour les soumis. Elle faisait partie des soumis de plus haut rang parce qu'elle était capable de prendre soin d'un loup du même niveau. Elle ne souhaitait pas pour autant croiser tous leurs regards et les défier. Les us et coutumes des loups et des meutes étaient compliqués, et, alors même qu'elle baignait dedans depuis toute petite, il lui arrivait encore de s'y perdre.

Les soumis faisaient partie de la meute pour être chéris, pas roués de coups comme le pensaient certaines meutes. Les Griffes rejoignaient les Redwood en ce qu'ils traitaient, pour ce qu'elle en savait, leurs soumis avec respect. Contrairement aux Reyes – la meute qui s'était battue contre la sienne trente ans plus tôt et avait perdu –, les Griffes ne pourrissaient pas de l'intérieur. Ce qui n'avait pas toujours été le cas, mais ça remontait à avant sa naissance et elle n'avait pas voulu poser trop de questions sur eux. Histoire d'éviter que les autres devinent l'intérêt qu'elle portait à un certain Alpha.

Non, ce n'était pas une obsession.

Ça ne pouvait pas devenir une obsession si elle ne le rencontrait jamais.

Sauf qu'elle venait juste de le rencontrer, alors qui savait ce qu'il adviendrait ?

Tu es plus forte que ça.

Chacun des Griffes lui adressa un signe de tête, et elle en fit autant. Lorsqu'ils ne seraient plus à découvert et auraient gagné la salle de réunion, ils seraient peut-être moins cérémonieux. Sauf qu'elle serait alors dans une pièce fermée avec Gideon et elle ignorait comment elle réagirait.

En l'occurrence, elle ignorait comment il réagirait, lui. Il n'avait rien dit. Il n'avait pas franchi d'un bond l'espace qui les séparait pour la soulever dans ses bras et la faire tourner le sourire jusqu'aux oreilles parce qu'il avait trouvé sa compagne.

Aucun de ses rêves d'enfance ne s'était réalisé.

Désormais Brie savait qu'elle avait eu raison de se cacher.

Rien de bon ne sortirait de cette rencontre avec son compagnon. Elle apprendrait à passer outre comme elle l'avait toujours fait et au bout d'un moment, dans un siècle ou deux, elle trouverait un autre compagnon qui lui conviendrait mieux. La déesse de la Lune se trompait tout le temps.

Enfin, elle n'avait eu vent que d'une seule erreur, avec sa tante Lexi bien des années avant qu'elle rencontre son oncle North. Ça pouvait encore arriver.

La déesse de la Lune se trompait.

Brie ne serait pas avec Gideon, et ils devraient tous se faire une raison.

— Content que vous ayez pu venir, dit Gideon, la voix profonde, séduisante.

Zut ! elle devait rester forte et ne pas tomber dans le piège de sa voix. Si elle n'y prenait pas garde, elle se ridiculiserait encore plus, ce qui ne ferait que desservir la réunion.

— Rejoignons la salle de réunion et nous pourrons commencer, poursuivit Gideon.

— Ça me va, convint Kade, avant de s'avancer, bras tendu.

Gideon en fit autant et les deux hommes se donnèrent une accolade virile accompagnée d'une tape dans le dos. Elle n'avait jamais véritablement compris la chose, aimant en général serrer les personnes dans ses bras, mais peu importait ce que les hommes éprouvaient le besoin de faire pour montrer qu'ils étaient amis alors même qu'ils appartenaient à deux meutes différentes, ça lui allait.

Elle prit une profonde inspiration puis les suivit alors qu'ils se dirigeaient vers la salle de réunion. Gideon lui adressa un dernier regard puis se détourna comme s'il ne s'était rien passé entre eux. Pour ce qu'elle en savait, il ne s'était rien passé. À part quand il l'avait dévisagée, il avait fait comme si elle n'était pas là. Peut-être qu'il l'avait lorgnée de cette façon parce qu'elle était une soumise et qu'il s'était demandé ce qu'elle faisait là pour commencer. Peut-être qu'il n'avait pas du tout senti qu'elle était sa compagne.

Une étrange douleur lui serra le cœur et elle se frotta la poitrine. C'était idiot d'être triste à cette idée. Elle savait depuis quinze ans qu'elle ne serait jamais digne de l'Alpha des Griffes, alors pourquoi cela la tracassait-il à présent ?

Peut-être parce que je ne l'avais jamais vu en personne.

Elle ne prêta pas attention à ses pensées les plus intimes et continua à avancer, le menton relevé sans avoir l'air agressive. Un truc qu'elle avait appris en grandissant. Elle avait été un vrai garçon manqué, grimpant aux arbres et creusant des trous dans le sol avec son cousin Finn et les autres. Elle avait beau ne pas être devenue belliqueuse, elle n'était pas non plus la fille ultraféminine dont sa mère avait peut-être rêvé au début. Bien sûr, Willow avait creusé la terre avec elle, alors, vraiment, cela n'avait jamais eu la moindre importance que Brie ait grandi avec de la terre sur le nez au lieu d'un diadème étincelant sur la tête.

— Qu'est-ce qui cloche chez toi ? s'enquit Finn tout bas.

Brie se tourna pour le regarder et secoua la tête. Finn était le fils de Kade et l'Héritier de la meute. À vrai dire, il n'aurait pas encore dû être l'Héritier, mais, quand leurs grands-parents avaient trouvé la mort au cours de la guerre contre les Reyes, tout avait changé bien plus tôt qu'on aurait pu s'y attendre. En fait, Finn avait été leur Héritier avant même d'avoir commencé l'école. Ce jour-là avait marqué un tournant, même si Brie avait été trop jeune pour en avoir pleinement conscience.

À présent elle et Finn avaient la trentaine, un âge qui restait jeune pour des loups, mais ils n'en étaient pas moins adultes. Il était le portrait craché de son père, même si Brie percevait une ressemblance avec Mélanie quand il riait. Ce dont elle était reconnaissante parce que ça n'arrivait pas souvent. Il lui était arrivé quelque chose avant qu'il devienne l'Héritier – il n'avait pas deux ans à l'époque – qui l'avait marqué bien plus que recevoir les liens de l'Héritier à un âge aussi tendre ne l'avait fait.

Ils n'en parlaient jamais mais, poussée par sa louve, elle tentait de l'apaiser quand elle le pouvait. C'était son meilleur ami et son coloc – même si les années qui passaient les éloignaient de plus en plus l'un de l'autre.

— Rien, répondit-elle enfin.

Il arqua un sourcil.

— Tu mens. Il s'est passé un truc quand on a rejoint les Griffes et maintenant tu es dans la lune. Si tu ne veux pas en parler ici, pas de problème, mais par contre on en parlera à notre retour à la tanière.

Elle poussa un petit grognement, assez bas pour que seul Finn l'entende, mais, vu la tête qu'il fit, elle l'avait pris au dépourvu. Il lui arrivait rarement de grogner sous sa forme humaine – elle n'en avait pas besoin –, mais, quand elle le faisait, les autres savaient qu'elle camperait sur ses positions.

— Je vais bien, Finn. Concentre-toi sur ce que tu as à faire et pas sur ce qui se passe dans ma tête. Compris ?

Il fronça les sourcils avant d'acquiescer, se retournant vers le chemin. Elle se détendit et observa les alentours. Contrairement au reste de sa famille, elle n'avait jamais mis les pieds sur le territoire des Griffes et elle ne voulait pas en perdre une miette. Du fait qu'ils devaient constamment cacher qui ils étaient aux autres, elle ne sortait pas autant qu'elle l'aurait dû.

Ils longeaient les limites des zones le plus peuplées. De façon à éviter les familles et les louveteaux tout en leur montrant un certain respect puisque les Redwood étaient considérés comme des amis et des alliés.

Le temps qu'ils entrent dans le bâtiment quelconque où se tiendrait la réunion, Brie était à bout de nerfs. Les loups autour d'elle commençaient à trépigner, non seulement en raison de la proximité d'autres dominants, mais parce qu'ils allaient s'entretenir des souterrains sous leurs pieds. La louve de Brie voulait tous les prendre dans ses bras et se frotter contre eux en leur disant que tout irait bien et que respirer un bon coup pouvait résoudre bien des problèmes.

Sauf qu'elle n'était pas sûre que ce soit approprié. C'était la première fois qu'elle se retrouvait entourée d'autant de loups qui ne faisaient pas partie de sa meute. Certes, Kade avait tenu à ce qu'elle soit présente, mais c'était à elle à présent de déterminer ce qu'elle devait faire et quand.

Sa mère lui évita d'avoir à prendre une décision, l'attirant tout contre elle. Willow était probablement avec elle la louve la moins dominante de la pièce, et Brie était vraiment contente qu'elle soit là. Elle se laissa aller contre sa mère et inspira profondément. Cannelle. Sa mère avait toujours une odeur de cannelle – un détail qui poussait le père de Brie, Jasper, à l'entraîner souvent dans leur chambre en grognant.

Pas question de penser à ça.

Les autres commencèrent à s'asseoir, discutant entre eux à voix basse. Elle n'était pas là pour les aider à prendre des décisions. Si on lui demandait son avis, elle le donnerait, mais, si tout le monde y allait de son grain de sel, on ne s'y retrouverait plus. Elle était là pour s'assurer que les loups étaient aussi calmes que possible.

Avec cette pensée en tête, elle étreignit sa mère à son tour puis alla trouver chacun des membres de sa famille pour les serrer dans ses bras ou poser la main sur leur bras ou dans leur dos, en signe de soutien. En voyant leurs épaules se détendre, elle sut qu'elle faisait ce qu'il fallait. Son oncle Maddox, le précédent Omega, lui adressa un grand sourire, tout comme son cousin Drake, l'Omega actuel. Ils s'occuperaient de leurs émotions exacerbées, tout comme l'Omega des Griffes, si les choses devenaient difficiles, mais, du moment que ses loups savaient qu'elle était là, elle faisait du bon boulot.

Quelques-uns s'assirent, mais d'autres se levèrent parce que leurs loups avaient besoin de faire les cent pas. Les réunions des métamorphes différaient légèrement de celles des humains.

— Les barrières s'étendent sous terre dans les souterrains, ce qui signifie qu'elles vont bientôt se frôler de façon qu'elles se fondent en situation d'urgence.

Brie perdit pied au son de la voix de Gideon et trébucha contre la botte de son oncle Kade. Elle leva les bras pour se retenir, mais des bras forts la rattrapèrent, la plaquant contre un torse vigoureux.

Elle huma un parfum de forêt et d'épices qui poussa sa louve à émettre un hurlement tremblant de joie.

Gideon.

C'était Gideon.

Elle était dans les bras de Gideon.

Et elle devait fuir avant de se ridiculiser.

— Ça va ? s'enquit-il, sa voix un grondement sourd qui lui envoya des frissons exactement aux bons endroits.

Non, c'étaient les mauvais endroits.

Ce n'était pas le bon loup. Ni le bon endroit. Ni le bon moment.

Elle s'écarta et acquiesça d'un signe de tête.

— J'ai perdu l'équilibre, répondit-elle doucement avant de reculer près de Finn.

Ce dernier enroula le bras autour de ses épaules, mais elle ne se laissa pas aller contre lui.

Gideon lui adressa un regard qu'elle ne parvint pas à déchiffrer, puis se retourna vers Kade, reprenant sa conversation comme s'il ne l'avait jamais tenue dans ses bras, ne l'avait jamais vue.

Eh bien, voilà qui réglait la question.

Il n'y aurait pas d'union.

Quel genre d'Alpha voudrait d'une louve soumise à son côté ? Une louve soumise d'une autre meute en plus ?

Elle prit une profonde inspiration et s'écarta de Finn. Elle s'en remettrait. C'était ce qu'elle avait fait à dix-sept ans et elle le referait.

Gideon Brentwood n'était pas pour elle.

Ce qui comptait, c'étaient les Redwood, sa famille.

Pas un destin foutu en l'air à cause d'un lien qu'elle ne nouerait jamais.

Elle s'en remettrait.

Elle n'avait pas d'autre choix.

Chapitre 3

Gideon ne pouvait pas se sortir son parfum de la tête. Cette senteur suave et sucrée qui rendait son loup chaud comme un lapin et lui donnait envie de renverser cette jolie petite princesse Redwood sur la table pour la baiser jusqu'à ce qu'ils soient tous deux éreintés, en sueur et unis.

Putain !

Il s'était passé deux jours depuis qu'il l'avait vue, depuis qu'il l'avait tenue dans ses bras quand elle avait trébuché, pourtant il ne pouvait pas se la sortir de la tête.

Merde ! Encore.

Il était le putain d'Alpha des Griffes. Il avait connu la guerre, la torture, la mutinerie et la déesse savait quoi d'autre. Il avait plus de cent ans et avait vu l'humanité et les siens au plus bas.

Pourtant il ne pouvait pas cesser de penser à cette fille comme s'il était un adolescent au seuil de l'âge adulte. Sa queue était constamment dure parce qu'il n'arrivait pas à se sortir Brie de la tête.

Il n'arrivait pas à se sortir de la tête la sensation de son corps collé contre le sien.

Et il n'avait même pas eu une vraie conversation avec elle. Ne pouvait même pas vraiment dire qu'il l'avait rencontrée, au-delà du fait qu'ils avaient été rapidement présentés l'un à l'autre. Il la chassa de son esprit aussi loin qu'il le put afin de se concentrer sur les tâches qui l'occupaient. Il existait des choses plus importantes dans le monde que ce que voulait sa queue et ce dont son loup pensait qu'ils avaient besoin.

Parce qu'il était inconcevable que son loup ait raison.

Le destin ne serait pas cruel au point de lui octroyer enfin une compagne dont il ne voulait pas.

Étant donné ce qu'il avait vu du destin au cours de sa vie, il n'aurait pas dû être surpris d'avoir trouvé une compagne potentielle en la personne d'une trop jeune louve d'une autre meute.

Une louve soumise avec ça.

Impossible qu'une louve soumise puisse être sa compagne.

Non pas qu'il ne puisse pas la protéger ou n'estime pas les soumis de sa meute d'une façon générale. C'était juste que sa compagne, la femelle Alpha, devrait être aussi forte, si ce n'était plus par certains aspects, que lui. Elle devrait se tenir à son côté, se battre pour assurer la sécurité de leur meute et l'aider à prendre les décisions difficiles qui ternissaient son âme quotidiennement.

Jamais une soumise ne serait en mesure d'assumer ce genre de pouvoir.

Jamais il n'obligerait une soumise à se frotter à ces ténèbres.

Il ferait donc ce qu'il devait faire et ne la reverrait pas. D'une façon ou d'une autre, il avait réussi à ne pas la rencontrer une seule fois au fil des années ; ça ne devrait donc pas poser de problème. Il surmonterait l'appel de l'union et trouverait un moyen de passer à autre chose. Peut-être que, dans une centaine d'années, le destin lui octroierait une autre compagne potentielle qui lui conviendrait mieux.

Et qui ne lui donnerait pas l'impression d'être un enfoiré.

C'était pour le bien de Brie.

Vu qu'elle n'était pas venue le trouver et n'en avait pas parlé non plus quand ils s'étaient rencontrés, elle devait avoir compris elle aussi qu'il était préférable qu'ils ne s'unissent pas. Du moins, il espérait qu'elle avait senti qu'ils étaient des compagnons potentiels. À la façon dont le corps de la jeune femme avait réagi dans ses bras et à son expression de… non pas de peur mais de quelque chose d'approchant, il avait le sentiment qu'elle l'avait su aussi bien que lui. Bien sûr, elle avait été entourée de sa famille pendant tout le temps où ils s'étaient trouvés dans la même pièce, et ç'aurait été sacrément gênant pour tout le monde s'ils en avaient parlé à ce moment-là. Hors de question qu'il se laisse fourvoyer par ce genre de raisonnement. Plus vite il la repousserait et ne tiendrait pas compte du lien auquel son loup aspirait, mieux ce serait pour tous les deux.

Même si ça faisait un mal de chien d'y penser.

L'image de ses yeux verts brillants envahit son esprit et il jura.

Elle ne serait pas facile à oublier et il n'avait même pas eu l'occasion d'apprendre à la connaître. La déesse en soit louée, cependant, parce qu'il savait que cela aurait été quasiment impossible de la repousser sinon.

Il faisait ce qu'il fallait.

Et, tant qu'il continuerait à se le répéter, tout irait bien.

Son membre l'élançait étant donné qu'il ne parvenait pas à se la sortir de la tête, mais il n'y prêta pas attention, pas plus qu'à tout le reste. Au lieu de s'en occuper, il ferait de la musculation pour évacuer une partie de l'adrénaline qui avait afflué dans ses veines, puis il attendrait que Brynn arrive pour regarder un film avec elle avant leur réunion dans la soirée avec les aînés. Il s'efforçait de passer du temps avec sa sœur et chacun de ses frères, et Brynn était sa préférée – non qu'il ait l'intention de le lui dire, pas plus qu'aux autres. À la différence des Jamenson, la fille unique des Brentwood n'était pas la plus jeune. Alors même qu'ils l'avaient tous traitée comme si cela avait été le cas, elle s'était défendue et n'en était devenue que plus forte.

Gideon soupira puis ôta sa chemise. Une séance de musculation lui remettrait les idées en place histoire d'être en mesure d'affronter la suite de la journée. À en juger par la façon dont ses pensées retournaient sans cesse vers Brie et ses lèvres charnues, il semblerait qu'il soit amené à faire beaucoup plus de sport que d'habitude à l'avenir.

Il empoigna la barre au-dessus de sa porte et entreprit d'effectuer des tractions. Après trois centaines environ, ses muscles commenceraient à le brûler. Être un loup – un Alpha avec ça – aidait en matière d'endurance. Il en était à une centaine quand on frappa à la porte d'entrée. Il posa les pieds au sol et renifla.

Eh bien, zut !

Voilà qui le sortirait d'affaire ou n'aurait pas pu tomber plus mal.

Il marcha vers la porte à grandes enjambées, s'essuyant le torse avec sa chemise, et l'ouvrit.

— Iona.

La femme de haut rang lui adressa un large sourire, ses yeux brillants rivés sur son torse nu. Gideon n'avait pas de dulcinée et n'était attaché à personne. Pas évident quand on était un loup de s'investir dans une relation sérieuse avec une personne qui n'était pas un compagnon potentiel. Lorsqu'un loup trouvait ce dernier, il lui était pratiquement impossible de pouvoir rester avec qui que ce soit d'autre. Son loup le poussait vers la personne qui était parfaite pour lui selon le destin, plutôt que vers celle que sa partie humaine avait choisie. Parfois cela fonctionnait néanmoins et des liens d'union se formaient avec le temps sans l'intervention du destin, mais ce n'était pas facile.

Iona n'était cependant pas une louve qu'il aimerait ou à laquelle il s'unirait un jour. À vrai dire, il savait qu'elle ne s'intéressait à lui que pour sa queue, et cela ne lui posait donc aucun problème de ne rien vouloir de plus avec elle.

Là tout de suite, cependant, il n'était pas sûr de la vouloir dans son lit.

Peut-être pas plus ce jour-là que n'importe quel autre d'ailleurs.

Et savoir que c'était à cause d'une certaine louve aux yeux verts le rendait méfiant.

— Gideon, roucoula-t-elle, faisant glisser un doigt sur son torse.

Avant, ça aurait excité son loup et il l'aurait attirée à l'intérieur. Iona était super bonne au lit et parvenait en général à apaiser son loup s'il les laissait tous deux éreintés et en sueur. Ce jour-là, cependant, il ne voulait rien avoir affaire avec elle. Le contact de son doigt sur sa peau lui donna la chair de poule.

Il lui saisit la main et l'immobilisa avant qu'elle ait pu descendre plus bas. Il l'aimait bien. Iona était quelqu'un de bien, elle se battait comme une tigresse, assurait au lit et ne prenait pas leur relation trop au sérieux.

Pourtant il ne la voulait plus dans son lit.

Pas depuis qu'il avait vu Brie.

À la seule idée d'avoir Iona sous lui, son loup grogna et son érection retomba.

Iona fronça les sourcils et baissa les yeux sur son entrejambe.

— Qu'est-ce qui ne va pas ? demanda-t-elle, éloignant sa main.

Elle inclina la tête sur le côté et renifla.

— Tu étais chaud bouillant quand j'ai frappé à la porte. Je l'ai senti. Maintenant tu es aussi froid que la glace. C'est quoi ton problème ?

Elle lui appuya sur le torse en grognant.

Gidcon releva la lèvre et gronda d'un air féroce, déployant une partie de son pouvoir sur elle. Voilà pourquoi il ne couchait pas avec n'importe qui au sein de la meute. Partager son lit de temps en temps ne dispensait pas de rester à sa place dans la hiérarchie. Elle n'était pas sa compagne ni la femelle Alpha, et n'était même pas la louve la plus dominante de la meute. Il espérait qu'elle ne se faisait pas des idées, parce qu'il n'était carrément pas d'humeur.

Elle écarquilla les yeux puis les baissa avant de lui présenter sa gorge.

— Je n'ai pas voulu te manquer de respect, mon Alpha.

— Je l'espère bien, dit-il d'une voix profonde. Brynn ne va plus tarder, puis j'aurai une réunion avec les anciens. Ce que je ferai après ne te regarde pas. Plus maintenant.

Il se retint de tressaillir. Putain ! il ne disait pas ce qu'il fallait et se comportait comme un enfoiré.

Elle releva la tête et plissa les yeux.

— J'ignore ce qui se passe, mais je reviendrai quand tu sauras ce que tu veux.

Ça ne sera pas toi.

Heureusement, il se garda bien de la traiter comme un parfait goujat et ne prononça pas ces mots.

— C'est fini, Iona. Nous avons vécu de bons moments, mais il est temps de passer à autre chose.

— Excuse-moi ? Depuis quand c'est toi qui décides quand il est temps de rompre ? Ce n'est pas parce que tu es mon Alpha que tu as le droit de prendre des décisions à ma place.

Gideon ferma les yeux et pria pour avoir de la patience – tant pour lui que pour elle.

— Premièrement, nous ne sommes pas ensemble. Nous ne l'avons jamais été. Nous en avons tous deux convenu il y a longtemps. En fait, c'est toi qui as dit la première que tu voulais bourlinguer pour trouver ton compagnon. Deuxièmement, si je ne veux plus de toi dans mon lit, c'est mon choix. Pour que ça marche, il faut que nous en ayons tous deux envie, et je n'en ai plus envie. Alors ne t'imagine pas pouvoir me dicter mon comportement, parce que, si tu n'avais plus voulu de moi dans ta vie, je n'en aurais plus fait partie. C'est comme ça que fonctionnait notre relation. Rien de plus. Rien de moins. N'essaie pas de te comporter comme si j'étais ton compagnon, parce que nous savons tous deux qu'il n'en a jamais été question.

Non, sa compagne, c'était Brie, et il veillerait à ce que cela n'arrive pas non plus.

Sinon sa meute la dévorerait vivante.

Iona releva le menton, mais, comme elle ne le regarda pas directement dans les yeux, il ne lui fit aucune remarque.

— Nous verrons.

Elle s'éloigna comme un ouragan et il soupira. Il devrait la garder à l'œil pour s'assurer qu'elle ne cherchait pas à saper la meute. Cependant il ne pouvait s'en prendre qu'à lui-même. C'était lui qui avait voulu la baiser et à présent il devait assumer les conséquences du fait qu'ils allaient cesser d'assouvir mutuellement leurs besoins.

Désormais, la seule personne qui assouvirait ses besoins serait lui-même. Il semblerait que sa main soit bien partie pour faire du sport à fond.

— Tu sais assurément y faire avec les dames, grand frère, le taquina Brynn en le rejoignant.

De nouveau Gideon ferma les yeux et pria pour avoir de la patience. Évidemment que sa sœur l'avait vu se comporter comme un enfoiré. Pourquoi le destin ne lui aurait-il pas octroyé à elle, et par conséquent aux autres Brentwood, ce divertissement ?

— Tu as tout vu ? grogna-t-il, s'effaçant pour la laisser entrer dans la maison. On ne peut donc plus avoir de vie privée ?

Brynn ricana en se dirigeant vers la cuisine. Elle sortit deux bières et lui en tendit une.

— Vraiment ? Tu parles de vie privée ? Allô, grand frère, ta conversation avec Iona s'est tenue sur ton putain de perron. Ce n'est pas comme si tu avais chuchoté dans ta pièce secrète. Non, tu étais dehors et le monde entier a pu t'entendre dicter ta loi. (Elle leva la main pour le faire taire.) Je ne dis pas que tu as eu tort d'agir comme tu l'as fait parce que, c'est vrai, quoi ? elle n'est pas ta compagne. Si ça ne fonctionne pas pour l'un de vous, c'est idiot d'insister. Tu aurais pu y mettre un peu plus de formes, mais on connaît tous deux Iona et la douceur et la gentillesse ne suffisent pas avec elle. À part en lui écrivant au marqueur sur le front que tu en avais fini avec elle, je ne vois pas comment tu aurais pu t'y prendre autrement.

Gideon s'esclaffa malgré lui.

— « Au marqueur » ?

Brynn haussa les épaules, les yeux pétillants.

— Je ne l'aime pas parce qu'elle a toujours été une garce avec moi. Elle a du mal avec le fait que je sois plus dominante qu'elle et que j'aie de plus beaux nichons. Elle me cherche sans cesse des noises mais se défile quand je la laisse me mordiller les talons. Tu as mauvais goût en matière de copines de galipettes, mais bon… c'est ton lit.

Gideon secoua simplement la tête puis retourna dans sa chambre enfiler une autre chemise. Il semblerait qu'il ne terminerait sa séance de musculation qu'après sa réunion avec les anciens. Ça craignait vu qu'il aurait probablement gagné à évacuer son agressivité avant de les rencontrer. Certes, certains étaient sympa et avaient moins d'araignées au plafond que d'autres, mais il y en avait au moins une – Shannon – qui le détestait.

Du temps de son père, Joseph, elle avait adoré la brutalité avec laquelle celui-ci avait gouverné sa meute. Elle avait aimé les coups de fouet, les décapitations et autres châtiments cruels, et avait même aidé à condamner certains des loups qui s'étaient soulevés contre l'autorité de Joseph. Gideon, ses frères, ses cousins et Brynn s'étaient efforcés de sauver tous ceux qu'ils avaient pu, mais on ne pouvait pas non plus espérer accomplir des miracles sous un régime déficient.

Le pouvoir avait beau être aux mains de l'Alpha, le rôle d'un bon Alpha consistait à s'assurer que celui-ci ne se corrompait pas. Joseph avait succombé à la tentation du pouvoir absolu et de la cruauté, et la meute en avait souffert.

Shannon symbolisait un passé contre lequel Gideon se battait encore. Il avait beau brûler de la bannir de la meute pour qu'elle ne sape pas son autorité, c'était impossible. Les anciens n'étaient pas là sans raison. Ils ne s'ingéraient pas dans les affaires de l'Alpha, mais veillaient au bon respect de leurs lois. Lorsque l'Alpha et les anciens œuvraient main dans la main – comme cela avait été le cas pour Gideon et un autre ancien prénommé Xavier –, la cohabitation se passait sans accroc. Lorsqu'ils essayaient de s'évincer, les choses devenaient vite compliquées.

Gideon ignorait l'objet de la réunion de la soirée. Il savait juste que les anciens l'avaient prié d'y assister. « Prier », cependant, était un mot faible. À moins qu'une guerre éclate ou que des problèmes plus urgents l'occupent, du genre tenter de survivre, il n'avait pas vraiment son mot à dire. Refuser de les voir serait considéré comme un manque de respect, et manquer ainsi de respect envers les anciens créerait un mauvais précédent pour toute la meute. Ce serait suivre une voie hasardeuse et il détestait ça. En tant qu'Alpha, il n'avait donc guère le choix.

Peut-être que, s'il avait eu une compagne, les choses auraient été plus faciles. Il aurait pu se reposer sur elle pour ce genre de trucs et trouver un équilibre. Mais il n'avait pas de compagne. La seule que lui avait donnée le destin lui était tellement mal assortie que la question ne se posait même pas. À la pensée de la jeune femme, son loup le poussa et il réprima un grognement. Il ne pouvait pas la laisser envahir ses pensées et son âme, pas alors que tant de choses dépendaient de son sang-froid. Comme précédemment, il chassa Brie de ses pensées et tenta de se concentrer sur ce qui l'occupait présentement.

Il ne lui restait que quelques courtes heures de détente avant de devoir endosser le rôle d'Alpha, un Alpha qui se servait de sa voix plutôt que de ses griffes pour se faire entendre. À l'instar des hommes politiques humains, il ne pouvait être lui-même – non qu'il l'ait jamais été.

— Alors, on regarde quel film ? demanda Brynn depuis le salon.

Elle avait déjà préparé du pop-corn et mastiquait bruyamment.

Il ne put s'empêcher de se fendre d'un grand sourire. Brynn avait eu sa part de souffrances et de peines de cœur et, par conséquent, n'était pas d'un abord facile, mais, quand c'était important, il n'y avait pas plus gentille. Il ignorait pourquoi la déesse ne lui avait octroyé aucun des pouvoirs de la meute puisqu'elle était du même sang que lui, mais il devait y avoir une raison. Elle était promise à un grand avenir. Il se trouvait seulement que ce ne serait pas en tant que Beta, Omega ou Guérisseuse. Zut ! elle ferait une sacrée bonne Alpha – mais jamais il ne le lui dirait.

— Pourquoi tu me regardes comme ça ? J'ai un truc sur le visage ?

Elle plissa les yeux et il ricana.

— Je réfléchissais juste. Ne fais pas attention à moi. Pour le film, un avec des combats, histoire qu'on s'amuse. J'aimerais voir si la technique est bonne ou si c'est trop hollywoodien.

Elle sourit puis appuya sur la touche *Play* de la télécommande.

— Super. Parce que j'ai déjà choisi.

Il roula des yeux en s'asseyant près d'elle et lui prit le saladier de pop-corn des mains. Il aurait dû se douter qu'elle aurait choisi le film. Il avait beau être l'Alpha de la meute et être chez lui, Brie ne lâchait pas la télécommande. Ainsi allait le monde.

Ils regardèrent le film et échangèrent leurs impressions, hurlant quand le méchant faisait un truc complètement stupide pour que le héros puisse gagner. Ça ne se passait jamais ainsi dans la vraie vie. Le méchant ne commettait pas d'erreur et le héros ne parvenait pas comme par magie à utiliser cette erreur à son avantage. Le héros n'avait qu'un seul moyen de gagner, et c'était de faire perdre son sang-froid au méchant, de découvrir son point faible. Ce faisant, le propre point faible du héros pourrait se révéler trop handicapant, permettant au méchant de l'emporter. La chance et la détermination ne suffisaient pas pour gagner. Il fallait être prêt à un sacrifice et avoir conscience que le héros n'était peut-être pas si héroïque que ça, mais juste un peu moins noir que le méchant.

Gideon poussa un soupir et éteignit la télévision quand le générique commença à défiler.

La meute traversait des temps difficiles. Au lieu d'aller franchement de l'avant et de trouver un moyen de protéger sa meute de ce qui risquait de leur tomber dessus, Gideon était encore à cheval sur son passé et son présent. Il n'aimait pas songer à son père et à la façon dont il lui avait succédé. Alors même qu'il savait qu'il devait penser à l'avenir et s'y préparer – d'où les souterrains entre leurs tanières et les réunions avec les Redwood –, il ne pouvait pas s'y consacrer entièrement. Le passé refusait de le laisser en paix, malgré tous ses efforts, et à présent les anciens voulaient lui parler, soulignant le fait qu'il ne parvenait jamais à tourner la page.

Il devrait faire la paix avec le passé, le présent et le futur pour que lui et sa meute puissent aller de l'avant.

Il se sentait épuisé rien que d'y penser.

— Prêt à sortir ? s'enquit Brynn.

Il se leva et s'étira.

— Ouais. On retrouve Mitchell et Ryder là-bas ?

Les anciens avaient demandé à son Héritier et à son Beta de se joindre à eux. Brynn venait en tant que femelle la plus dominante de la meute. En général, dans ce genre de situation, l'Alpha amenait sa compagne, mais, étant donné qu'il n'en avait pas, Brynn devait la remplacer.

Une raison de plus pour laquelle Brie ne lui conviendrait pas. Il ne voudrait pas l'obliger à se mettre dans une telle position.

Zut ! il devait cesser de penser à elle. Cela n'aidait personne et faisait qu'il se sentait encore plus dégoûté du jeu qu'il avait reçu.

— C'est ce qu'ils ont dit, répondit Brynn en sortant de la maison devant lui. Tu sais quel est l'objet de cette réunion ?

— Aucune idée. Je déteste quand ils font ça. Pour ce que j'en sais, ils veulent juste voir comment s'est passée la réunion avec les Redwood, mais, si ça les avait vraiment intéressés, ils auraient pu envoyer Xavier. Ça ne me dérange pas qu'il assiste à ce genre d'entrevue.

— Ouais, et Shannon le sait. Elle préfère te faire venir et que tu te prosternes à ses pieds que de faire preuve d'un peu de bon sens en demandant à l'un d'eux de se mêler à la meute plutôt que de rester en marge.

— Ne commence pas, Brynn. Je ne suis pas d'humeur à entendre ta logique.

Son loup gronda, faisant les cent pas. Aucun d'eux n'avait envie de faire ce qui leur incombait et il savait avec certitude que son loup préférerait être avec une certaine louve aux yeux verts, ce qui n'était pas près d'arriver.

Jamais.

— Par « logique », tu entends une logique qui a un sens contrairement à ce qu'ils disent, mais OK. Finissons-en tu veux bien.

— Ça me va.

Ils se rendirent à l'autre bout de la tanière, où vivaient les anciens. Ils étaient bien plus âgés que tous les autres loups de la meute et aimaient rester entre eux. Aucun d'eux n'était uni, parfois car ils avaient perdu leur compagnon des années auparavant, et ils s'étaient donc isolés une fois parvenus à un âge où il devenait trop difficile de se tourner vers l'avenir quand le passé occupait vos pensées.

Gideon avait entendu parler d'une ancienne de la meute Redwood qui avait trouvé un compagnon des années après avoir cessé de croire en un avenir, mais cela arrivait rarement. Les anciens des Griffes étaient âgés et attachés à leurs petites habitudes.

Surtout Shannon.

Mitchell et Ryder avaient déjà rejoint le centre du quartier des anciens et se tenaient à l'extérieur du cercle de pierres où ils prendraient tous place. Aucun d'eux ne semblait heureux d'être là et Gideon ne pouvait pas les en blâmer.

— Vous ne croirez pas qui d'autre a été invité, dit Mitchell doucement quand Gideon et Brynn approchèrent.

Gideon fronça les sourcils.

— Qui ?

Il n'eut pas besoin qu'on lui réponde, cependant. Il la vit et sentit son odeur dès qu'il eut prononcé ce mot.

— Que fait Iona ici, putain !?

— Tu veux que je la remette à sa place ? demanda Brynn. Je promets de ne pas abîmer son joli visage. (Elle s'interrompit.) Pas trop.

— On est dans le quartier des anciens, Brynn, dit Ryder d'une voix douce. Essaie de ne tuer personne devant eux. Ça les met en boule.

Gideon grinça des dents.

— Ça ne me dit rien qui vaille. Iona ne fait pas partie de l'élite, alors pourquoi les anciens l'auraient-ils invitée ?

— Elle est là à notre demande, dit Shannon d'un ton brusque en marchant vers eux.

Elle avait l'air d'avoir la trentaine, tout comme eux, mais ses yeux trahissaient des siècles de souvenirs.

— Asseyez-vous et nous y viendrons.

Gideon grogna.

— Je suis là parce que vous m'avez convoqué, mais je n'ai pas d'ordres à recevoir de vous.

— Respecte tes anciens, grogna Shannon pour toute réponse.

— Shannon, calme-toi, dit Xavier d'un ton doucereux à côté d'elle. Tout le monde, prenez place, je vous prie. Nous pourrons alors commencer à nous entretenir.

Le loup âgé glissa à Gideon un regard qu'il ne parvint pas à déchiffrer puis s'assit.

Xavier ayant pris place en premier, Gideon adressa un signe de tête à sa famille. Mitchell, Brynn et Ryder s'assirent en même temps qu'Iona. Gideon releva le menton puis attendit que Shannon en fasse autant. La femme avait beau brûler de s'opposer à lui, elle s'en abstint. Elle s'assit la première, sa louve étant bien moins dominante que son loup, puis il l'imita. Il n'aimait pas les jeux de pouvoir, mais il devait s'y résoudre avec cette louve-là.

— Pourquoi nous avez-vous convoqués ici ? s'enquit-il, las.

Normalement, il aurait tenté de faire preuve d'un peu plus de tact, mais il ne sentait pas cette réunion. La présence d'Iona alors qu'à sa connaissance elle n'avait jamais participé aux réunions des anciens avant n'était pas pour le rassurer.

— Nous avons pris conscience que cela fait maintenant trois décennies que tu diriges la meute sans compagne.

Gideon se figea aux mots de Shannon.

Non mais de quoi je me mêle ?

Il leva la main quand sa famille commença à s'offusquer. Elle était là pour lui, mais, vu que c'était apparemment de lui dont il était question, c'était à lui de parler pour l'instant.

— C'est exact, même si j'ignore pourquoi c'est soudain devenu une surprise. Je n'ai pas encore noué de liens avec une compagne.

Il prit garde à ne pas dire qu'il n'avait pas « trouvé » sa compagne parce que cela aurait été un mensonge et il savait que les autres auraient pu s'en apercevoir. En temps normal, il aurait été capable de le dissimuler, mais sa rencontre avec

Brie puis cette convocation avaient laissé son loup à cran. Il ne voulait pas prendre le risque.

Shannon releva un coin de sa bouche en un sourire.

— Alors que le fait de ne pas avoir de compagne pendant si longtemps n'a pas posé de problème quand tu étais l'Héritier sous le règne de Joseph, ton célibat n'a maintenant que trop duré dans ces circonstances. Nous avons… patiemment attendu que la déesse de la Lune t'octroie ce bonheur. Je sais qu'après la guerre contre les Reyes nous avons connu une période de troubles où aucun Griffes ne s'est plus uni, mais ce n'est plus le cas maintenant. Pourtant tu n'as toujours pas trouvé ta compagne. C'est inacceptable.

Il sentit ses cheveux se dresser sur sa tête.

— Excuse-moi ?

— Tu m'as bien entendue, Gideon Brentwood. L'absence de femelle Alpha nuit à la meute. Cela laisse un vide que ta propre sœur est obligée de combler, alors même qu'elle n'est pas la louve la mieux qualifiée pour cela. C'est faire preuve d'esprit de… contradiction que de ne serait-ce qu'avoir envisagé de continuer ainsi pendant aussi longtemps. La meute est à cran et ton refus de t'unir ne fait que la léser.

— J'espère que c'est une plaisanterie, putain ! Je ne choisis pas ma compagne. C'est le destin qui s'en charge. *(Mensonge.)* Comment peux-tu avoir le toupet de me dire que je dois m'unir pour protéger la meute ? Je me suis très bien débrouillé ces trente dernières années. Tu ne peux pas juste me fournir une compagne parce que ma façon de gouverner n'est pas à ton goût.

Une lueur ressemblant à du triomphe brilla dans les yeux de Shannon et Gideon réprima un juron.

— C'est ce que vous comptez faire, n'est-ce pas ? dit Ryder. Vous comptez invoquer la clause d'union.

Gideon se leva, les poings serrés pour empêcher ses griffes de sortir.

— « La clause d'union » ?

Il en avait entendu parler, mais il n'aurait jamais pensé qu'on y ferait appel un jour.

Shannon se leva aussi, et son putain de sourire mit sa patience à bout.

— Oui. On y a déjà eu recours avant et on y recourra encore. Absolument tous les membres du conseil des anciens sont unanimes, Gideon. Tu ne peux pas te défiler.

Gideon lança un regard à Xavier, qui semblait écartelé mais ne dit rien. Putain d'anciens! Il les emmerdait tous autant qu'ils étaient. La clause d'union était un vieux rituel qui stipulait que, si l'Alpha avait besoin d'une compagne pour l'aider à offrir un avenir à son peuple, la meute devait lui en trouver une. Ils devaient se marier, puis, avec le temps, des liens étaient censés se former. Ce n'était pas une vraie union, mais, avec assez de pouvoir et un soupçon de magie de sorcière, ils pouvaient procréer et engendrer la génération influente suivante.

On n'y avait jamais eu recours de son vivant et qu'il soit damné si ça changeait à présent.

Il serra les poings le long de son corps, recouvrant son sang-froid. S'il se transformait là tout de suite et faisait couler le sang, il ne ferait que leur prouver qu'il était incapable de maîtriser son propre loup. Pour agir, ils se fondaient sur le fait qu'ils le croyaient trop faible pour gouverner seul et il n'allait pas leur donner plus de grain à moudre.

Lorsqu'il prit conscience d'autre chose, son loup hurla à la mort.

— C'est pour ça que vous avez convoqué Iona. Vous voulez que je m'unisse à elle histoire d'exercer votre précieux pouvoir. En m'obligeant à m'unir, vous montrez à la meute que vous êtes tout aussi forts, si ce n'est plus, que moi.

Shannon inclina la tête du côté du loup.

— Ah oui ?

Il savait qu'il avait une échappatoire. Le destin lui en avait fourni une après tout, mais c'était le mauvais choix. Il le savait dans ses tripes. Brie était trop soumise. Elle n'était pas une Griffes. Elle était bien trop jeune, putain !

Et il n'avait même pas encore abordé la question avec elle.

Mais, s'il n'en informait pas les anciens dès à présent, la meute tout entière serait dans la merde. Leur révéler l'existence de Brie n'imposerait nullement à cette dernière de s'unir et ne ferait que lui laisser du temps.

Il n'avait besoin que de temps, et il priait pour que Brie et les Redwood lui pardonnent.

— Vous ne pouvez pas m'obliger à m'unir à Iona.

— C'est là que tu te trompes, roucoula Shannon. Nous en avons le pouvoir et nous le ferons.

Gideon secoua la tête et prit une profonde inspiration.

— Vous n'en ferez rien parce que j'ai déjà trouvé ma compagne potentielle.

Iona eut le souffle coupé et il sentit les membres de sa famille se raidir près de lui. Il ne leur prêta pas attention dans l'immédiat. Il aurait le temps plus tard de leur expliquer pourquoi il leur avait caché Brie. Ils comprendraient dès qu'il leur apprendrait qui exactement était sa compagne potentielle.

— Mensonges ! cracha Shannon.

— Non. Ce n'est pas un mensonge. C'est récent et nous n'avons pas encore eu le temps de nous y faire *(ou même d'en parler)* mais vous nous laisserez le temps de trouver notre voie. Hors de question qu'on m'oblige à précipiter notre union.

À condition qu'elle ait même lieu un jour.

Shannon plissa les yeux.

— Tu as deux jours. Montre-nous cette compagne soudaine ou tu t'uniras à Iona. (Elle sourit.) Pour le bien de la meute, bien sûr.

Gideon poussa un grondement sourd et regarda les autres s'éloigner d'un pas lourd et bruyant. Il sentait sa famille derrière lui, mais il ne dit rien.

Il en était incapable.

Jamais ça ne fonctionnerait. Il creuserait sa tombe et enterrerait Brie avec lui.

Qu'allait-il bien pouvoir faire, putain !?

Chapitre 4

Brie plongea les mains dans ses cheveux et essaya de se calmer. Sa louve la poussait et elle la poussait aussi, consciente que si elle ne commençait pas à respirer plus profondément elle se transformerait et effraierait tous ceux qui passeraient dans le coin. Certes, elle était chez elle et son coloc, Finn, n'était même pas là, mais les gens sentiraient l'attraction de sa louve.

Ce n'était pas comme si tout le monde, elle comprise, ne se métamorphosait pas tout le temps dans la tanière, mais sa louve était tellement à cran que ce serait comme envoyer un signal de détresse. Et, comme elle était une soumise, tous les autres loups plus dominants accourraient auprès d'elle parce qu'ils auraient véritablement besoin de s'assurer qu'elle allait bien.

Normalement, elle n'avait pas de mal à contrôler sa louve. En fait, étant donné qu'elle n'avait pas de surplus d'agressivité comme certains loups dominants, elle la maîtrisait mieux que beaucoup. Pour elle, ses métamorphoses – bien que douloureuses comme pour tout le monde – constituaient aussi une délivrance apaisante qui lui permettait de se détendre et de ne faire plus qu'une avec sa louve.

À présent cependant elle éprouvait le besoin de se transformer parce que sa louve voulait partir de la tanière pour aller retrouver leur compagnon.

Hors de question.

Gideon n'avait même pas pris de ses nouvelles. Il n'était pas son compagnon. C'était juste un loup parmi tant d'autres dans sa vie. Par la déesse ! il ne faisait même pas partie de sa vie. Il était juste… là.

Bordel ! elle se comportait comme une collégienne qui avait appris à la récréation qu'un garçon l'aimait bien. Mais elle était une vierge de plus de trente ans qui s'était enfin retrouvée face à face avec son compagnon et avait fui avant qu'il puisse le faire en premier.

Elle sentait encore la chaleur de ses mains sur ses bras, la fermeté puissante de son torse contre son corps quand il l'avait rattrapée. Ses joues la brûlèrent quand elle se rappela précisément pourquoi il l'avait tenue dans ses bras. Évidemment qu'elle avait trébuché comme une idiote et que le grand méchant Alpha avait dû la prendre dans ses bras et la sauver d'une vilaine chute !

Elle était étonnée de ne pas s'être pâmée d'admiration devant lui en jouant avec son collier de perles.

Par la déesse, elle n'avait pas aimé celle qu'elle avait été à ce moment-là !

Se battre avait beau ne pas être son fort, elle n'en était pas pour autant une jeune louve lâche qui n'avait jamais vu d'homme auparavant. Si elle était vierge, c'était uniquement parce qu'elle avait dix-sept ans quand elle avait posé pour la première fois les yeux sur Gideon et que sa louve avait décrété que c'était lui. Qu'il n'y aurait personne d'autre pour elle. Depuis, elle avait repoussé d'autres hommes parce qu'elle ne ressentait rien avec eux. Elle était sortie, et était même allée assez loin, avec deux loups et un sorcier qui habitaient dans la tanière, mais, quand il avait été question de passer à l'acte, elle n'en avait pas été capable. Cela n'avait rien eu à voir avec ces hommes, mais avec qui ils n'étaient pas.

Ce qui ne présageait rien de bon pour le reste de sa vie, vu comment se comportait sa louve, là tout de suite.

Quelque chose lui disait que sa famille avait compris aussi qu'il y avait anguille sous roche. Certes, son père se réjouissait qu'elle n'ait jamais eu de relation sérieuse. Parce qu'il n'avait jamais eu à flanquer une raclée à un pauvre jeune loup pour s'être approché de sa fille parfaite chérie – ses mots à lui, pas les siens. Mais il avait malgré tout relevé le fait qu'elle n'avait pas eu de chéri récemment. Il l'aimait assez pour la laisser partir – sauf qu'elle n'avait nulle part où aller pour commencer. Sa mère était inquiète, tout comme ses deux petites sœurs, qui sortaient avec des loups et grandissaient.

Brie, semblait-il, resterait sur le carreau parce que sa louve avait déjà choisi, et elle avait beau être soumise sa louve était trop forte pour qu'elle la fasse changer d'avis.

Au mieux l'avenir lui semblait morne et elle n'était pas sûre d'avoir encore envie d'écouter sa louve. Il vaudrait peut-être mieux pour elle qu'elle reprenne sa vie en main et se trouve un loup. Même si elle ne s'unissait jamais, elle pourrait au moins prendre du bon temps. Tous ses cousins grandissaient et profitaient de la vie. Pourquoi pas elle ?

Ce n'était pas comme si elle ne possédait rien. Elle avait une maison qu'elle adorait et qu'elle partageait avec Finn. Ce n'était pas grand, mais juste assez pour eux deux. Un jour ou l'autre, quand Finn s'unirait, il déménagerait dans un endroit plus grand pour pouvoir élever une famille. Et elle se retrouverait seule dans sa petite maison. Ç'avait tout l'air d'une morne perspective, mais elle s'en accommoderait. Peut-être qu'un jour sa louve la laisserait s'unir à un autre. Trouver un autre compagnon potentiel n'était pas impossible… juste extrêmement rare. Et avec la tanière sur le pied de guerre à cause des humains il devenait de plus en plus difficile de dénicher sa moitié.

Elle avait eu sa chance et celle-ci lui avait filé sous le nez.

Sa louve la poussa encore du museau et elle jura.

— Arrête, grogna-t-elle. Arrête, tu veux bien. Il n'est pas à nous. Il ne le sera jamais. C'est un putain d'Alpha et soupirer après lui ne fera que rendre les choses plus difficiles. Je ne suis pas une petite fille espiègle qui ne sait pas vivre sans un homme. Je fais partie de la meute Redwood. Je suis plus forte que ça.

— Bon sang ! c'est vrai alors.

Le souffle coupé, elle se retourna vers Finn et Quinn, qui faisait partie de la meute et était l'un des Exécuteurs de l'Alpha, qui se tenaient dans l'embrasure de la porte.

Ses yeux s'embuèrent et elle les cligna pour chasser ses larmes. Elle ne les avait pas entendus entrer dans la maison, n'avait pas senti leur odeur. Bon sang ! elle avait été si concentrée sur sa petite personne et sa louve qu'elle avait baissé la garde.

À présent ils savaient.

— De quoi tu parles ? dit-elle d'un ton brusque, s'efforçant de s'exprimer avec tout l'aplomb dont elle était capable.

Quinn soupira en secouant la tête.

— Je suis désolé, Brie, chuchota-t-il.

L'homme baraqué aux cheveux sombres et aux yeux chocolat soupira, paraissant sincèrement inquiet pour elle. Pourquoi ? S'étant uni à sa cousine Gina, il faisait désormais partie de la famille et se comportait comme un grand frère avec elle, mais il ne l'avait jamais regardée de cette façon.

Elle fronça les sourcils.

— Quoi ? Pourquoi es-tu désolé ? Que se passe-t-il ?

Finn lui prit la main. Elle se libéra, soucieuse. Une lueur dorée flamboya un instant dans ses yeux avant qu'ils retrouvent le jade caractéristique des Jamenson. Une mèche de cheveux brun foncé lui retomba sur le visage et il la repoussa, les épaules visiblement tendues.

Il lui lança un regard puis s'essuya les mains sur son jean.

— Brie, tu vas devoir t'asseoir, d'accord ? On doit se dépêcher de concevoir un plan avant que nos parents l'apprennent.

À présent elle était vraiment déconcertée. De quoi parlait-il ? On aurait dit qu'ils savaient ce qui était arrivé, mais elle était sûre que quelque chose d'important lui échappait. Pourquoi cachaient-ils tout à leurs parents ? Et que pouvait donc bien faire Quinn là ? Rien n'avait de sens.

— Dis-moi ce qui se passe, Finn. Tu commences à me faire peur.

Il poussa un soupir.

— Eh bien, il semblerait que tu aies une raison d'avoir peur.

— De quoi tu parles, à la fin ? Et que fais-tu ici avec lui, Quinn ?

Quinn grimaça puis se mit à faire les cent pas.

— Tu sais que j'ai été un membre des Griffes, hein ?

Brie cligna des yeux.

— Ouais, avant de t'unir à Gina.

Gina était la sœur de Finn et la nouvelle Exécutrice des Redwood. Ils s'étaient rencontrés tous les deux quand les Griffes et les Redwood avaient créé un conseil quinze ans plus tôt. Quinn, ainsi que son fils, Jesse, étaient devenus des Redwood quand ils s'étaient unis, Gina et lui.

— Eh bien, du fait d'avoir grandi avec les Griffes et que certains me considèrent encore comme un membre honoraire, je suis informé de ce qui se trame au sein de la meute avant les autres Redwood.

— D'accord…

— D'abord, Brie, je veux que tu me répondes franchement, OK? lui demanda Finn avant que Quinn ait pu aller au bout de sa pensée.

Elle se tourna vers son cousin, les sourcils froncés.

— Je suis toujours franche avec toi, chuchota-t-elle, consciente que ce n'était pas entièrement vrai.

Elle avait dissimulé sa découverte pendant des années et n'avait pas révélé l'attraction qu'elle ressentait. Cependant, c'étaient ses affaires. Ce n'était pas comme si elle avait menti ouvertement sur le fait qu'elle avait trouvé son compagnon et n'avait rien fait à ce sujet.

Finn serra les lèvres en une ligne fine et elle retint son souffle.

— Gideon est-il ton compagnon potentiel?

Elle cligna des yeux. Elle s'était attendue à une question de ce style. Ses paroles quand il avait franchi la porte ne lui avaient laissé aucun doute, mais cela n'en était pas moins un choc de l'entendre l'énoncer clairement. C'était un sujet qu'elle n'avait jamais vraiment évoqué à voix haute à part ce soir-là. Et voilà où ça l'avait menée.

Elle ne pouvait pas mentir cependant. Elle ne le sentait pas.

— Oui. C'est mon potentiel.

Les deux hommes jurèrent et elle agita les mains, les larmes lui brûlant les yeux. Elle ne les laissa pas couler. Ça faisait un mal de chien, mais elle n'était pas faible. Et peut-être que, si elle continuait à se le répéter, elle le croirait.

— Je ne vais pas m'unir à lui, Finn. Je ne suis pas stupide. C'est l'Alpha des Griffes, bon sang! Je suis une soumise. Deux trucs incompatibles. La déesse de la Lune s'est plantée.

J'ai pigé. Alors ne t'inquiète pas. Je vais garder mes distances et au bout d'un moment nos loups finiront par tourner la page. *(Espérons-le.)* Et peut-être qu'un jour je rencontrerai un autre compagnon. Sinon je peux me trouver un loup avec qui j'aurai envie de passer le reste de ma vie et peut-être qu'un jour le lien se formera. Ce n'est pas la fin du monde.

Sauf que… ça en avait tout l'air.

— Putain ! grommela Quinn, avant de se remettre à faire les cent pas.

Elle ne s'était pas aperçue qu'il s'était arrêté, mais bon, elle avait été plongée dans ses pensées aussi.

— Qu'est-ce qui ne va pas ? demanda-t-elle. Je ne comprends pas. On aurait dit que vous étiez au courant tous les deux avant d'entrer. (Elle se figea.) Gideon a-t-il dit quelque chose ? Zut ! il n'aurait pas dû. On n'en a même pas discuté ensemble. On n'a pas même vraiment discuté du tout, à part ces quelques mots échangés à la réunion. Il ne voudra pas s'unir à moi, les amis. Tout ira bien. Ça ne va pas perturber les meutes. On s'en remettra tous les deux. Je suis sûre qu'il est déjà passé à autre chose.

Son cœur se serra à ces derniers mots, mais elle décida de ne pas y prêter attention. Elle se pencherait sur sa souffrance plus tard. Comme toujours.

— Ce n'est plus aussi simple, chuchota Finn.

« Simple » ? En quoi ç'avait jamais été simple ? Si ça c'était simple, elle ne voulait pas savoir à quoi ça ressemblait quand c'était compliqué. Sa louve la poussa, ses griffes lui labourant la peau.

Finn regarda Quinn, et Brie eut envie de leur hurler de juste cracher le morceau.

— Tu te rappelles que les anciens des Griffes n'arrêtent pas d'essayer de contrôler Gideon ? demanda Quinn.

Elle hocha la tête, sa louve grondant à l'idée que Gideon doive endurer ça. Il avait beau ne pas être véritablement son compagnon, elle ne voulait pas pour autant qu'on profite de lui.

— Ils ont eu un problème avec votre union à toi et Gina, dit-elle.

Quinn ricana.

— C'est une façon de présenter les choses. Eh bien, ils remettent ça. Ou, plus précisément, Shannon remet ça. (Il déglutit péniblement.) Apparemment elle a le soutien des autres anciens.

Quelque chose de froid lui remonta le long de la colonne vertébrale et elle se figea.

— Le soutien pour quoi ?

Finn croisa son regard.

— Elle invoque la clause d'union.

Brie eut le souffle coupé. Elle connaissait cette clause parce qu'elle avait lu de vieux dossiers avec son oncle Reed quand elle était plus jeune. Elle avait voulu faire partie de la meute et aider de son mieux.

— Non. Elle ne peut pas faire ça. Pas vrai ? Gideon n'a pas besoin de compagne.

Sa louve se jeta contre elle et elle parvint tout juste à rester sur ses jambes. Par la déesse ! ça faisait mal.

Quinn secoua la tête.

— Tout le conseil des anciens est sur son dos, Brie. Ils lui ont même choisi une femme. Iona. Je sais que Gideon couchait avec elle, mais ce ne sont pas des compagnons.

Elle tressaillit comme si on l'avait giflée, reculant d'un pas.

— Putain ! s'écria brusquement Quinn, les yeux écarquillés. Je suis désolé, Brie. Je m'y prends comme un pied.

Finn s'avança vers elle, mais elle recula d'un autre pas, les mains levées.

Tout tourbillonnait dans sa tête, mais elle s'obligerait à s'exprimer clairement. Elle pouvait le faire. Elle était plus forte qu'elle le pensait – du moins, elle priait de l'être.

— Si Iona n'est pas sa compagne, comment peuvent-ils invoquer la clause d'union ?

Quinn soupira.

— Ils vont l'imposer. Entre la clause et la magie d'une sorcière, ils réussiront à procréer tous les deux.

Une larme roula sur sa joue, mais elle ne l'essuya pas. Ce n'était pas censé être facile. À l'idée que le seul loup qui lui était destiné serait livré volontairement à une autre femme, elle souffrait le martyre. Ils devraient faire avec ses larmes.

— Bon, chuchota-t-elle. Pourquoi venir me l'apprendre ? (Sa voix se fit aiguë.) S'il va s'unir à cette femme, que faites-vous ici ? Quel rapport avec moi ?

Elle voulait qu'ils partent. Elle voulait se recroqueviller dans un trou et laisser un peu de temps passer pour pouvoir oublier les rêves qu'elle avait nourris au sujet de l'union.

— Gideon a réussi à gagner du temps, dit Quinn avec circonspection.

— Et comment s'y est-il pris ? demanda-t-elle d'une voix impassible.

— Il… il a dit qu'il avait trouvé sa compagne potentielle et qu'ils ne pouvaient donc pas l'obliger à s'unir à Iona.

Elle recula en titubant, s'agrippant au dossier du canapé.

— Il… il a dit qui ?

Finn secoua la tête.

— Non, pas devant les anciens. Ils n'étaient pas contents, mais ils lui ont laissé du temps pour s'unir à sa potentielle avant de lui imposer Iona.

Elle secoua la tête.

— Alors que faites-vous ici ?

Quinn soupira.

— On sait que c'est toi, Brie. On le savait avant que tu nous l'apprennes. Gideon a dû expliquer à sa famille ce qui se passait dès qu'ils se sont retrouvés entre eux. J'ignore ce qu'il compte faire, mais il a dit ton nom et Walker m'a appelé. Il a voulu me prévenir avant que ça nous pète à la gueule. Parce que, Brie, ça va nous péter à la gueule.

Elle s'obligea à esquisser deux pas, puis s'affala sur le canapé, ses jambes n'étant pas capables de la porter plus longtemps. Gideon l'avait senti alors. Il avait dit son nom…, mais uniquement pour sauver sa peau.

Eh bien, le destin n'était-il pas une garce ?

Il n'aurait pas voulu d'elle s'il avait eu le choix. En fait, elle n'était pas sûre qu'il l'ait choisie du tout. Il n'avait pas exactement pris contact avec elle, si ? Non. Il était dans sa tanière occupé à concevoir un plan qui bouleverserait sa propre vie à jamais, pourtant il n'avait pas pris la peine de la mettre dans le secret.

— Tu sais ce qu'il va faire ? s'enquit-elle avec raideur.

Savait-il ce qu'elle ferait, elle ?

— Je n'en ai aucune idée, Brie, répondit Quinn. Beaucoup de choses sont en jeu, mais j'ignore quelle serait la meilleure décision.

— Il ne lui forcera pas la main, lâcha Finn.

— Excuse-moi ? demanda-t-elle doucement, relevant vivement la tête.

— Tu fais partie de ma famille, de notre meute. Tu n'es pas une Griffes. Tu n'as pas révélé qu'il était un potentiel et dois donc avoir eu des réticences. Allez, Brie, c'est un Alpha, putain ! Sa meute ne voudra pas d'une soumise comme femelle Alpha. C'est du jamais-vu. Je ne veux pas que tu souffres pour que Gideon puisse gouverner à sa façon. Tu es plus importante que ça.

Ses larmes coulaient librement à présent, mais elle refusa de laisser aucun des hommes approcher. Les mots de Finn avaient beau être vrais, ils faisaient un mal de chien.

— Tu crois que je ne sais pas que je ne serai jamais acceptée comme la compagne de Gideon ? Je suis la fille de Jasper et Willow. Je suis une Redwood. Ma place est ici. Je suis une soumise qui n'aime pas se battre. Je ne suis pas taillée pour être une femelle Alpha, dit-elle, la voix plus stridente à chaque mot.

Finn grimaça.

— Bon sang ! ce n'est pas ce que j'ai voulu dire, Brie.

Elle roula des yeux puis essuya ses larmes. À quoi bon pleurer quand cela ne servait à rien.

— Eh bien, c'est ce que tu as dit. Je sais que je ne suis pas assez bien pour être la compagne de l'Alpha. Ce n'est pas un souci. J'étais en train de me faire une raison. Mais maintenant Gideon se sert de moi sans me le dire. Il n'a peut-être pas donné mon nom aux anciens, mais il a intérêt à se montrer avec une compagne potentielle sans trop attendre, sinon il sera obligé de rester avec cette Iona.

Elle détestait déjà Iona et elle n'avait même pas rencontré cette femme. Ce n'était pas comme si elle avait une raison d'être jalouse, mais elle n'était pas capable de réprimer complètement toutes ses émotions.

Quinn souffla avant de s'asseoir sur le canapé à côté d'elle. Sa louve éprouva des picotements à la proximité des deux loups dominants, puis se calma un peu. Maudite louve ! Finn se frotta la nuque puis se pencha vers la table basse.

— J'ignore ce que compte faire Gideon, Brie, mais il est hors de question qu'il te force la main.

Finn termina sa phrase en grognant et elle soupira.

— Il n'est pas comme ça, Finn, intervint Quinn. Tu ne le connais peut-être pas, mais ce n'est pas un monstre.

Finn grogna encore et elle ferma un instant les yeux avant de les rouvrir avec lenteur.

Qu'on mette un groupe de mâles dominants dopés à la testostérone dans une pièce et tout partait en couille. Finn avait beau être puissant et être l'Héritier, il n'était pas encore un Alpha. Elle ne voulait pas qu'il arrive quoi que ce soit à son cousin, ou à n'importe quel autre membre de sa famille, à cause de quelque chose sur quoi il n'avait aucune prise. Elle ne voulait pas non plus qu'il arrive quoi que ce soit à Gideon, même si elle ne le connaissait pas et qu'il ne lui avait même pas encore dit qu'il voulait d'elle.

Il ne voulait pas d'elle – il avait seulement besoin d'elle –, et c'était le problème.

Elle déglutit bruyamment, consciente qu'il n'y avait qu'une seule chose à faire. Si Gideon avait révélé au grand jour son existence, c'était bien pour une raison. Il ne voulait pas s'unir à Iona. Peut-être pas plus à elle, mais il pourrait ne pas avoir le choix.

Et, du coup, elle non plus.

S'il espérait rassurer sa meute et cesser d'avoir les anciens sur le dos, il avait besoin d'un lien d'union.

Il avait de la chance, elle pouvait lui en fournir un.

Elle s'occuperait des conséquences plus tard.

Sa louve gémit puis la poussa du museau, secrètement ravie.

Maudite louve !

Elle releva le menton et regarda Finn dans les yeux.

— Tu peux me conduire à la tanière des Griffes, auprès de Gideon ? demanda-t-elle d'une voix ferme.

Finn se leva si vite qu'il manqua de tomber sur la table basse.

— Tu te fous de moi, putain, c'est ça !? Tu ne peux pas juste aller chez les Griffes et t'offrir en sacrifice comme un agneau.

Elle grimaça à cette image. Elle avait beau être exacte, elle ne lui plaisait pas.

— Arrête, Finn. C'est mon choix.

— Pas si on te force la main. Gideon peut y arriver sans toi.

Et si je ne peux pas y arriver sans lui ?

Elle s'empressa de chasser cette pensée. Il n'en sortirait rien de bon.

— Emmène-moi simplement là-bas, Finn. Je suis parfaitement capable de me battre et de me protéger, mais je ne suis pas stupide. Se rendre seule dans une autre tanière n'est pas intelligent. Je ne refuserais pas un coup de main.

— Je vais t'y conduire, dit Quinn doucement.

Elle se tourna vers lui, surprise.

— C'est vrai ?

Il acquiesça d'un signe de tête avant de se lever.

— Gideon est l'un de mes meilleurs amis. T'avoir comme compagne fera de lui un sacré veinard. Si ça va être facile ? Putain, non ! Mais Gina a renoncé à tout pour être avec moi et j'ai été stupide de ne pas voir ce que je pouvais lui apporter en retour. Alors, ouais, je vais t'accompagner pour m'assurer que Gideon soit bien conscient de ce qu'il tire de cette situation. Sans parler du fait que j'ai vécu dans cette tanière. Je resterai à ton côté si tu le veux.

Elle déglutit bruyamment, consciente que Quinn avait le cul entre deux chaises, mais elle lui était reconnaissante pour son aide.

— Eh bien merde ! grommela Finn. Très bien. Je t'accompagne, moi aussi. Je ne le laisserai pas te faire de mal. (Il croisa son regard, les yeux voilés.) Tu es sûre de savoir ce que tu fais ?

Elle secoua la tête.

— Je ne sais pas du tout ce que je fais, juste que je dois le faire. Il a besoin d'une compagne et, eh bien…, je suis là.

Et je veux m'unir à lui même s'il ne veut pas de moi et que je ne suis pas la bonne personne pour lui.

Non qu'elle prononcerait jamais ces derniers mots.

— Eh bien, allons-y alors si on veut être partis avant que nos parents aient vent de l'affaire et que les choses partent officiellement en couille.

Brie secoua la tête et se leva, les mains tremblantes.

— Tu as un vrai talent pour les mots, Finn.

Il lui adressa un grand sourire, même si celui-ci n'atteignit pas ses yeux.

— Je fais de mon mieux.

Elle déglutit bruyamment et baissa les yeux sur son jean déchiré, ses bottines et son haut. Pas la meilleure tenue pour rencontrer un futur compagnon et se donner à lui, mais ce n'était pas comme si c'était vraiment important. Pour ce qu'elle en savait, il la rejetterait dès qu'il l'apercevrait. Même s'il acceptait son lien, elle aurait alors affaire à toute la meute. Ce ne serait pas facile, mais zut ! ce devait être mieux que cette solitude qui refusait de la laisser en paix.

Ils rejoignirent la tanière des Griffes en silence. Quinn était au volant tandis que Finn était assis sur le siège passager, son loup sur le qui-vive à en juger par ses épaules tendues. Brie respira profondément, s'efforçant de nouveau de se calmer. Elle savait qu'elle faisait ce qu'il fallait, mais cela ne rendait pas la chose plus facile.

Aux portes de la tanière, Quinn s'entretint à voix basse avec les sentinelles. Les autres loups jetèrent un coup d'œil à l'intérieur de la voiture et hochèrent la tête, les sourcils froncés. Elle ignorait ce qu'ils pensaient, mais elle s'en préoccuperait plus tard.

Elle devrait se préoccuper de plein de trucs plus tard.

Ils sortirent du véhicule et suivirent les sentinelles à travers les barrières. En tant qu'étrangers ils ne pouvaient pas accéder à la tanière en voiture, mais ils étaient autorisés à entrer à pied, ce qui était déjà ça.

— Les sentinelles ont prévenu Gideon de notre présence. C'est pour ça qu'elles nous ont laissés passer, chuchota Quinn.

Elle hocha la tête et se concentra pour poser un pied après l'autre. Ce n'était pas une marche funèbre. Elle ne renonçait pas à la vie. Non, elle renonçait juste à son mode de vie. Elle pouvait le faire. Elle était une Jamenson et elle était super forte.

Ce n'était pas parce que sa louve voulait baisser la tête et se blottir contre le dominant le plus proche pour se rassurer qu'elle était faible. Elle était juste comme ça.

— On peut encore repartir, dit Finn derrière elle.

Elle secoua la tête.

— J'ai pris ma décision. Reste juste à mon côté et disparais le moment venu. C'est le mieux que tu puisses faire.

Finn grogna, mais ne dit rien d'autre.

Elle sentit les regards qui pesaient sur elle, mais ne regarda personne. Certains étaient sortis de chez eux pour voir les Redwood qui traversaient leur tanière, mais ils ne firent aucun commentaire et elle ne souffla pas mot non plus. Ils apprendraient tous bien assez vite la raison de sa visite. Elle espérait juste que ça ne se terminerait pas dans un bain de sang à l'instar de nombreuses unions inopportunes.

À leur arrivée, Gideon se tenait devant sa porte et elle eut le souffle coupé.

Apparemment ils n'auraient jamais à s'en faire pour ce qui était de son attirance pour lui. Son sang se réchauffa indéniablement dans ses veines à la vue de l'homme appuyé à l'embrasure de la porte, les bras croisés.

Il la sonda de ses yeux bleus perçants, puis se tourna vers Quinn, la congédiant de ce seul mouvement.

La souffrance qu'elle ressentit la stupéfia, mais elle ne flancha pas. Elle n'était pas là sans raison, et il devrait juste passer outre à ses sentiments. S'il disposait d'un autre moyen de préserver son statut sans s'unir à elle, elle serait heureuse de le savoir.

Ça pourrait ne pas lui plaire, mais elle était prête à l'entendre.

— Je vois qu'on n'a pas sa langue dans sa poche, lança Gideon avec désinvolture à Quinn.

Même si, franchement, Gideon n'avait rien de désinvolte et ils en avaient tous conscience. La présence de leur compagnon poussa sa louve à se frotter contre elle. Elle serra les poings le long de son corps, obligeant sa louve à se calmer au moins pour le moment. Elle devait garder les idées claires si elle espérait ressortir de tout ça en un seul morceau… ou du moins avec toute sa tête.

— Elle méritait de savoir, répondit Quinn. Elle est venue de son propre chef. C'est son choix.

Bon. Ça suffisait comme ça. Elle avait beau être soumise, elle n'appréciait pas que les grands méchants hommes parlent d'elle et s'occupent de ses affaires comme si elle n'était pas là. Elle ne commencerait pas cette union sur de telles bases.

— « Elle » est juste là, lâcha-t-elle, même si l'effet ne fut pas aussi fort qu'elle l'aurait voulu.

Elle croisa le regard de l'Alpha.

— Gideon, je peux entrer ? J'aimerais qu'on se parle. Finn et Quinn peuvent attendre dehors.

— Brie…

— C'est bon, Finn.

Elle l'interrompit. Il grogna dans son dos et Gideon en fit autant.

Ça ne finirait pas bien.

— C'est bon, répéta-t-elle, la voix si basse qu'elle craignit d'être la seule à l'entendre.

Gideon inclina la tête sur le côté et l'observa.

— Vraiment ? chuchota-t-il avant de se redresser. Entre, Brie Jamenson. Il semblerait que nous ayons beaucoup à nous dire.

Finn lui prit la main et elle la serra avant de s'éloigner. Elle laissa les deux hommes sur le chemin alors que d'autres s'approchaient. Elle ne regarda pas pour voir de qui il s'agissait. Elle aurait le temps pour ça plus tard. Elle suivit Gideon dans la maison. Lorsqu'il referma la porte derrière elle, tout lui parut clair.

Elle se tenait dans la maison de l'Alpha.

Dans la maison de son compagnon.

Seule.

Son pouls s'accéléra, mais elle ne baissa pas la tête. Elle n'en éprouva pas le besoin comme c'était le cas avec tant d'autres dominants, sans doute en raison de qui était Gideon pour elle… ou, du moins, de qui il pouvait être.

Par la déesse ! pourvu qu'elle ne se trompe pas.

— Je suppose que tu es au courant que les anciens m'ont forcé la main.

— Ils ne t'ont pas vraiment laissé le choix, répondit-elle, blessée qu'il refuse de la regarder.

Il ricana avant de lui relever le menton d'un doigt replié. Elle eut le souffle coupé tant sa chaleur était enivrante. Il plongea les yeux dans les siens et sa louve hurla de joie.

Mon compagnon.

— Soit je m'unis à une femme qui n'est rien de plus pour moi qu'un membre de la meute, soit je m'unis à une inconnue. Quoi qu'il en soit, ce n'est pas vraiment un choix.

Elle ne tressaillit pas, mais bon sang ! ce n'était pas l'envie qui lui en manquait.

— Tu as besoin d'une compagne et il semblerait que le destin t'en ait fourni une. Je suis là pour que tu n'aies pas à aller à l'encontre de ton loup.

Voilà. C'était mieux que : « S'il te plaît, prends-moi et ne me laisse jamais partir. »

Il leva l'autre main et lui effleura la joue du pouce.

— L'union n'est pas pour les âmes sensibles, petite louve.

Elle ne recula pas, pas plus qu'elle ne chercha à se dégager.

— Parce que tu en sais quelque chose ?

Il pinça les lèvres.

— Bien vu. Tu es prête à renoncer à tout ce que tu connais pour t'unir à un Alpha, un homme à qui tu as à peine parlé. Un homme qui a plus de cent ans de plus que toi.

Elle déglutit bruyamment mais n'arracha pas son regard au sien.

— Je suis prête à suivre mon destin et à faire confiance à la déesse de la Lune.

De nouveau, elle pria pour ne pas se tromper.

Tu ne me connais pas. Tu ne m'aimes pas. Je ne t'aime pas.

Elle ne tressaillit pas, mais il s'en était fallu de peu.

— Non, il n'est pas question d'amour et, franchement, je ne sais même pas si je t'apprécie. Comment aurait-il pu en être autrement quand je ne t'ai jamais vu que de loin ? Mais, afin d'être en mesure de protéger correctement ta meute, tu as besoin d'une compagne. Pourquoi nuire encore plus tant à ta personne qu'à la meute en t'unissant à une femme avec qui tu ne peux pas nouer de vrai lien ? La magie des sorcières n'est pas la même que celle des loups. Un lien forgé à partir d'une force étrangère à la déesse ne t'aidera pas comme le ferait un lien véritable.

Il acquiesça d'un signe de tête, continuant à lui effleurer la peau du pouce. Savait-il à quel point cette caresse l'apaisait et attisait son désir tout à la fois ? Son corps s'embrasa, mais elle n'osa pas prendre la moindre initiative pour le moment.

Il baissa la voix et elle serra les lèvres.

— Tu es une soumise, Brie. Comment pourras-tu protéger la meute si tu ne peux pas te battre ?

Elle serra les poings le long de son corps, mais elle ne grogna pas.

— Tu es mieux placé que quiconque pour connaître la valeur d'un soumis au sein d'une meute. Je n'ai pas besoin de verser le sang pour montrer ce que je vaux. Je peux me battre si besoin, mais je peux aussi faire preuve de compassion envers la meute et l'apaiser de façon à la maintenir en bonne santé.

Il hocha la tête, et cette fois il lui effleura la lèvre du pouce. Elle dut prendre sur elle pour ne pas en lécher le bout avant de l'aspirer dans sa bouche.

— La meute pourrait ne pas t'accepter. Es-tu prête à affronter ça ? Je ne te montrerai jamais que tu n'es pas désirée parce que je ne suis pas ce genre d'homme, mais je ne peux pas obliger la meute à t'aimer. Sinon, tu perdrais toute crédibilité.

— Je comprends. Je devrai me battre – de toutes les façons qui me seront possibles – pour mériter ma position.

Il soupira puis lui caressa le bras.

— Ta famille va me tuer.

Elle secoua la tête, son cœur se réchauffant de nouveau. Elle devenait déjà accro à ses caresses et ça ne faisait que quelques courts instants. Ce devait être l'appel de l'union et, avec un peu de chance, cette… soif finirait par s'apaiser.

— Non. Elle a connu son lot de problèmes avec les unions. La nôtre sera juste un peu différente.

Il ferma les yeux et recula. Son cœur saigna, et l'absence de ses doigts sur sa peau lui laissa une impression de froid.

— Je ne peux pas laisser les anciens croire qu'ils peuvent me contrôler. Le monde est déjà trop dangereux pour notre meute pour que nous nous laissions aller à des luttes intestines.

— Alors unis-toi à moi et laisse-moi t'aider à porter ce fardeau.

— Le partage, ce n'est pas mon fort.

Elle esquissa un pas vers lui et posa la main sur son torse. Elle sentit son cœur battre contre sa paume et elle s'humecta les lèvres. Le fait qu'il ne s'était pas écarté en disait long. Ou du moins le pensa-t-elle.

— Je serai ta compagne, Gideon Brentwood. Je ferai de mon mieux pour être celle dont tu as besoin, dont a besoin la meute.

— J'espère que tu ne le regretteras pas, petite louve.

Elle secoua la tête.

— Je ne le regretterai pas. Autrement, c'est un choix que je n'aurais jamais pu faire.

Sur ce, elle se dressa sur la pointe des pieds et lui effleura les lèvres des siennes. Il se raidit un instant puis glissa un bras autour de sa taille et plaça la main sur l'arrière de sa tête.

Elle eut le souffle coupé puis entrouvrit les lèvres, laissant sa langue s'enlacer à la sienne. Il grogna, lui mordillant les lèvres, prenant le contrôle du baiser. Ses épaules s'affaissèrent, son corps se fondant dans le sien. Il avait une saveur d'épices, de pouvoir et d'un avenir qu'elle ne pouvait pas entrevoir.

Lorsqu'il s'écarta, ils étaient tous deux essoufflés et elle sentit la dure longueur de sa queue contre son ventre.

Au moins, son corps la désirait.

Son cœur, cependant, ce serait une autre histoire.

Il lui prit le visage entre les mains et la scruta.

— Je suppose que tout est dit, déclara-t-il dans un souffle rauque.

Elle déglutit bruyamment, sa saveur à jamais gravée sur sa langue.

— Je suppose que oui.

Son destin était attaché au sien, tous deux entrelacés autour d'une promesse et d'une incertitude.

Elle priait juste de ne pas avoir fait la plus grosse erreur de sa vie. Parce qu'elle avait beau trembler à l'idée d'une meute qui la méprisait, ce n'était pas le pire qui pouvait arriver.

Non, ce qui pouvait la briser, c'était de ne pas avoir le cœur de Gideon.

Et, lorsqu'il s'écarta encore pour reprendre son souffle, quelque chose lui dit qu'elle serait anéantie bien avant d'avoir vu quoi que ce soit venir. Elle n'avait aucune emprise sur certaines choses et c'étaient celles qui faisaient le plus mal.

Ou, du moins, c'était ce qu'elle craignait.

Chapitre 5

Gideon s'était trompé. Il ne mourrait pas à la suite d'une trahison ou de quelque événement sur lequel il n'avait aucune prise. Non, il mourrait le jour même aux mains d'un Alpha et d'un ancien Beta qui voulaient sa mort pour avoir osé toucher à leur petite princesse chérie.

Il se passa la main sur la tête et se demanda comment il avait bien pu se fourrer dans cette position. Ne s'était-il vraiment écoulé que moins d'une semaine depuis qu'il s'inquiétait des loups solitaires qui essayaient d'attaquer sa tanière et qu'il songeait à mettre son peuple à l'abri des humains ? Il se préoccupait toujours de tout ça, bien sûr, mais à présent toute une nouvelle série de revendications et de problèmes était venue s'y ajouter.

Non qu'il souhaite traiter Brie de problème, mais comment était-il censé l'appeler ?

Les anciens lui avaient forcé la main et elle s'était offerte comme une vierge sacrificielle, ignorant qu'elle tentait la bête qui rôdait sous sa peau.

Il se figea.

Elle n'était pas vierge, si ?

Elle devait avoir la trentaine s'il avait bien calculé. Pas moyen qu'une femme si belle, qu'une femme avec autant de caractère ait gardé son innocence. Et dans ce cas, eh bien, les loups de sa tanière étaient de sacrés imbéciles.

À la pensée d'un seul de ces loups posant la main sur elle, il serra les poings et dut s'obliger à se détendre. Être jaloux d'hommes qu'il n'avait jamais rencontrés, s'imaginer sa future compagne roulant entre les draps avec eux n'était pas pour arranger son humeur.

En fait, toute cette histoire était tellement folle qu'il avait l'impression de ne pas savoir ce qu'il faisait. C'était la norme ces derniers jours.

Il termina de boutonner sa chemise puis tira sur ses manches. Il n'aimait pas porter des chemises fermées à manches longues, mais il avait tenu à faire un effort.

Après tout, c'était le jour de sa cérémonie d'union. Pas le genre de trucs qui arrivait tous les quatre matins.

Il soupira et tenta de se rappeler pourquoi exactement il faisait ça.

Les anciens lui avaient forcé la main, et, plutôt que de l'obliger à s'unir à Iona dans un lien qui ne serait jamais complet et pourrait finir par nuire à la meute au lieu de la fortifier, ils lui avaient laissé le choix. Il savait qu'il n'aurait pas dû révéler aux anciens qu'il avait trouvé une compagne potentielle, mais il n'avait pas pu s'en empêcher. En toute franchise, il avait cru parvenir à s'en tirer par une échappatoire, même si ses chances avaient été faibles.

Infimes, vraiment.

Puis, bien sûr, sa famille et Quinn s'en étaient mêlés et Brie était venue à lui avant qu'il ait pu se conduire comme un putain d'Alpha et aller la voir. Le lien qu'ils noueraient serait authentique, bien réel et béni par la déesse, et son loup serait apaisé, tout comme les anciens.

Du moins, c'était ce qu'il espérait.

Le fait que son loup soupirait après elle et que l'homme la voulait sous lui ne faisait pas de mal.

— Tu es très élégant, dit Brynn depuis la porte de sa chambre.

Il la regarda par-dessus son épaule.

— Ouais ? Assez élégant pour une cérémonie d'union ?

Brynn fronça les sourcils et il soupira.

— Tu n'as pas à t'en faire, grand frère. Ce n'est pas une question de fringues, cependant. Tu es sûr de ce que tu fais ?

— Je n'ai pas cessé de me poser cette question et je ne vois pas d'autre solution, Brynn.

Sa sœur s'avança vers lui et redressa son col. Il poussa un soupir et la laissa le materner. Leur mère était morte depuis longtemps et Brynn avait fait de son mieux pour la remplacer quand c'était nécessaire – même si elle n'aurait pas dû prendre cette peine. Ils s'étaient très bien débrouillés sans mère toute leur vie vu que la femme qui leur avait donné naissance ne les avait jamais traités avec une once de l'amour et de l'affection qu'ils s'étaient donnés entre frères et sœur.

Vraiment.

— Voilà que tu fronces les sourcils, Gideon. Qu'est-ce qui peut bien se passer dans ta petite tête ?

Il s'éloigna et s'assit sur son lit pour mettre ses chaussures.

— Je pensais à maman.

Brynn jura tout bas, ce dont il ne la blâma pas.

— Laisse cette femme en dehors de tout cela. C'est tout ce qu'elle mérite.

— J'y compte bien. C'est le jour de mon union. Je n'ai pas besoin de penser à nos parents. Ils n'ont pas vraiment été une référence en matière d'union de toute façon.

Brynn ricana puis s'assit à côté de lui.

— Eh bien, c'est le moins que l'on puisse dire. Brie en revanche est née dans une famille aimante. Jasper et Willow sont des parents parfaits d'après ce que je peux en dire. Et les autres Jamenson savent prendre soin de leurs gosses. Alors, grand frère, cette fille a l'habitude d'être couvée et aimée. Tu es sûr d'être prêt à relever le défi ?

Juste un truc de plus qui l'effrayait.

— Pas vraiment. On a beau tous nous entendre entre nous, on n'est pas la famille unie au sein de laquelle elle a grandi. Ouais, elle est née pendant une guerre, mais elle n'a pas eu à faire face aux horreurs qu'on a vécues. S'unir à moi va juste la ternir.

Brynn secoua la tête.

— Elle n'a peut-être pas eu à se battre à la guerre, mais elle a grandi dans une meute qui apprenait à se reconstruire après avoir été presque entièrement détruite par un démon. Elle a beau connaître la paix maintenant, elle l'a vue naître des décombres. On vit en paix depuis nous aussi, grand frère. Au moins elle rejoint notre meute sans notre cher vieux père.

Son loup gronda en imaginant son père ou ses oncles à côté de Brie. Ces maudits loups étaient véritablement la lie des métamorphes et il était heureux qu'ils ne soient plus là. Même s'il avait perdu une partie de son âme en tuant son père, il ne le regrettait pas. Il refusait que quoi que ce soit de son passé atteigne sa nouvelle compagne, cependant. Elle était trop innocente, trop pure pour ça.

— Notre passé ne peut pas lui faire de mal, grogna-t-il doucement.

— Pas si tu ne le permets pas, répondit-elle en termes sibyllins.

— Que veux-tu dire ?

Brynn haussa les épaules.

— Tu prends un nouveau départ, grand frère. Ouais, ça craint que t'y sois plus ou moins obligé, mais zut ! elle va être ta compagne. Tu as trouvé la personne qui te convient et pourra être une partie de ton âme, et elle ressent la même chose. Je suis un peu jalouse.

Il vit une émotion passer dans ses yeux et fronça les sourcils.

— Qu'entends-tu par là ?

Lui et Brynn avaient beau être proches, ils ne se disaient pas tout. Certains secrets n'étaient pas faits pour être partagés. Cependant, il n'avait pas aimé l'expression qui lui avait assombri le regard et, s'il y avait un problème, il ferait tout pour le régler. C'était ce que faisaient les grands frères.

Elle secoua la tête avant de se passer la main sur le visage.

— Rien. Ne t'inquiète pas pour ça. Tu t'apprêtes à devenir un compagnon et à avoir quelqu'un avec qui partager le reste de ta vie. Ce n'est pas rien. Je sais que tu n'as pas vraiment eu ton mot à dire, mais rien ne t'y oblige dans l'absolu. (Elle se tourna et croisa son regard.) Si tu n'es pas certain de vouloir t'unir à elle, alors ne le fais pas. Ne lui fais pas de mal parce que tu penses devoir prendre un risque. Et ne fais pas de mal à notre meute en cherchant à faire trop de choses en même temps.

Il grogna mais ne hurla pas comme il en avait envie.

— Tu racontes n'importe quoi.

— Ouais, je sais et tu le sais. C'est une soumise, Gideon. Notre meute va la manger toute crue. On a encore des vieux de la vieille qui regrettent la vie qu'ils avaient quand Joseph était l'Alpha. On doit se battre tous les jours contre eux pour les empêcher de traiter les femmes comme de la merde et les soumis encore pire. Ils n'accepteront pas de suivre une soumise. Une soumise qui a grandi dans une autre meute.

— Tu crois que je ne le sais pas ? (Il se passa la main dans les cheveux, lâcha un juron parce qu'il s'était décoiffé et commença à faire les cent pas.) Elle n'est pas faite pour être une femelle Alpha. Sa louve voudra se recroqueviller et qu'on la protège quand elle devra se battre pour défendre sa position. Je n'ai aucune idée de ce qu'on fera, putain ! mais, si j'oblige les autres à la respecter, ça ne fera qu'envenimer la situation.

Brynn jura.

— Autrement dit, tu vas la livrer aux loups. Littéralement.

Il hurla en écrasant son poing dans le mur. Le plâtre s'effrita et il jura en découvrant le trou qu'il avait fait et ses doigts écorchés.

— Génial. Maintenant tu vas mettre du sang partout sur ta chemise.

— Ce n'est rien, cracha-t-il en allant se laver les mains, veillant à ne pas se tacher avec son propre sang.

À présent il aurait les doigts écorchés à sa cérémonie d'union. La plupart des plaies se seraient refermées à temps, mais, à moins de faire appel à Walker pour guérir le reste, il devrait faire avec. Eh bien, elle s'unirait à un Alpha. Il faudrait juste qu'elle fasse avec ce qu'elle avait.

— Brie devra apprendre à faire partie de notre meute. Ce ne sera pas facile, mais on fera en sorte que ça fonctionne. Je ne pourrai pas l'aider pour tout, et j'ignore si procéder de la sorte va affaiblir la meute encore davantage, mais je n'ai pas le choix. C'est elle que le destin m'a donnée et je devrai donc m'y faire.

— De si belles paroles le jour de ton union.

— Je t'emmerde, Brynn. Je ne suis pas d'humeur.

Quand il se retourna, Brynn lui fit les gros yeux.

— Ne lui fais pas de mal, d'accord ? (Elle s'avança jusqu'à lui et lui redressa de nouveau son col.) Et ne te fais pas de mal. Tu es l'une des personnes que je préfère au monde. Je sais que les responsabilités qui reposent sur tes épaules te paraissent parfois insurmontables, mais peut-être qu'avec une compagne tu pourras apprendre à t'appuyer sur quelqu'un.

Il secoua la tête.

— Je ne pourrai pas m'appuyer sur elle, Brynn. Je la briserais.

Elle inclina la tête sur le côté et scruta son visage.

— Pour notre bien à tous, j'espère que tu te trompes.

Au lieu de répondre, il poussa un soupir et la précéda hors de chez lui. Ils retrouveraient la plus grande partie de la famille Jamenson dans le cercle où aurait lieu l'union. S'il n'avait pas été l'Alpha, la cérémonie aurait pu se tenir sur le territoire des Redwood, mais ce n'était pas envisageable. Lorsque lui et Brie auraient achevé l'union plus tard dans la journée, elle deviendrait non seulement sa compagne, mais aussi une Griffes.

Les Redwood et sa loyauté envers eux appartiendraient au passé.

Il espérait juste qu'elle y était prête.

Parce qu'il ne se sentait certainement pas prêt.

Brynn posa la main sur son dos, mais il ne se détendit pas. Ils n'étaient plus chez lui où il pouvait s'appuyer – dans une certaine mesure – sur quelqu'un d'autre. Ils étaient dehors où le reste de sa meute, tout comme les Jamenson, pouvait le voir.

Lorsqu'ils rejoignirent le cercle, il eut le souffle coupé.

Brie se tenait en son centre, une robe d'été blanche ondoyant autour de son corps, lui dénudant les bras et mettant ses rondeurs en valeur. Ses longs cheveux bruns flottaient au-dessus de ses épaules quand le vent s'y engouffrait sous un certain angle, lui encadrant le visage.

Il savait qu'elle était belle.

Il l'avait vue, l'avait goûtée, tenue.

Pourtant, là tout de suite, il n'était pas sûr d'avoir jamais vu vision plus magnifique.

Oui, la pâleur de son visage et ses yeux écarquillés trahissaient le fait qu'elle n'était pas aussi calme qu'elle s'efforçait d'en avoir l'air, mais cela ne ternissait en rien sa beauté.

Lorsqu'il s'avança sur l'herbe au centre du cercle, la foule qui s'était rassemblée se tut, n'ayant plus d'yeux que pour lui.

Il semblait être le dernier arrivé.

Même les anciens avaient déjà pris place, et Shannon le transperçait de son regard vigilant. Iona était là aussi, installée aux côtés des anciens, ce qui ne laissait aucun doute sur le camp qu'elle avait choisi. Le fait qu'il s'unissait à une autre ne semblait ni particulièrement l'attrister ni lui procurer la moindre joie. Il ne pouvait l'en blâmer, vu que rien de tout cela n'avait de sens, mais, franchement, il ignorait ce qu'elle cherchait. Il devrait la garder à l'œil car il ne voulait pas que Brie souffre à cause de son passé.

Il balaya les autres du regard, juste un instant parce que son attention était tournée vers la femme qui s'apprêtait à attacher sa vie à la sienne.

Brie se tenait entre ses parents, Willow et Jasper, sa poitrine se soulevant et s'abaissant au rythme de sa respiration. Willow le regardait fixement, un mélange d'espoir et de colère dans le regard. Il comprenait la colère et il pria pour ne pas foutre en l'air l'espoir. Quant à Jasper, il semblait prêt à commettre un meurtre.

Encore une fois, il ne l'en blâmait pas.

— Gideon, dit Kade en contournant Jasper, la main tendue.

Gideon la prit, et ne grimaça même pas quand Kade lui serra la sienne. Ils avaient tous deux dépassé le stade des jeux de pouvoir, mais ce jour-là était différent.

— Kade.

Il porta le regard derrière l'Alpha des Redwood sur le reste des Jamenson qui occupaient le cercle.

Et ils étaient nombreux.

Il semblait bien que chaque tante, oncle et cousin ait fait le déplacement. Même Gina et Quinn étaient venus avec leur fils, Jesse, qui avait à présent une vingtaine d'années. Il s'en voulait d'arracher Brie à sa famille, mais c'était le jeu qu'ils avaient reçu.

Il déglutit bruyamment puis se tourna pour s'avancer vers Brie et ses parents.

— C'est sacrément rapide, Alpha, grogna Jasper.

— Jasper, chuchota Willow avant de serrer le bras de son compagnon. Gideon, bienvenue au sein de notre famille, dit-elle d'une voix forte. On va te laisser tranquille, mais après la cérémonie on adorerait apprendre à mieux te connaître.

Gideon déglutit bruyamment et se tint droit pendant que Willow lui tapotait le bras avant de s'éloigner en tirant son compagnon.

— Si tu fais du mal à ma petite fille chérie, je te tuerai, grogna Jasper, la voix si basse que Gideon sut qu'ils avaient été les seuls à l'entendre. Je m'en fous que tu sois l'Alpha. Tu es l'homme qui prend ma Brie.

Gideon lui adressa un signe de tête.

— Compris, chuchota-t-il à son tour.

Et c'était vrai. Jasper ne défiait pas l'Alpha, mais l'homme qui allait s'unir à Brie. Il n'y avait qu'un pas entre les deux, mais Jasper ne l'avait pas franchi.

Pas encore.

Gideon parcourut enfin les derniers mètres qui le séparaient de Brie et eut de nouveau le souffle coupé. Elle inclina la tête sur le côté et le dévisagea, clignant avec lenteur ses grands yeux verts.

— Tu es prête ? demanda-t-il d'un ton brusque.

— Bien sûr, répondit-elle simplement.

Ce qu'ils s'apprêtaient à faire n'avait rien de simple, mais il hocha la tête malgré tout.

Ryder, son frère et Héritier, se rapprocha de quelques pas. Il présiderait la cérémonie puisque Gideon ne pouvait pas le faire et que Kade n'y était pas habilité sur le territoire des Griffes. N'importe quel membre de sa hiérarchie aurait pu s'en charger, mais Gideon avait voulu Ryder. Il était plus calme que les autres et saurait faire preuve d'éloquence. Ou du moins essaierait.

Mitchell, depuis qu'il était le Beta de Gideon, avait traversé trop d'épreuves dans sa vie pour qu'il lui impose ça. Il avait beau s'occuper des besoins quotidiens de la meute, comme le prouvaient ses liens et ses cicatrices, il avait aussi besoin de décompresser. Son Exécuteur, Kameron, était trop dur, avait trop l'habitude de se battre pour protéger la meute de forces extérieures pour diriger la cérémonie. Brandon aurait constitué un bon choix puisqu'il percevait toutes les émotions de la meute en tant qu'Omega, mais, comme Brie n'était pas encore une Griffes, cela ne lui avait pas semblé juste. S'il s'était uni à un membre des Griffes, il en aurait été autrement et la force apaisante de Brandon aurait été utile. Walker aurait lui aussi fait un bon candidat en tant que Guérisseur, mais il avait ses propres raisons de se tenir à l'écart – des raisons que même Gideon ne connaissait pas entièrement.

Ryder devrait faire l'affaire et il lui faisait confiance pour relever le défi.

Gideon chassa ces pensées et tendit les mains, surpris de les voir trembler. Brie y glissa les siennes avant que personne d'autre n'ait remarqué sa faiblesse et les serra. Son loup se calma, apaisé à son contact.

C'était la première fois en plus de trente ans qu'il avait l'impression que son loup pouvait souffler un peu. Était-ce Brie ? Le fait qu'elle s'apprêtait à devenir sa compagne ? ou parce qu'elle était une louve soumise ?

Il l'ignorait, mais quelque chose lui disait qu'elle ne cesserait jamais de le surprendre. Franchement, il ne savait pas quoi en penser, mais le moment était venu de passer à l'étape suivante.

— Comme tout le monde est là, nous pouvons commencer, annonça Ryder.

Il se tenait entre eux, avec la famille de Gideon d'un côté et celle de Brie de l'autre. Le reste de la meute était installé sur les bancs de pierre autour d'eux. Gideon ressentait la confusion, la colère, la… joie que leur inspirait son union. Il ne savait pas exactement ce qui se passerait ensuite, mais il était sur le point de le découvrir.

Ryder parla de la déesse de la Lune et raconta comment elle avait créé le premier métamorphe. Lorsque la déesse avait trouvé un chasseur qui avait ôté la vie d'un loup pour le plaisir et non pas pour survivre, elle avait obligé l'humain à partager son corps avec l'esprit du loup qu'il avait tué. Ce chasseur était devenu le premier métamorphe et en avait engendré d'autres au cours de sa vie. Il avait aussi trouvé une autre personne qui complétait à la fois l'âme de son humain et celle de son loup et l'avait prise pour compagne.

— Depuis, l'union est l'un des liens les plus sacrés, supplantant tous les autres au sein d'une meute, poursuivit Ryder. Nous sommes là pour assister à l'union et au mariage de notre Alpha et de sa compagne. Que la déesse vous bénisse, vous et votre avenir.

— Que la déesse nous bénisse, chuchota Gideon, joignant sa voix à celle de Brie.

Ryder lui lança un regard et Gideon déglutit bruyamment. Il arrivait que les participants prononcent ces paroles, mais il n'avait jamais été du genre à respecter à la lettre ces traditions. Cependant, avec Brie à son côté, il ne put pas s'en empêcher. Il ne savait sincèrement pas quoi en penser.

Il déglutit bruyamment, sachant que ce serait ensuite à son tour de parler.

— Moi, Gideon Brentwood, ton compagnon, je te promets, Brie Jamenson, de t'honorer et de te chérir jusqu'à la fin de nos jours. Je protégerai ton corps et ton âme et te resterai fidèle avec chaque once de mon être.

Il n'énonça pas les mots qui avaient été énoncés depuis des générations, mais ceux que lui dictait son cœur. Une promesse qu'il pouvait tenir. Les autres avaient parlé d'amour, mais il ne l'aimait pas. Il ne la connaissait même pas. Brie ne l'aimait pas non plus, et se mentir lors de leur cérémonie d'union leur ferait plus de mal que le fait d'omettre une promesse d'amour.

Les yeux de Brie s'éclairèrent à ses mots et il sut qu'il avait eu raison. Il ne lui avait pas menti, mais lui avait dit ce qu'il était en mesure de lui promettre plutôt que ce que d'autres auraient pu vouloir entendre.

— Moi, Brie Jamenson, ta compagne, je te promets, Gideon Brentwood, de t'honorer et de te chérir jusqu'à la fin de nos jours. (Elle prit une profonde inspiration et lui serra les mains.) J'adoucirai tes peines et je protégerai ton cœur et ton âme de toutes les fibres de mon être. En tant que compagne, je me tiendrai à ton côté et me montrerai digne de ta confiance, et je te resterai aussi fidèle jusqu'à mon dernier souffle.

Il cligna des yeux et son loup hurla de joie. Elle lui avait parlé de son propre cœur à lui et de l'attitude d'une louve soumise. Alors que cela aurait pu froisser n'importe quel autre loup, il s'en délecta. Elle lui faisait savoir qu'elle ne serait pas comme s'efforçaient de l'être d'autres femelles Alpha. Elle resterait elle-même en croisant les doigts pour que ce soit suffisant.

Par la déesse ! il espérait que ce serait suffisant pour sa meute.

Ryder prononça les paroles suivantes puis leur serra l'épaule à tous les deux. Lorsque, sans surprise, Brie leva les yeux vers lui, Gideon s'humecta les lèvres. Tout le monde s'était tu dans le cercle si bien qu'il pouvait entendre le vent bruire dans les arbres ainsi que les doux sons de la respiration de Brie.

Il lâcha l'une de ses mains pour lui couvrir la joue de la sienne. Elle se laissa aller contre sa paume et son loup le tanna, en voulant plus. Conscient des autres qui l'observaient, il baissa la tête avec lenteur et colla avec douceur ses lèvres contre les siennes.

C'était juste l'ébauche d'une promesse, à peine une caresse des lèvres, mais cela scella son destin.

Lorsque les loups hurlèrent autour d'eux, il s'écarta, éloignant la main du visage de Brie, mais continuant à lui serrer la sienne.

Ryder se tenait derrière eux et remit les mains sur leurs épaules.

— Je vous présente Gideon et Brie Brentwood !

Les hurlements s'intensifièrent et Brie lui serra encore la main.

Ce n'était que le début, le premier pas, mais il n'avait jamais autant eu les chocottes de sa vie.

— Je crois que ma mère t'aime bien, dit Brie d'une voix calme quand ils rentrèrent chez lui.

Non, c'était leur maison désormais.

Gideon grogna, s'efforçant de ne pas trop penser à ce qu'ils s'apprêtaient à faire.

— Non, vraiment. Elle a souri et tout. Willow a peut-être l'air d'être douce et gentille, mais, quand elle n'aime pas quelqu'un, elle peut être méchante.

Il ouvrit la porte d'entrée et l'attira à l'intérieur, refermant soigneusement derrière eux. Il n'y avait peut-être personne dehors pour l'instant, mais il savait qu'on observerait la maison à un moment ou à un autre. Ce qui était sur le point de se produire à l'intérieur était trop important pour ne pas attiser la curiosité. Putain ! il avait l'impression d'être l'un de ces rois du Moyen Âge avec des gens qui se tenaient à côté de leur lit pour les regarder consommer leur mariage.

Pour sa part, il était entouré de loups qui savaient que lui et Brie cimenteraient leur lien tant par la marque d'union qu'un rapport sexuel.

On avait vu plus romantique comme début de vie commune.

Quoique, à y repenser, rien dans cette affaire n'ait jamais été très romantique.

Brie tira sur sa main et, quand il baissa les yeux, il vit qu'elle fronçait les sourcils.

— Je sais que tu passes une journée bizarre parce que – allô – moi aussi, mais, si tu continues à attendre qu'on colle un verre contre la porte pour entendre ce qui se trame, tu vas finir par devenir fou.

Il ricana à cette image puis secoua la tête.

— Désolé, d'habitude je ne suis pas si…

— … gauche ? suggéra-t-elle.

Il s'esclaffa tout bas.

— « Gauche » est un terme qui convient parfaitement. (Il ferma les yeux et inspira profondément.) Alors, soyons honnêtes, d'accord ? On va se retrouver au lit pour la première fois et *grosso modo* deux meutes entières de gens savent ce qu'on fait.

Un joli rouge monta aux joues de Brie, qui baissa vivement la tête.

— *Grosso modo*. Mais on n'a pas à les laisser entrer dans la maison. (Elle releva les yeux et roula les épaules en arrière.) Ce qu'il y a, c'est qu'on peut cesser de leur prêter attention immédiatement. Il le faut. Il n'y a que nous deux, et, puisqu'on sait aussi ce qui va se passer… on devrait essayer d'y prendre plaisir, je suppose.

Gideon éclata d'un gros rire et Brie le regarda comme s'il était fou. Il secoua la tête, puis lui prit le visage entre les mains.

— Brie, tu es superbe, affectueuse, et tu es ma compagne. Je te désire. Ne t'imagine pas le contraire. Quand je te ferai l'amour, on va y prendre tous deux plaisir. Putain ! j'ai la trique depuis que j'ai posé les yeux sur toi pour la première fois, mais c'est juste que je n'aime pas qu'on sache ce que je fais. Je n'aime pas non plus le fait qu'on ne se connaît pas vraiment tous les deux et qu'on fait les choses à l'envers.

Il ne prenait pas autant de gants d'habitude avec ses partenaires, mais, là, c'était différent de toutes les fois précédentes pour plus d'une raison.

Elle écarquilla les yeux et les baissa sur sa queue. Elle rougit encore plus et il ricana. Son membre était si dur qu'il était surpris de ne pas avoir encore percé sa braguette.

— Eh bien, au moins je sais que tu me désires, n'est-ce pas ? demanda-t-elle, la voix un peu tremblante. Parce que je te désire aussi.

Il huma son émoi, ce qui ne fit que l'exciter davantage.

Elle lui tendit la main et il la prit, l'attirant plus près de son corps. Elle poussa un petit cri, avant de se laisser aller contre lui.

— Je suis un Alpha, petite louve. J'aime avoir le contrôle. Tu es d'accord pour me le laisser ?

Elle hocha la tête puis s'humecta les lèvres.

— Prends-le. Prends-moi.

Il grogna et écrasa sa bouche contre la sienne. Elle entrouvrit les lèvres et il glissa la langue entre elles tout en lui couvrant la nuque de la main. Elle se déhancha et son loup le tanna, en voulant plus. Si son loup avait eu son mot à dire, il aurait plaqué Brie contre le mur et l'aurait baisée comme une brute sur-le-champ. Quand elle gémit sous lui, il entortilla ses cheveux autour de son poing et l'obligea à rester tranquille. Il avait besoin d'imprimer sa saveur sur sa langue, avait besoin qu'elle sache que c'était lui qui menait la danse.

Lorsqu'il s'écarta, ils haletaient tous deux.

— La chambre, grogna-t-il.

Elle acquiesça d'un signe de tête.

Il chassa de son esprit toute pensée de la meute et de tout ce qui pourrait les interrompre. Là tout de suite, c'était un moment à eux. Ils le méritaient tous deux, même s'il ignorait ce qui les attendrait ensuite.

Lorsqu'ils rejoignirent sa chambre, elle posa les yeux sur le nouveau trou dans son mur et il retint un juron. Elle se tourna vers lui et arqua un sourcil.

— Je le réparerai demain.

— D'accord.

Pas de questions. Pas d'accusations. Peut-être qu'il pourrait se faire à la présence d'une compagne.

— Tu es prête ?

— Arrête avec tes questions et prends-moi.

Elle s'humecta les lèvres, sa louve dans les yeux, mais un sourire timide hésitait encore sur ses lèvres malgré ses paroles.

Bon sang ! il la désirait. Il l'embrassa encore, laissant cette fois descendre ses mains dans son dos pour les refermer sur ses fesses. Elle ondula contre lui en poussant un petit gémissement. Sa petite louve aimait ses caresses. Bien.

Il lui couvrit les fesses des mains, puis recula pour lui ôter sa robe. Il déglutit en la découvrant en culotte.

Petite. Blanche. En dentelle.

Ses tétons, déjà roses, rougirent jusqu'à prendre une douce teinte de rouge sous son regard fixe. Il avait hâte de les sucer jusqu'à ce qu'ils soient d'un cerise sombre.

— Je… je n'avais pas de soutien-gorge qui allait avec cette robe.

— Putain, tu es superbe !

Il épousa l'un de ses seins de la main. Elle écarquilla les yeux et il fit rouler son téton entre ses doigts.

— J'aime que tu sois déjà déballée pour moi. C'est plus facile pour moi de te goûter tout entière. (Il prit chacun de ses seins dans ses mains et les soupesa dans ses paumes.) Je sais que tu dois porter un soutien-gorge tous les jours pour empêcher tes nichons de ballotter, mais je prendrai aussi plaisir à te déballer moi-même.

Elle appuya ses seins dans ses mains et il se fendit d'un large sourire.

— S'il te plaît…

Il lui pinça fort les mamelons et elle poussa un petit cri.

— S'il te plaît, quoi, petite louve ? S'il te plaît, lèche-moi les nichons ? S'il te plaît, suce-les ? Tu veux que je les baise ? Que j'enfonce ma queue entre eux deux et que je l'y fasse glisser ? ou peut-être que je le ferai pendant que tu me suceras la bite. Qu'en penses-tu ?

Elle se tortilla et il sourit de toutes ses dents. Il ne s'était pas douté qu'elle serait ainsi, aussi ouverte, aussi enthousiaste. Il avait craint de lui faire peur avec ses désirs, mais, vu la façon dont elle se déhanchait, il s'était trompé. Il ne ferait pas tout cette nuit-là, inutile de l'effrayer, mais ils parviendraient peut-être à faire fonctionner cette union – ne serait-ce que dans la chambre.

— Attends… je dois te dire quelque chose.

Il avait fait descendre sa main sur son ventre, jouant avec le bord du morceau de dentelle entre ses cuisses, et il se figea.

— D'accord.

— Je n'ai jamais fait ça avant.

Il cligna des yeux.

— Tu veux dire que tu ne t'es jamais unie avant.

Elle secoua la tête, les yeux baissés.

— Je n'ai jamais fait l'amour avant.

Il recula, abasourdi, mais, en toute franchise, pas tant que ça. Il s'en était douté même s'il n'avait pas voulu le reconnaître.

Elle leva ses yeux écarquillés vers lui. Elle croisa les bras sur ses seins, le visage pâle.

— Tu ne peux pas être sérieuse. Tu as plus de trente ans, Brie. Tu es une louve. Tu as beau être soumise, tu as des besoins et des chaleurs tout comme les autres femelles de la meute.

Elle releva le menton, ses yeux s'embuant de larmes.

— Oui, mais je ne suis pas comme les autres filles.

— Qu'est-ce que tu veux dire par là ?

Putain ! la soirée ne se passait pas bien. Il s'était imaginé qu'il assurait, mais zut ! il fallait croire que les choses étaient parties en couille avant même qu'elles aient commencé.

Lorsqu'il s'aperçut qu'elle avait la lèvre inférieure qui tremblait, il eut envie de la prendre dans ses bras et de tout arranger.

Il n'en fit rien.

— Je t'ai vu quand j'avais dix-sept ans, Gideon. Tu parlais avec Kade dans la tanière et je ne t'ai aperçu que de dos. À compter de ce jour, j'ai su qui tu étais pour moi.

Il en eut le souffle coupé. Les conséquences de ce qu'elle disait le frappèrent en plein cœur.

— Tu as su pendant tout ce temps ?

Elle hocha la tête, une unique larme lui roulant sur la joue.

— Oui, et je n'ai rien dit. J'ai tout fait pour que tu ne me voies jamais jusqu'à ce que je n'aie pas d'autre choix.

— Pourquoi ?

Son loup se jeta contre lui puis se mit à gémir, comme s'il était tout à la fois en colère et blessé. Il ne l'en blâmait pas ; il ressentait à peu près la même chose.

— Tu sais pourquoi. Ne va pas croire que je l'ai fait parce que j'aimais souffrir en sachant que tu étais avec d'autres femmes alors que j'étais incapable de faire de même parce que ma louve t'avait déjà choisi. Je n'aurais jamais été la compagne qui te convenait. Tu le sais aussi, sinon tu serais venu me trouver dès que tu as découvert qui j'étais. Au lieu de quoi, cette union nous est imposée. Alors, oui, je suis vierge parce que je n'ai pas réussi à rencontrer de loup que ma louve aurait accepté, ne serait-ce que pour une nuit.

— Je… je ne sais pas quoi dire, Brie.

Elle secoua la tête.

— Alors ne dis rien. On doit compléter le lien et je n'ai pas envie de commencer cette union en ayant le sentiment d'avoir mal agi.

Il esquissa un pas vers elle et lui prit le visage entre ses deux mains.

— Ce n'est pas le cas, petite louve. Tu n'as pas mal agi.

Elle se mordit la lèvre inférieure et ferma les yeux.

— S'il te plaît, on peut juste en finir ?

Il baissa la tête, appuyant le front contre le sien.

— Je vais faire en sorte que ce soit agréable pour toi. Ça va peut-être faire mal, mais je ferai de mon mieux pour que ça en vaille le coup.

— D'accord, chuchota-t-elle.

Bon sang ! il avait l'impression d'être un salaud. Non seulement ils s'unissaient dans de mauvaises circonstances, mais à présent il allait lui prendre sa virginité. Il se pencherait sur le fait qu'elle avait été au courant de son existence pendant tout ce temps plus tard. Il ne ferait que leur faire du mal à tous les deux s'il s'en inquiétait dès à présent.

Il l'attira à lui et l'embrassa de nouveau. Elle resta de marbre jusqu'à ce qu'il lèche la jonction de ses lèvres. Peu à peu, elle se laissa aller contre lui. Il fit glisser ses mains sur ses bras et l'obligea à les baisser, dévoilant sa poitrine. Elle trembla de tout son corps et il recula, admirant ses rondeurs.

Des mains il suivit ses seins puis les fit descendre sur le côté de son corps, avant de lui ôter avec lenteur sa culotte. À la vue du triangle sombre entre ses cuisses, il eut le souffle coupé. À son odeur il savait qu'elle mouillait, qu'elle était prête pour lui, mais il voulait que ce soit aussi agréable que possible pour elle. Il savait aussi qu'elle se sentirait vulnérable si elle se tenait nue devant lui alors qu'il restait tout habillé. La prochaine fois, il prendrait davantage le contrôle, serait plus brutal, mais pas cette fois-ci.

Il recula et se dévêtit. Elle avait déjà vu des corps nus, bien sûr. Elle ne pouvait pas être une louve en chasse sans en avoir vu en passant, mais il souhaitait lui laisser le temps de l'examiner. Son loup était à cran, faisant trembler son corps, mais il se maîtrisa, conscient qu'il le fallait… pour elle.

Quand elle posa le regard sur sa queue, il la prit dans sa main et la caressa, observant ses yeux où flamboyait une lueur dorée.

Bien.

Il esquissa ensuite deux pas vers elle et la poussa peu à peu sur le lit. Il la sentit trembler sous lui et il l'embrassa avec douceur, tentant de l'apaiser. Il ne savait pas vraiment y faire. Il était un Alpha qui prenait et donnait du bon temps à ses partenaires parce qu'elles prenaient ce qu'il donnait et s'en délectaient. Là, c'était différent, mais bon, toute cette situation était inédite pour lui.

— Recule un peu, chuchota-t-il.

Elle remonta jusqu'à la tête de lit.

Il s'agenouilla entre ses jambes, les mains sur ses genoux.

— Je veux te goûter, petite louve. Tu m'y autorises ?

Elle acquiesça d'un signe de tête, la respiration haletante.

Avec lenteur, il lui écarta les cuisses, l'exposant à son regard. Il s'humecta les lèvres puis se pencha. Quand il releva les yeux vers elle, il la vit rougir et sut qu'elle n'était pas à l'aise.

— Tu sais ce que je vois, Brie ?

Elle secoua la tête.

— Je vois une femme qui me désire. Qui veut que je la goûte avant de m'enfouir en elle. C'est ce que je veux, moi aussi, petite louve.

Sa gorge frémit quand elle déglutit péniblement.

Il baissa la tête puis lui lécha le sexe, donnant un petit coup de langue à son clitoris. Elle bondit presque hors du lit, gémissant.

— Gideon.

Il lui mordilla l'intérieur de la cuisse, puis la lécha et la suçota avec lenteur, voulant qu'elle jouisse avant de la prendre.

— Caresse-toi les seins, Brie. Imagine que tes mains sont les miennes. Tu te rappelles comment c'était ?

Elle gémit encore puis recouvrit timidement sa poitrine de ses mains. Il grogna contre son clitoris puis redoubla d'ardeur, insérant un doigt en elle. Par la déesse ! elle était étroite et il savait qu'il lui ferait mal, mais il ferait de son mieux pour qu'elle y prenne du plaisir.

Quand ses halètements s'accélérèrent et que son clitoris gonfla, il suçota ce dernier et l'excita de plus belle. Son vagin se resserra autour de son doigt et elle se cambra, jouissant contre son visage.

— Gideon !

Son nom sur ses lèvres le poussa à l'action et il s'écarta pour se placer à l'entrée de son intimité.

— Prête, petite louve ?

Elle croisa son regard, les yeux embués de larmes. Cette vision lui fendit le cœur et il lui couvrit la joue de la main, se demandant comment faire pour arranger ce qu'il avait foiré.

— Je suis prête, chuchota-t-elle.

Il se plaça et donna une poussée. Elle grimaça et son corps se raidit quand il perça son hymen. Lentement, oh ! si lentement, il s'enfouit en elle, sa queue palpitant alors qu'il la pénétrait et se retirait. Il n'avait jamais été avec une vierge auparavant, mais il savait au moins comment faire de sorte qu'elle se sente mieux.

Il glissa la main entre eux et frotta son clitoris, observant ses yeux qu'elle écarquilla alors qu'elle mouillait plus encore. Enfin, il la pénétra complètement et se figea, attendant qu'elle se dilate pour l'accueillir.

— Ça va ?

— Tu es bien monté, souffla-t-elle.

Surpris, il gloussa et elle s'esclaffa doucement avec lui.

— J'aime ta façon de penser. (Il l'embrassa tendrement puis releva la tête.) Je vais bouger maintenant, Brie. Ça pourrait être douloureux, mais ce sera ensuite plus agréable. Promis.

— Je te fais confiance.

Son monde bascula et il hocha la tête. Ses mots l'avaient laissé abasourdi et il pria pour être assez loup afin d'être digne de sa confiance. Il l'embrassa encore puis commença à aller et venir en elle. Leurs regards s'accrochèrent, pour ne plus jamais se quitter alors que leurs corps ne faisaient plus qu'un, leurs respirations synchrones tandis qu'il augmentait un peu la violence de ses assauts. Son loup hurla de joie, ses crocs s'allongèrent, il était prêt à marquer Brie. Il voyait sa louve dans ses yeux et savait qu'elle était au bord de l'orgasme elle aussi. Il allait et venait en elle, le corps tremblant, en sueur, épuisé.

Il y était. C'était à la fois la ligne d'arrivée et le commencement d'une aventure plus flippante que tout ce qu'il avait jamais affronté.

Lorsqu'elle se cambra sous lui, il lui assena un dernier coup de reins, des picotements dans le bas du dos alors que ses testicules se contractaient. Il éjacula au plus profond d'elle, la remplissant de sa semence. Il poussa un petit cri quand leurs âmes se soudèrent, s'entrelaçant l'une à l'autre comme une bande solide, beaucoup plus résistante qu'il ne l'aurait jamais cru possible.

Elle tourna la tête sur le côté, lui présentant la gorge, et il se déplaça pour lui couvrir la nuque de la main et rapprocher la bouche de son cou. Prenant une dernière inspiration, il la mordit dans la partie charnue de l'épaule, la marquant pour l'éternité. Son loup hurla de nouveau de joie et il se cambra contre elle, recommençant ses va-et-vient alors que sa queue enflait. Elle lui mordit l'épaule et leurs loups se trouvèrent l'un l'autre, leur union achevée quand leurs âmes humaines se joignirent.

Il éloigna la tête de son cou puis lécha la plaie pour la refermer avant de s'emparer de sa bouche. Peu importait qu'il sente le sang de leur union, la promesse de l'inconnu, il savait juste qu'il devait la prendre encore une fois.

Elle lui érafla le dos des ongles, les rapprochant de l'extase pendant qu'il la pénétrait. Dans un dernier coup de reins, ils jouirent tous deux encore, leurs corps en sueur et épuisés.

Il sentait son âme, sentait son corps contre lui, et il savait que ce n'était que le début.

Le début de quoi, il l'ignorait, mais il savait qu'ils le découvriraient.

Ensemble.

Chapitre 6

Finn Jameson se tenait au milieu de la tanière des Griffes, les mains dans les poches et l'esprit sautant du coq à l'âne. Il avait vu sa cousine et meilleure amie s'unir à un homme qu'elle ne connaissait pas, un homme qui pourrait la briser parce qu'il ne saurait pas comment faire autrement.

Être unie à un Alpha ne serait pas facile. Il savait que ce n'était pas rose tous les jours pour sa mère, mais sa louve était assez dominante pour non seulement tenir tête au loup de son père, mais s'occuper aussi des affaires de la meute. Ce n'était pas que Kade maltraitait Mélanie – en fait, c'était tout le contraire. Mais le loup de l'Alpha avait parfois besoin d'évacuer son agressivité…

Et il n'irait pas plus loin sur le sujet.

Il se passa la main sur le visage puis se tourna vers les festivités. Brie et Gideon étaient partis cimenter leur union et la plupart des gens devant lui faisaient probablement de leur mieux pour ne pas penser à ce que cela supposait. Il ignorait comment le vivait son oncle Jasper, mais ça ne pouvait pas avoir été facile pour ce loup très dominant de laisser sa fille épouser un membre d'une autre meute.

À cette pensée, son loup émergea – non que celui-ci ne soit jamais très loin de toute façon.

Brie ne faisait plus partie de leur meute. Elle était une Griffes. Une Brentwood. La femelle Alpha.

Il ignorait comment sa nature soumise s'accommoderait de la situation, mais, si elle avait besoin de lui un jour, il serait là. Peu importait qu'il doive s'introduire sur le territoire d'une autre meute pour s'assurer qu'on prenait bien soin d'elle. Il avait beau être l'Héritier, il n'en était pas moins un Jamenson. La famille était importante pour lui. Ils avaient déjà tant perdu dans une guerre qui leur avait été imposée.

Finn avait beau n'avoir été qu'un petit garçon à l'époque, il avait conservé des visions fugitives de ce que sa famille avait perdu, se rappelait encore les hurlements et la brûlure des flammes quand le démon les avait attaqués. Il se souvenait du moment précis où il était devenu l'Héritier – la façon dont les liens s'étaient refermés sur lui, s'imprimant dans son âme et son esprit.

Il se rappelait aussi la fois où, avant ça, il avait perdu quelque chose d'important pour lui. Même s'il n'avait gardé que des impressions fugaces de la douleur qui avait manqué de le tuer, il savait que ses souvenirs étaient toujours là, enfouis pour le protéger.

Il déglutit bruyamment puis écarta ces pensées de son esprit. C'était censé être un jour de fête, même si personne n'y croyait vraiment. Willow avait beau s'être efforcée de se rapprocher des Brentwood pour que sa fille soit aimée, cela ne compterait pas si la situation dégénérait.

— Pourquoi tu fais la gueule ?

Finn se retourna aux paroles de la femme, puis enfonça de nouveau les mains dans les poches.

— Brynn, c'est ça ? demanda-t-il.

La femme aux cheveux sombres et aux yeux bleu vif acquiesça d'un signe de tête, une expression étrange sur le visage. Bon sang ! elle était sexy, mais son loup ne dressa pas plus l'oreille qu'il ne le faisait en présence d'un loup fort appartenant à une autre meute.

— Oui, et tu es Finn. On n'a pas été encore officiellement présentés, même si on s'est croisés sur plusieurs événements.

Il y avait quelque chose qui clochait dans sa voix, mais il n'aurait pas su dire quoi. Quoi que ce soit, ce n'était pas comme s'il pouvait y remédier. Il n'avait rien fait de mal et, en toute franchise, il ne comprenait pas les femmes.

Au moins, il avait les couilles de le reconnaître.

— Alors, pourquoi faisais-tu la gueule ?

Il haussa les épaules, mais, quand elle plissa les yeux, il répondit sincèrement :

— On ne connaît pas ton frère, pas plus qu'on ne sait en quoi cette union va changer Brie. C'est notre Brie, même si elle a dû rejoindre vos rangs à cause des liens.

Elle hocha la tête, même si elle fronça encore plus les sourcils.

— Je comprends. Gideon compte beaucoup pour ma famille – au-delà du fait qu'il est l'Alpha. Je ne sais pas non plus comment ça va se passer, mais je sais que je ne veux pas que ta cousine ait à en souffrir. (Elle croisa son regard et il vit sa louve dans ses yeux.) Je ne peux pas la protéger, Finn. Si j'essayais, je lui couperais les jambes avant même qu'elle ait pu tenter de se tenir debout. Elle devra affronter la meute seule, même si je serai là pour essayer de la rattraper si jamais elle tombait.

Il cligna des yeux, stupéfait par sa franchise.

— Tu es la femelle dominante de la meute en ce moment, c'est bien ça ?

Elle hocha la tête.

— Oui, et je continuerai à l'être, malgré la présence de Brie. Je me soumettrai à son autorité parce que c'est la compagne de l'Alpha et que j'espère qu'elle apportera des changements positifs à la meute, mais, en ce qui concerne nos louves, je serai toujours la plus forte.

Finn jura tout bas.

— On s'y perdrait. Je ne vous envie pas.

Brynn haussa les épaules, mais il perçut la colère qui grondait sous sa peau.

— Je ferai ce que je peux, mais Brie devra trouver un moyen de se faire respecter. J'espère juste qu'elle sera assez forte.

— Elle ne manque certainement pas de force. C'est juste qu'elle la montre autrement.

Brynn croisa de nouveau son regard, et cette fois il lut dans ses yeux une douleur qu'il ne comprit pas.

— J'espère que tu dis vrai. J'espère qu'elle s'en sortira pour notre meute. On se la coule douce depuis bien trop longtemps. Son arrivée pourrait être positive pour nous.

Il ne dit rien et observa son visage. Il y avait un truc qui clochait dans cette conversation, une importance sous-jacente qui lui échappait.

— Tu ne sais pas, chuchota-t-elle. Comment peux-tu l'ignorer ?

Il plissa les yeux.

— De quoi parles-tu ?

Elle secoua la tête puis recula d'un pas.

— Ce n'est pas important. (Elle releva le menton.) Au revoir, Finn Jamenson.

— Au revoir, Brynn Brentwood.

Un peu cérémonieux, mais c'était elle qui avait commencé.

Elle se retourna et disparut rapidement.

Franchement, il ne comprenait pas les femmes. Et cette Brynn encore moins. Peu importait, cependant. Il avait du travail. Une meute dont il devait s'occuper… et une cousine qu'il devait essayer de protéger, même si ce n'était plus de son ressort.

Chapitre 7

Brie s'étira précautionneusement, le corps douloureux à tous les bons endroits. Elle aurait encore un peu mal pendant quelques heures, mais, grâce à ses gènes de louve, elle guérirait beaucoup plus vite que ne l'aurait fait une humaine. Même si Gideon s'était montré plus doux quand il avait su pour son expérience – ou son absence en l'occurrence –, il n'en avait pas moins été vraiment... bien monté.

Elle rougit à ce souvenir avant de se réprimander. Elle était une femme unie désormais. Rougir en repensant à la taille d'un pénis n'était pas ce qu'il y avait de plus mature. Même si ce n'était pas comme si elle était vraiment gênée. Zut ! elle avait absolument adoré le sentir en elle. L'acte charnel était une chose – qu'elle devrait apprendre à comprendre –, mais c'étaient la passion et le désir qui l'avaient surprise. Elle en avait voulu encore plus alors même qu'elle grimpait au septième ciel. Ce n'était pas comme si elle avait éprouvé quoi que ce soit de semblable pour un homme auparavant. Non, comme elle avait vu Gideon et avait su qu'il était son potentiel à un très jeune âge, elle avait grandi en suivant une voie qui ne ressemblait à aucune autre.

Et à présent voilà où elle en était, seule dans la maison de Gideon – pas la sienne, comme elle n'avait encore rien rapporté de chez elle. Mais elle ne savait pas quand ou même si elle s'y sentirait un jour chez elle. Elle avait déjà terminé ses cartons et sa mère avait pris des dispositions pour les lui faire apporter. Tout finirait par se mettre en place, sans parler que se glisser dans la peau de l'épouse de Gideon était étrangement facile. C'était tout le reste qui serait difficile. Elle se passa la main sur le visage et fronça les sourcils.

À son réveil, Gideon était déjà parti, mais elle se rappelait vaguement qu'il lui avait posé la main sur la joue et lui avait grommelé quelque chose pendant qu'elle dormait. Franchement, pour ce qu'elle en savait, il s'était peut-être agi d'un rêve. Un rêve où elle avait un compagnon qui tenait vraiment à elle, plutôt qu'un compagnon qui ne voyait en elle qu'un moyen d'arriver à ses fins.

Certes, ce n'était pas juste de lui attribuer ce genre de pensées, mais que pouvait-elle faire d'autre ? Ce n'était pas comme s'il était là pour lui dire ce qu'il en était. Et, même s'il avait été présent, il ne lui aurait probablement rien avoué de cet ordre. Non, il se serait comporté comme ses oncles ou ses cousins et aurait grommelé un truc sans queue ni tête et elle n'aurait pas été plus avancée.

Eh bien, elle devait cesser de se lamenter sur son sort et reprendre le cours de sa vie. Quoi que soit cette dernière. Franchement, ils n'avaient pas discuté la veille – ni même vraiment avant – et à présent elle n'avait pas la moindre idée de ce qu'elle allait faire. Elle ne sentait la présence de personne dans la maison et savait qu'elle était seule.

Cependant, elle ignorait tout de la suite des événements. Elle aurait probablement dû réfléchir aux implications de son union au lieu de se focaliser sur la douleur de son premier rapport sexuel et la solitude qui serait la sienne, mais il n'avait été question que des désirs de sa louve. Et des obligations de Gideon envers sa meute.

À présent il lui fallait songer à des questions pratiques.

Du genre savoir si elle devait sortir de la maison puisqu'elle était la nouvelle femelle Alpha dans une tanière remplie de loups qui ne l'avaient jamais rencontrée. Ça n'aurait certainement rien de gênant!

— Bric?

Elle se raidit au son de cette voix qui lui était familière sans qu'elle puisse dire à qui elle appartenait, et se tourna vers la porte d'entrée.

— Brie? C'est Ryder. J'apporte le petit déjeuner. Tu peux me laisser entrer?

Elle se détendit aussitôt et se dirigea vers la porte. Ryder avait présidé la cérémonie d'un ton si posé qu'elle s'était calmée un peu plus qu'elle ne l'aurait probablement fait sans lui. Elle avait été si terrifiée, tout en étant impatiente, qu'elle ne pensait pas pouvoir se rappeler les événements avant un long moment.

Lorsqu'elle ouvrit la porte, Ryder entra, un petit sourire aux lèvres, un sac à la main et deux cafés dans l'autre. Sa ressemblance avec Gideon la surprit. Tous les Brentwood se ressemblaient, et, même si Ryder était un peu plus svelte, elle trouvait quand même que son Gideon était plus séduisant.

« Son » Gideon.

Elle supposait que c'était le cas à présent, même si elle n'était pas sûre de pouvoir le penser en toute sincérité.

— J'ai apporté des *donuts* et du café, dit Ryder en s'essuyant les pieds. Je me suis dit que tu aurais besoin de carburant avant que les autres arrivent.

Brie cligna des yeux puis prit l'un des cafés, étrangement soulagée qu'il soit là malgré sa perplexité. C'était agréable de ne pas être seule. Elle avait grandi avec des dizaines de cousins et une meute qui comptait tant de membres qu'elle ne savait plus où donner de la tête, et à présent elle se retrouvait seule au milieu d'une mer de gens.

— Merci. (Elle recula d'un pas pour qu'il puisse entrer dans la pièce.) Et qu'entends-tu par « les autres » ? J'ai raté quelque chose ?

Ryder lui adressa un sourire fugace puis lui fit signe de s'asseoir. Toujours perplexe, elle s'assit à un bout du canapé alors qu'il s'installait à l'autre.

— Gideon ne t'a pas dit qu'il avait invité la famille à te rencontrer avant la chasse de cette nuit ?

Brie cligna des yeux et posa son café, heureuse de ne pas avoir été en train de le boire quand il avait prononcé ces paroles.

— Non. Il ne m'a rien dit.

Elle détourna les yeux de son regard entendu et reprit en marmonnant :

— Il n'a pas dit grand-chose.

Elle grimaça à ces derniers mots, agacée que ça lui ait échappé. Elle n'était pas une petite mauviette tristounette qui avait trop peur pour exprimer le fond de sa pensée, mais tout autour d'elle était nouveau et étouffant. Elle était dans une maison qui n'était pas la sienne mais où elle était censée vivre désormais. Du moins, c'était ce qu'elle croyait vu qu'elle n'en avait pas parlé avec Gideon. Elle était censée être la compagne de l'Alpha et endosser les responsabilités qui allaient de pair avec cette position, mais elle ignorait totalement en quoi celles-ci consistaient. À présent elle allait se retrouver entourée de toute une famille de Brentwood qui, selon toute vraisemblance, avaient espéré une compagne plus forte pour leur frère et cousin.

Elle ne répondrait en rien à leurs attentes.

Franchement, vu comment elle s'était jetée la tête la première dans cette union, elle ne se reconnaissait plus elle-même.

Ryder soupira puis posa aussi son café.

— Gideon n'est pas très bavard. (Il ricana puis secoua la tête.) À vrai dire, moi non plus. Gideon sait l'ouvrir, mais c'est plus pour aboyer des ordres. C'est plus fort que lui. Il est l'Alpha.

Eh bien, c'était-ce le moins que l'on puisse dire ! Cependant elle n'arrivait pas à se sortir de la tête l'image de Gideon la caressant avec douceur la veille. Ses joues la brûlèrent et elle baissa vivement les yeux, gênée de songer à son union en présence de Ryder. Vraiment, elle devait cesser de rougir dès qu'une pensée coquine lui effleurait l'esprit. Ça devenait agaçant. En plus, vu la famille au sein de laquelle elle avait grandi, ce n'était pas comme si elle avait vécu dans la plus grande chasteté. Ils étaient tous très ouverts quant à l'amour qu'ils se portaient et plus d'une fois elle avait surpris ses tantes, ses oncles et ses parents en train de « savourer leur union » comme ils disaient.

Elle secoua la tête pour s'éclaircir les idées. À quoi bon confier ses inquiétudes à un inconnu. D'autant plus que c'était le frère de son nouveau compagnon.

— Alors, il y a une chasse cette nuit ? demanda-t-elle, tentant d'en savoir un peu plus sur l'homme installé en face d'elle.

Autant qu'elle commence à apprendre à être une Griffes. Perdre ses liens avec les Redwood lui avait laissé un vide douloureux dans la poitrine, mais elle savait qu'un jour les liens des Griffes finiraient par se cimenter complètement. Pour l'heure, ils n'étaient encore qu'une vague promesse. Ils lui paraissaient même différents, comme s'ils étaient une nouvelle entité à part entière et pas les liens de meute avec lesquels elle avait grandi.

Ryder lui jeta un regard bizarre, comme s'il lisait dans ses pensées, puis hocha la tête.

— Oui. Gideon a voulu organiser une chasse où tu serais à son côté pour te présenter à la meute après la cérémonie d'union. Ce n'est pas une chasse de la pleine lune, mais, étant donné qu'on n'a pas besoin de la lune pour nous transformer, elle suivra le même déroulement. Et, cette fois, tu seras avec nous. Ce sera une bonne occasion pour toi d'apprendre à connaître la meute.

Elle hocha la tête, un léger sourire aux lèvres.

— C'est gentil à lui d'y avoir pensé.

Même si elle aurait apprécié qu'il lui en parle d'abord. Elle n'aimait pas qu'on lui cache des choses, et, si elle voulait se comporter comme la femelle Alpha, il ne fallait pas qu'elle ait l'air d'une idiote.

Ryder sourit.

— En général Gideon n'informe pas les autres de ce qu'il manigance. Il agit, voilà tout. (Il posa les yeux sur elle.) Tu vas devoir en discuter avec lui. Tu t'en sortiras peut-être mieux que nous.

Rien de tel qu'avoir le poids des inquiétudes de toute une famille sur les épaules avant même d'être sortie de la maison.

Ils restèrent assis en silence pendant quelques instants, buvant leur café. Un silence qui n'avait rien de gênant puisque Ryder semblait être du genre taiseux, mais elle souhaitait lui poser d'autres questions. Avant qu'elle ait pu ouvrir la bouche, la porte s'ouvrit et les Brentwood affluèrent en masse.

Elle se leva, s'essuyant les mains sur son pantalon, essayant de ne pas se sentir de trop. C'était presque impossible étant donné qu'elle était l'étrangère, malgré ses nouveaux liens.

Ces gens deviendraient sa nouvelle famille. Ce n'était pas comme si elle quittait la sienne propre pour toujours, mais s'unir à un compagnon appartenant à une autre meute n'avait rien d'une union normale. Elle avait perdu ses anciens liens physiques et devrait s'en forger de nouveaux. Avec des gens qu'elle ne connaissait ni d'Ève ni d'Adam.

Pourquoi s'était-elle fourrée là-dedans déjà ?

Ah oui ! parce que Gideon avait eu besoin d'elle.

Sa meute avait eu besoin d'elle.

Elle ne devait pas l'oublier.

Les Brentwood lui rappelaient sa famille dans le sens où ils avaient tous des traits communs. Chacun d'eux avait les cheveux foncés et des yeux bleu vif avec un visage aux traits finement ciselés et aux lèvres pleines. Sérieusement, même les cousins semblaient faire partie de la fratrie. En plus, ils faisaient partie des personnes les plus séduisantes qu'elle avait jamais vues.

Même s'ils étaient tous d'une grande beauté, elle songea en silence que Gideon était le plus beau du lot. Non qu'elle compte le leur dire.

Aucun d'eux ne parla au début, mais tous prirent place sur le mobilier du salon. Gideon entra le dernier et sa louve la tanna, gémissant parce qu'ils n'étaient pas assez proches. Brie la maîtrisa tout juste. Il se tint dans l'embrasure de la porte et embrassa son corps du regard avant de se détourner et de la dépasser pour s'asseoir sur l'accoudoir du canapé à côté d'une place vide.

Sans un mot.

Eh bien, waouh ! elle était censée faire quoi à présent ?

Elle regagna sa place et s'assit, consciente que tous dans la pièce avaient les yeux tournés vers elle. Au lieu de se recroqueviller sous la force de leurs loups, elle se tint le dos bien droit et releva le menton sans croiser aucun de leurs regards. Elle ne pouvait pas non plus trop en demander à sa louve dans ces circonstances. Peut-être qu'une louve plus dominante en aurait fait plus, mais elle était qui elle était, et, malgré ce dont Gideon aurait pu avoir besoin, on ne pouvait rien y faire.

Brynn inclina la tête sur le côté et soupira.

— Eh bien, il semble que je serai la première à prendre la parole puisque mon frère s'est enfermé dans un étrange silence. (Elle sourit avec douceur et son visage s'éclaira un peu.) Bienvenue au sein de notre famille, Brie. Je sais que nous t'avons tous rencontrée au fil des années et en particulier hier soir, mais mon grand frère ici présent a pensé que ce serait une bonne idée de nous inviter tous chez lui pour que tu aies l'occasion d'apprendre à mieux nous connaître sans avoir le reste de la meute dans les pattes.

Brie lui sourit, soulagée que Brynn ait brisé la glace. Le fait que ç'avait été l'idée de Gideon lui réchauffa le cœur. Elle ne le connaissait pas, mais avait envie de le connaître. En avait besoin, d'ailleurs. Si elle ne pouvait pas apprendre qui il était de sa bouche – apparemment, il n'était pas très bavard –, alors elle le découvrirait à travers ses actes et à travers les autres. Elle n'aurait pas d'autre choix.

Et elle en était capable, se rappela-t-elle.

Elle s'éclaircit la voix.

— Eh bien, je suis ravie de tous vous rencontrer. De nouveau. (Elle rit doucement, reconnaissante que deux ou trois d'entre eux se joignent à elle.) Toute cette situation n'est absolument pas gênante pour un sou.

Walker, le Guérisseur se rappela-t-elle, se fendit d'un large sourire.

— Effectivement, Brie. Nous sommes heureux que tu sois une Brentwood désormais. Tu sais que nous sommes amis avec ta famille depuis une trentaine d'années maintenant, alors on en sait déjà un peu sur toi. Mais ce sera sympa d'en apprendre davantage en t'ayant à nos côtés.

Ryder soupira.

— Ça ressemble effectivement à un rendez-vous où tout le monde se sent un peu mal à l'aise, assis comme ça. Et si on se présentait tous en précisant notre fonction au sein de la meute. Tu sais peut-être déjà tout ça, en fait, tu le sais certainement, mais ce sera une façon de rendre les choses plus formelles dans une atmosphère décontractée puisque tu es maintenant la compagne de notre Alpha plutôt que la fille de Jasper.

— C'est un plan qui me va, répondit-elle, consciente du regard de Gideon sur elle.

Pourtant celui-ci n'avait toujours pas pipé mot. Si seulement il pouvait parler. Ils ne s'étaient pas adressé la parole depuis qu'ils s'étaient unis. Étant donné qu'ils s'étaient endormis peu de temps après dans les bras l'un de l'autre, la dernière chose qu'elle se souvenait de lui, c'était quand il s'était retiré.

Pas la façon la plus utile de commencer une union, à y repenser.

Ryder esquissa un doux sourire.

— Eh bien, Brie Brentwood, je suis Ryder Brentwood, l'Héritier de la meute. Je suis le cadet de la famille, d'où le fait que je sois l'Héritier et pas Mitchell.

Elle se raidit un instant en entendant son nouveau nom sortir de ses lèvres, mais s'efforça de ne pas trop le montrer. Il l'avait déjà prononcé, bien sûr, pendant la cérémonie d'union, mais elle avait eu l'esprit ailleurs – tentant de ne pas s'évanouir. Elle apprendrait à vivre avec ce nouveau nom à l'instar de nombreuses compagnes, mais il ne lui paraissait toujours pas réel malgré la façon dont elle avait passé la nuit.

Malgré celui avec qui elle avait passé la nuit, pour être plus précise.

Mitchell, celui aux yeux bleus identiques à ceux de son frère, même s'ils recélaient une pointe de souffrance en plus, lui adressa un brusque signe de tête.

— Max et moi sommes frères, dit-il, s'indiquant lui-même puis un autre loup au sourire particulièrement doux. On est aussi les cousins de tout ce beau monde.

— On a tous été élevés ensemble, dit Max, le sourire aux lèvres. D'où le fait que les gens nous prennent tous pour des frères et sœur.

Brie sourit à Max et lui tendit la main. Elle connaissait mieux ce loup que les autres à cause de la position qu'il occupait dans la meute.

— Contente de te voir, Max. Tout va toujours bien au conseil ?

Max lui saisit la main et lui embrassa l'intérieur du poignet comme il l'avait fait tant de fois avant puis se figea, reculant précipitamment.

Brie se figea également, consciente que personne dans la pièce n'osait plus bouger ni même respirer. Un grondement sourd émana de Gideon et elle se maudit. Bon sang ! elle gâchait déjà cette union et celle-ci n'avait même pas encore commencé. Elle s'empressa de se rasseoir et, sans réfléchir, se blottit contre la cuisse de Gideon. Sa louve se détendit à ce contact et elle sentit que son compagnon s'apaisait. Il posa la main sur son épaule et sa louve se gargarisa de cette attention.

Mais fallait croire que quelques mots auraient été trop demander.

Un seul cependant lui aurait suffi à ce stade.

Max se racla la gorge, les yeux baissés.

— Euh… ouais, tout va bien au conseil. (Il jeta un rapide coup d'œil à la cantonade, le cou de plus en plus rouge.) Brie n'en fait pas partie, mais comme son cousin y siège, ainsi qu'une poignée de ses amis, elle nous file un coup de main. D'où le fait qu'on se connaît. (Il regarda Gideon, les yeux toujours baissés.) Je n'ai pas pensé à mal en l'embrassant. Promis. C'est juste une habitude. Ça ne se reproduira pas.

— Veilles-y, grogna Gideon.

Brie eut envie de le gifler pour sa grossièreté, mais sa possessivité lui réchauffa le cœur. Peut-être qu'il voulait bien d'elle, et pas seulement en raison de sa position au sein de la meute. Cependant ce n'était pas en grognant après son cousin qu'il l'aiderait à s'intégrer.

— On a déjà assez d'emmerdes à cause des anciens, cracha Gideon. Autant éviter qu'ils s'imaginent que vous avez eu une aventure tous les deux ou même qu'elle dure encore.

Brie redescendit de son petit nuage, choquée et blessée par ses propos. Elle cligna rapidement des yeux, surprise qu'ils commencent à s'embuer. Gideon pouvait changer son humeur avec ses mots avec une telle rapidité. Elle n'aimait pas ces montagnes russes, pas plus que l'entendre insinuer qu'elle pourrait ne serait-ce que songer à aller voir ailleurs. Franchement, elle avait même ignoré que c'était possible. Les liens d'union étaient si forts chez les loups qu'il n'existait plus aucune raison de ne serait-ce qu'en regarder un autre, alors, passer à l'acte, n'en parlons pas.

— Tu n'as aucune raison de t'inquiéter, dit-elle entre ses dents.

Elle refusa de le regarder, consciente qu'il ne lui avait toujours pas parlé. Non, il n'avait pris la parole qu'une seule fois, et c'était pour faire allusion à ses mœurs dévergondées. Ou à la rumeur d'un tel comportement. *Tu parles d'une façon de commencer une union, putain!*

Walker se racla la gorge.

— Eh bien, après les cousins viennent les triplés. (Il tenta de sourire sans y parvenir.) On est les plus jeunes du lot, mais, étant donné que Kameron, Brandon et moi avons tous plus de cent cinquante ans, on n'est pas si jeunes que ça en fait.

Brie écarquilla les yeux.

— Je ne me rendais pas compte que vous étiez si âgés. (Elle rougit.) Désolée. Non pas que vous soyez vieux ni rien. J'ai à peine dépassé la trentaine, alors je suppose que je suis la petite dernière dans cette pièce.

Brandon, l'Omega de la meute, sourit, et elle se maudit. Où avait-elle eu la tête à se laisser ainsi submerger par ses émotions ? À présent qu'elle faisait partie des Griffes, Brandon était capable de ressentir absolument tout ce qu'elle éprouvait. Il lui faudrait du temps pour se faire à elle et parvenir à soulager ses souffrances ou contribuer à son bonheur véritable, mais il devait avoir senti sa peine et son angoisse. Il n'avait pas soufflé mot cependant. Comme son oncle et son cousin qui étaient Omegas, il avait assez à faire avec ce qui se passait dans sa propre tête et dans son cœur, et il ne parlait donc pas beaucoup. Elle adorerait apprendre à mieux le connaître car son oncle Maddox faisait partie de ses personnes préférées au monde, mais ce n'était pas le moment. D'autant moins qu'elle sentait de nouveau le regard de Gideon sur elle.

Contrariée, elle se tourna vers son compagnon, pour s'apercevoir qu'il avait porté son attention ailleurs. Ça faisait mal, mais elle ne s'appesantit pas dessus. Ce n'était pas comme s'il s'agissait d'une union classique. Ils ne s'étaient jamais promis de s'aimer, juste de se protéger et de respecter leurs engagements. Elle apprendrait à se faire à sa nouvelle vie.

Tôt ou tard.

Le dernier des Brentwood, Kameron, grimaça avant de lui adresser un signe de tête. Elle savait que c'était l'Exécuteur, chargé de protéger la meute des ennemis extérieurs. Il devait être l'un des loups les plus forts de la pièce en raison des responsabilités qui lui incombaient, mais elle ne le connaissait pas suffisamment pour en juger. Ça viendrait, cependant.

Elle apprendrait à connaître chacun d'entre eux et finirait par trouver sa place au sein de la meute. Elle avait su qui elle était quand elle était une Redwood. Désormais elle était une Griffes. La femelle Alpha.

Et tellement perdue, putain !

— Alors, on va chasser cette nuit ? demanda-t-elle, tentant de dissiper la tension.

Peut-être que, si Gideon daignait lui parler, toute cette situation ne serait pas aussi embarrassante, mais les choses ne semblaient pas près de changer. Si ça devait être ainsi pour le reste de leur union, elle devrait intervenir. Elle avait beau être une soumise, elle refusait de se coucher sur le dos en montrant le ventre et laisser les autres la piétiner. Tout le monde devrait juste s'y faire.

Gideon se tourna enfin vers elle et elle retint son souffle.

— Oui.

Oh, bigre ! Un mot. Attention, tout le monde.

— Oui ? D'accord. Vous avez un endroit dédié pour chasser ? Combien de temps ça dure en général ? Tu voudras que je coure à côté de toi ? (Elle rougit à ces derniers mots, mais poursuivit.) Je sais que ma tante Mel court près de mon oncle Kade chaque fois que c'est possible. Pas juste parce que c'est la tradition, mais parce que c'est ce qu'elle préfère.

Elle ajouta cette dernière phrase pour qu'il sache qu'elle avait vu un vrai couple Alpha à l'œuvre. Elle et Gideon ne ressemblaient en rien à ce couple, mais peut-être qu'un jour ils seraient des amis qui discuteraient ensemble.

Elle ne cherchait pas l'amour. En tout cas, elle ne le cherchait plus. Elle y avait renoncé quand elle avait dit « oui » à Gideon. Pour être franche, elle avait perdu cet espoir toutes ces années auparavant quand elle l'avait aperçu par la fenêtre.

Tant qu'elle pourrait mener sa vie dans un état proche du bonheur, ça irait.

Elle devait juste commencer par accéder à cet état.

Un instant Gideon tordit les lèvres en un sourire, ce qui suffit à lui donner le sentiment d'avoir gagné à la loterie. Il y avait bien un homme derrière l'Alpha. Elle en avait eu un aperçu la nuit précédente. À présent elle devait juste creuser un peu plus pour trouver le reste.

— Oui, répéta Gideon. La chasse en meute aura lieu aujourd'hui. Nous partirons de la clairière à l'extérieur du cercle. La chasse se déroule à l'intérieur de la tanière et est protégée par les barrières. Comme ce n'est pas une chasse de la pleine lune, tout le monde ne sera pas présent.

Ryder se racla la gorge.

Gideon arqua un sourcil, mais ne détourna pas les yeux de Brie.

— Quoi, Ryder ?

— Comme ce sera la première chasse de Brie, il pourrait y avoir plus de monde que d'habitude.

Elle déglutit bruyamment. Ils viendraient tous pour elle, pour avoir la chance de voir la nouvelle compagne de l'Alpha. Elle espérait juste qu'ils ne seraient pas déçus.

Voire qu'ils seraient agréablement surpris si leurs attentes avaient été trop basses.

Gideon soupira, et on aurait dit qu'il avait le poids du monde entier sur ses épaules. Ce qui était le cas, du moins le poids de sa meute. Brie aurait pour tâche de l'aider à porter ce fardeau, s'il le lui permettait du moins. Ce n'était que le premier jour, cependant, et elle avait le temps d'apprendre à faire son boulot. Du moins, elle l'espérait.

— Bien. Ainsi il y aura peut-être un peu plus de loups qu'à l'habitude, mais ils nous regarderont nous transformer et lancer la chasse. Ça ne durera pas trop longtemps, mais on pourra aller dans la forêt et laisser nos loups vagabonder. La chasse aura aussi lieu pendant la journée parce que, eh bien, c'est une situation exceptionnelle.

Elle hocha la tête, comprenant que ce n'était qu'un premier pas pour l'aider à s'intégrer.

— Je vois. Alors, quand commencera-t-elle ?

Gideon fronça les sourcils puis jeta un coup d'œil derrière elle à la pendule fixée au mur.

— Dans moins d'une heure, à vrai dire.

Elle cligna des yeux. Ça ne lui laissait pas beaucoup de temps pour se préparer, même si ce n'était pas comme si elle avait vraiment besoin de quoi que ce soit pour la chasse. Il s'agissait surtout de se préparer mentalement. En plus, elle souhaitait vraiment parler à Gideon en privé avant qu'ils aient à se déshabiller devant tout le monde pour se transformer ensemble.

Brynn se leva et s'étira, puis sourit à Brie.

— On te reverra là-bas alors. Comme ça, toi et Gideon pourrez venir ensemble et on ne se pointera pas tous en même temps.

Brie se mit debout aussi, heureuse que l'autre femme semble avoir lu dans ses pensées. Elle avait envie d'apprendre à mieux connaître Brynn, mais, là tout de suite, son union était plus importante. C'était la raison pour laquelle elle se retrouvait dans cette situation après tout.

Bientôt, tout le monde prit congé, lui adressant un signe de tête ou lui donnant une petite tape dans le dos en partant. Personne n'osa la prendre dans ses bras ou l'embrasser car ils ne la connaissaient pas, sans compter que la réaction de Gideon par rapport à Max plus tôt n'avait pas été des plus chaleureuse. Les loups étaient certes des créatures tactiles, mais ils ne pouvaient pas non plus accomplir de miracle face à un Alpha possessif.

Lorsqu'ils furent seuls, Brie se retourna pour poser une question à Gideon, et se retrouva face à son dos qui s'éloignait.

— Gideon ? demanda-t-elle, intriguée.

Ce serait bien de lui parler enfin en privé vu qu'ils étaient unis. Peut-être que c'était trop demander, cependant.

— Je vais prendre une douche en vitesse, puis on pourra partir pour la clairière, répondit-il sans même lui accorder un regard.

Eh bien, d'accord.

Elle soupira puis se dirigea vers son carnet et commença à griffonner des notes. Elle devait récupérer le reste de ses affaires, les rapporter à la maison et effectuer plusieurs autres tâches pour avoir l'impression d'être chez elle et non plus une invitée chez Gideon. Tout finirait par se mettre en place, mais ce ne serait pas facile.

Rien de ce qui en valait la peine ne l'était jamais.

Le temps que Gideon ait fini de se doucher et revienne dans la pièce, elle était en train de devenir folle. Bien sûr, le fait qu'il ait la barbe et les cheveux mouillés et que son corps remplisse si bien ses vêtements qu'elle dut se souvenir de fermer la bouche en rentrant la langue n'aidait pas vraiment.

Gideon lui adressa un regard entendu puis lui indiqua la porte.

— Allons-y. Les gens vont probablement arriver en avance pour avoir une chance de te voir.

Rien de tel qu'avoir l'impression d'être exposée aux yeux de tous pour la pousser à se mettre en chasse. Elle soupira et baissa les yeux sur son pantalon en lin et son haut. Elle n'avait pas apporté grand-chose et c'était vraiment tout ce qui lui restait. Ce n'était pas comme si elle allait encore les porter longtemps, mais elle ne se sentait quand même pas bien dans sa peau.

— Rien de tel qu'une bande de loups scrutant les moindres de mes mouvements pour me calmer les nerfs.

Gideon soupira mais esquissa un pas vers elle. Elle se figea quand il lui couvrit la joue de la main, les traits tirés.

— Ça ne va pas être facile, Brie. On le savait avant de nous engager dans cette union. Mais je ne laisserai personne te faire de mal pendant la chasse.

Elle écarquilla les yeux. Franchement, cette pensée ne lui avait même pas effleuré l'esprit. Certes, il y avait des combats pour la domination pendant les chasses en meute puisque tout le monde était sous sa forme de loup, mais elle n'avait jamais eu à y prendre part. Elle était une soumise qui avait été heureuse de son rang au sein de la meute. Les choses avaient bien changé à présent.

Et, même si sa louve se sentit toute chose à l'idée qu'il souhaite la protéger, elle savait que ce n'était pas la meilleure façon de procéder. Sa louve râla en soufflant, mais il existait certaines choses que Brie devait faire seule.

— Oh zut ! Tu devrais me laisser me défendre, Gideon. S'ils m'attaquent, je devrai montrer que je mérite d'être ta compagne.

Il secoua la tête et Brie sentit son cœur se serrer.

— Tu es une soumise. Tu n'es pas censée te battre.

— Mais je pourrais y être amenée. Tu le sais. Me protéger et me choyer ne servira pas notre cause à long terme.

— On s'en occupera le moment venu. Allons-y, d'accord ?

Elle retint un soupir et le suivit hors de la maison, consciente que tous les regards de la meute étaient tournés vers elle. Elle allait passer un mauvais quart d'heure, et ce n'était rien de le dire.

Si Gideon se battait à sa place parce qu'il ne la croyait pas assez forte pour être sa compagne, ça se terminerait mal. Cependant, elle ignorait comment empêcher un Alpha de jouer les… Alphas.

Une étape à la fois, se rappela-t-elle. Elle s'était sacrifiée toute seule. À présent c'était à elle d'en assumer les conséquences.

Même si celles-ci consistaient à avoir l'impression d'être seule dans une mer de loups.

Pour toujours.

Chapitre 8

Gideon sentait le regard de Brie dans son dos, mais il ne se retourna pas vers elle. Il en était incapable. Il ne savait pas quoi lui dire pour qu'elle se sente mieux. Il avait conscience de foutre en l'air cette histoire d'union, mais il ignorait comment faire autrement. Il ne s'était jamais senti aussi inapte et ce n'était que le premier jour de leur union.

Ça ne présageait rien de bon.

Il n'avait pas l'habitude de justifier ses choix auprès des autres.

Non, c'était faux.

Tout ce qu'il faisait, c'était se justifier ces jours-ci. Qu'ils concernent les anciens ou le reste de la meute, chacun de ses actes avait des conséquences. Le fait d'avoir pris une compagne entraînerait aussi des répercussions en chaîne. Il espérait juste que la meute ne la rejetterait pas d'emblée. S'il avait été un Alpha plus féroce, il aurait peut-être eu davantage de contrôle sur la pensée des autres. S'il avait été comme son père, il aurait obligé sa meute à accepter Brie sans ciller.

Il n'était pas ce genre d'Alpha, cependant.

Il n'avait jamais été cruel.

Brie devrait mériter sa place, à l'instar de tous les autres loups de la meute.

S'il devait la protéger au péril de sa vie, il le ferait. Elle ne le lui avait pas demandé mais il ne permettrait pas qu'elle en pâtisse. Même s'il venait juste de la rencontrer, c'était sa compagne. Il ne savait peut-être pas comment prendre soin d'elle, mais son loup l'avait déjà revendiquée comme sienne – comme étant la leur.

Elle voulait se défendre toute seule, mais il n'était pas sûr qu'elle survive ainsi. Le simple fait de le penser faisait de lui un loup horrible, mais il s'en inquiéterait plus tard. Là tout de suite, tout ce qu'ils avaient à faire, c'était se transformer, faire un petit tour en courant, puis rentrer. Ce n'étaient pas les sujets d'inquiétude qui manquaient, alors qu'elle devait officiellement emménager.

Cette chasse était juste la première des nombreuses initiatives qu'ils devraient prendre pour aller de l'avant. Ce serait un parcours d'obstacles, mais s'il s'en donnait la peine, si elle s'en donnait la peine, peut-être que sa meute ne battrait pas de l'aile.

Ils avaient presque rejoint la clairière quand il sentit que Brie glissait sa petite main dans la sienne. Il manqua presque de s'emmêler les pieds et de trébucher, mais recouvra l'équilibre avant de se ridiculiser en tombant.

Il baissa les yeux sur leurs mains jointes, puis les releva sur son visage.

— On forme une équipe, dit-elle simplement, la voix bien plus forte qu'il ne l'en aurait crue capable.

Il acquiesça d'un signe de tête puis se remit à marcher. Il devait cesser de l'exclure avant de lui avoir laissé une chance de faire ses preuves. C'était juste qu'il n'avait pas l'habitude de ce genre de truc.

Une fois à la clairière, il réprima un juron en prenant conscience qu'ils étaient loin d'être les premiers arrivés. Non, en fait, il était à peu près certain que pratiquement toute la meute attendait déjà. Certains étaient même sous leur forme de loup, comme s'ils n'avaient pas pu patienter un instant de plus. Une partie des louves maternelles, ainsi que ceux qui avaient des enfants en bas âge à la maison n'étaient pas là bien sûr. Il prit mentalement note de tous ceux qui n'avaient pas d'excuse valable pour ne pas être présents, juste au cas où. Il savait que Ryder et Mitchell en faisaient probablement autant. C'était ce qui les rendait si bons dans leurs rôles. Non pas que la présence des loups soit obligatoire, mais il devait s'assurer que leur absence n'était pas une forme de protestation.

Il jeta un rapide coup d'œil à Brie, qui observait la meute comme si elle tentait d'en mémoriser chaque visage, chaque nuance de langage corporel. Encore une fois, il l'avait sous-estimée. Il ne devrait pas recommencer.

Lorsqu'ils rejoignirent leur place entre Brynn et Ryder, ceux-ci lui adressèrent un signe de tête et il attira Brie plus près de lui.

— Merci d'être venus participer à cette chasse en meute, beugla-t-il.

Tous les loups se turent, le regard rivé sur lui et la femme à son côté. Il perçut la tension qui émanait du corps de Brie, mais elle continua à relever le menton, un petit sourire sur le visage. Comme si elle voulait leur montrer qu'elle n'avait pas peur d'eux tout en leur laissant voir sa véritable nature.

Une soumise dans l'âme.

— Comme ce n'est pas une chasse de la pleine lune, vous n'avez pas à rester avec la meute. Nous vous invitons à vagabonder au gré de votre loup. Un buffet sera dressé au centre de la tanière. Pour ceux que je ne reverrai peut-être pas plus tard, que la déesse bénisse votre chasse.

Sur ces mots, il attira Brie tout contre lui et se tourna pour mieux voir son visage. Il se pencha pour lui chuchoter à l'oreille, de sorte que seuls les plus proches de lui – sa famille – puissent l'entendre.

— Comme on est à la lisière de la clairière, et pas au beau milieu, tu peux te transformer à côté de moi pour que personne ne puisse en profiter pour te reluquer.

Elle serait vulnérable lors de sa première métamorphose au sein de la meute et il voulait lui éviter toute pression inutile. Ce n'était pas facile de se transformer. C'était un processus douloureux qui prenait des minutes, pas des secondes. Chaque os se brisait et se reformait, et les muscles et les tendons se déchiraient et se transformaient pour créer un nouveau corps. Ça n'avait rien à voir avec la magie que s'imaginaient les gens, mais c'était un processus qui consommait de l'énergie – au point que beaucoup ne pouvaient se transformer plus d'une fois par jour.

Elle inclina la tête sur le côté puis se dressa sur la pointe des pieds pour lui embrasser le bout du menton. Il se figea, n'ayant pas l'habitude des marques d'affection en public. La douceur de ses lèvres contre la rugosité de sa barbe lui donna envie de se raser pour ne pas la blesser. Son loup le poussa, déjà tellement énervé à cause de la chasse imminente qu'il eut le plus grand mal à se maîtriser pour ne pas prendre Brie sur-le-champ.

— Merci, chuchota-t-elle. Tout ira bien. Maintenant laissons sortir nos loups pour qu'ils foulent le sol de leurs pattes. (Elle posa la main sur sa poitrine, lui coupant le souffle.) Je ne t'ai encore jamais vu sous ta forme de loup. Je suis heureuse d'en avoir l'occasion.

Il ne l'avait encore jamais vue sous sa forme de louve non plus, ce qui n'avait rien de surprenant étant donné qu'ils venaient juste de se rencontrer. Il lui adressa un signe de tête avec raideur puis recula. Il lut la déception sur son visage, mais il ne pouvait rien y faire. Il avait été pris au dépourvu par le désir qu'elle éveillait en lui et ce n'était pas le moment.

Non qu'il pense qu'elle lui réserverait un bon accueil, du fait qu'elle soit encore tellement innocente.

Il se rappelait son corps sous le sien et contre sa peau, son intimité qui s'était resserrée autour de lui quand elle avait joui, criant son nom.

Il jura encore et ôta sa chemise, éprouvant le besoin de se transformer.

Brie suivit ses mouvements des yeux et lui adressa un sourire espiègle avant de se placer à côté de lui pour qu'il l'abrite de son corps. Les loups ne faisaient pas grand cas de la nudité, néanmoins se transformer devant plus d'une centaine d'inconnus qui avaient tous les yeux rivés sur elle n'était probablement pas la meilleure façon de commencer la chasse.

Il se mit à quatre pattes et tira sur le lien qui le reliait à son loup. En tant qu'Alpha, il pouvait se transformer plus vite que n'importe quel loup de la meute. Il ignorait si son lien avec Brie influerait sur la métamorphose de cette dernière, mais avec un peu de chance celle-ci serait plus facile. S'il pouvait au moins faire ça pour elle dans tout ce bordel, ce serait déjà une bonne chose.

La métamorphose lui fit un mal de chien, mais c'était une douleur bienvenue. Son loup se délecta de sa nouvelle apparence et leurs âmes se fondirent dans leur nouveau corps. Il était costaud, et, comme il était aussi l'Alpha, également un gros loup. Il avait une fourrure noire comme la suie qui était bien pratique pour chasser de nuit. On ne voyait que lui dans la neige cependant, mais il existait des moyens de contourner le problème.

Il s'ébroua à la fin de sa transformation et baissa les yeux sur Brie. Elle était en pleine métamorphose, mais avait presque fini. Il examina la couleur de sa fourrure, étonné de découvrir qu'elle était d'une blancheur immaculée.

Il n'aurait pas dû être surpris pourtant. Quoi de plus logique que le destin lui donne une louve plus blanche que blanche comme compagne pour contraster avec son pelage entièrement noir. Les deux faces d'une même pièce.

Une fois sa transformation terminée, elle se mit sur ses pattes et poussa un petit gémissement qu'il fut le seul à entendre. Il s'empressa de lui lécher le museau, lui montrant qu'il était là. À en juger par l'expression paniquée dans ses yeux, sa métamorphose devait avoir été beaucoup plus rapide que d'habitude. Il aurait dû la prévenir de cette possibilité, mais, bon, il ne comptait plus tout ce qu'il aurait dû lui dire avant qu'elle devienne une Griffes. Il ne pouvait plus revenir en arrière à présent.

Il huma son odeur, la laissant l'envelopper. Celle-ci calma son loup tout en le mettant dans une rage folle, et il sut qu'il n'en avait pas fini avec l'appel de l'union, loin de là. S'il n'y prenait pas garde, il la plaquerait contre un arbre et s'enfoncerait profondément en elle dès qu'ils auraient repris forme humaine.

Bien sûr, cette idée avait du bon… d'autant plus qu'elle était bel et bien sa compagne.

À en juger par la lueur qu'il aperçut dans ses yeux, elle savait de quel côté avaient divagué ses pensées et il laissa échapper un toussotement étranglé avant de la pousser légèrement au niveau du flanc. Lorsqu'elle ne bougea pas, il se maudit puis enfouit le museau dans son cou avant de le mordre doucement. Il avait presque oublié de la revendiquer comme sienne devant la meute à la façon des loups. C'était important cependant mais… il se sentait juste si bien près d'elle, comme si sa place était à son côté, qu'il risquait de sauter des étapes. Des étapes importantes.

Dire qu'il se sentait bien en sa présence était néanmoins exagéré étant donné qu'il était toujours à cran près d'elle.

Son besoin de la protéger et d'être proche d'elle l'emportait sur son bon sens. S'il ne faisait pas attention, il pourrait bien tomber amoureux de sa compagne.

Un Alpha ne pouvait pas se le permettre.

Elle deviendrait un handicap.

Il lui lécha le museau puis pencha la tête pour observer sa meute. Personne n'était encore parti puisqu'ils attendaient qu'il donne le départ. Certains étaient encore en train de se transformer, mais la plupart avaient fini et regardaient leur petit manège à lui et Brie. Interloqué, il s'aperçut que les anciens avaient également fait le déplacement. Ils ne participaient que rarement à ce genre d'événement, mais, étant donné que c'était à cause d'eux qu'il avait été obligé de s'unir pour commencer, il n'aurait pas dû être surpris. Il vit aussi que Iona était avec eux, sous sa forme de louve et la tête haute.

Ça se terminerait mal s'il la laissait s'approcher de Brie.

Gardant cette pensée en tête, il poussa un hurlement, la douce mélodie de celui de Brie se mêlant au sien avant que le reste de la meute se joigne à eux. Il s'élança en courant, sachant que les autres suivraient. Il avait besoin de dépenser son énergie tout en gardant un œil sur Brie. Autrement dit, il ne laisserait pas son loup occuper toutes ses pensées. Ce que ce dernier sembla comprendre, leur facilitant la vie à tous les deux.

Il martelait la terre et l'herbe de ses pattes à un rythme régulier. Il sentait la présence de sa famille et de Brie près de lui, courant à sa suite, mais pas très loin. S'il se fiait aux bruits alentour, des lapins et d'autres proies détalaient en percevant l'odeur de sa meute, mais il ne leur prêta pas attention. Contrairement à son habitude, il ne chassait pas. Il s'agissait pour lui de courir tout en surveillant Brie. Il ralentit alors, laissant la jeune femme le rattraper.

Alors même qu'il se penchait pour lui mordiller le cou par jeu, l'odeur d'autres loups leur parvint. Il s'arrêta complètement et se colla contre le corps de Brie. Elle se blottit aussi contre lui puis recula d'un pas, le poussant du museau. Comme pour lui dire qu'elle avait la situation en main, mais il n'était pas sûr de pouvoir la laisser partir.

Shannon bondit par-dessus un tronc d'arbre couché près d'eux et il se retourna vivement pour mieux la regarder. Les autres pourraient veiller sur Brie si jamais l'un des membres de sa meute avait l'idée saugrenue d'attaquer celle-ci en signe de domination.

Shannon piétina le sol, prête à lui sauter dessus, et il s'avança lentement vers elle, laissant Brie au soin de sa famille. Celle-ci la protégerait coûte que coûte.

Il l'avait promis.

Shannon pencha la tête, les yeux emplis d'une colère vive. Il ne pouvait rien y faire. Il n'avait jamais réussi à rendre cette femme heureuse car il n'était pas un psychopathe vengeur comme son père.

Cette femme voulait gouverner à la manière d'un tyran et il refusait de la laisser faire.

L'obliger à s'unir à cause d'une coutume séculaire n'était qu'une petite partie de son arsenal. Il avait peur de voir ce qu'elle pourrait bien lui sortir d'autre. L'ancienne manigançait un mauvais coup – il le savait. Ou, si ce n'était pas elle, il se tramait autre chose. C'était ce que lui soufflaient ses os douloureux. Il n'était pas un Alpha pour rien.

Brynn laissa échapper un glapissement derrière lui et il grogna. Faisant volte-face, il vit un groupe de jeunes dominants s'approcher de sa compagne. Avant qu'il ait pu gronder, l'un des loups bondit sur Brie, tous crocs et griffes dehors.

La jeune femme grogna quand le loup la griffa. Elle se déplaça, mais pas assez vite pour échapper à un autre loup qui se jeta sur elle sur le côté.

Les autres ne l'aidaient pas. Non. Ils s'écartaient, le regard empreint de douleur, comme s'ils voulaient intervenir mais ne le pouvaient pas.

Non mais, il hallucinait, putain !

Gideon gronda puis attaqua toutes griffes dehors les loups qui avaient osé s'en prendre à sa compagne. Il se tourna vers l'autre loup, mais celui-ci gémit quand Brie lui mordit le cou. Surpris, il baissa les yeux sur elle, mais elle se retourna, laissant le loup à terre.

Zut !

Il n'avait pas assuré.

Il lui avait promis qu'elle ne serait pas blessée, mais c'était exactement ce qui était arrivé. L'odeur du sang de Brie sur le sol sous lui le fit enrager et il rejeta la tête en arrière pour hurler à la mort. Jamais il ne pourrait poursuivre la chasse à présent. Il grogna après tous les loups dans les parages puis rejoignit Brie, la poussant doucement jusqu'à un arbre où ils avaient laissé des vêtements dans l'éventualité d'une urgence.

Le regard rivé sur elle, il commença à reprendre forme humaine, ressentant le besoin de la serrer dans ses bras et d'examiner ses blessures.

Elle soupira comme seule une louve en était capable puis se transforma également.

Dès qu'il se tint sur ses jambes, il baissa les yeux sur Ryder qui les avait rejoints.

— Repars chasser. Je m'occuperai de vous tous plus tard. À quoi tu pensais, putain !? Elle est blessée et tout ça par notre faute à tous.

— Gideon.

Il virevolta si vite qu'il manqua de perdre l'équilibre.

— Brie.

Il marcha vers elle et s'agenouilla pour jeter un coup d'œil à ses blessures.

Elle haleta, les yeux brillant de douleur.

— Je vais bien. Ils n'ont fait que ce que je leur ai demandé. Tu te rappelles ? Je dois me défendre seule. (Elle soupira quand il posa les mains sur les marques de morsures sur son flanc.) Tu n'aurais pas dû t'interposer. J'aurais pu m'occuper de ces deux-là. Maintenant je vais devoir recommencer pour prouver mon mérite.

Il grogna un juron puis attrapa un tee-shirt dans le tas de vêtements au pied de l'arbre.

— Enfile ça. Je te ramène à la maison. On reparlera de tout ça là-bas.

— Gideon.

— Pas. Un. Mot. De. Plus.

Elle arqua un sourcil mais ne dit rien et fit passer le tee-shirt par-dessus sa tête. Il enfila un jogging et estima que ça suffirait pour rentrer chez lui. Les autres s'occuperaient des vêtements qu'ils avaient laissés à la clairière. Il avait besoin de ramener Brie à la maison et de panser ses plaies. Son loup grogna, le tannant, assoiffé de vengeance.

Il n'aurait pas dû être surpris que des loups cherchent à engager un combat pour la domination. Aucune des marques couvrant le corps de Brie n'était très profonde et elles s'expliquaient toutes sans problème. Brie aurait dû effectivement avoir à se battre pour prouver sa valeur. Si elle avait été n'importe quelle autre louve, il l'aurait applaudie. Cependant, ce n'était pas le cas.

Elle était sienne, putain !

Sauf qu'il ne savait pas quoi faire de ça.

Sans rien dire, il la souleva dans ses bras et la serra délicatement contre son torse. Ils rejoignirent la maison sans prononcer un mot, la colère de Gideon grandissant à chaque pas. Il ouvrit la porte d'une main puis la claqua derrière lui quand ils furent à l'intérieur. Au lieu de la poser par terre, il l'installa sur la table de la salle à manger, le corps tremblant.

— Enlève ton tee-shirt. Tout de suite.

— Et la politesse, là-dedans, hmm ?

— Merde ! Brie, enlève juste ton putain de tee-shirt pour que je puisse nettoyer tes blessures. Alors tu pourras piquer une crise parce que j'ai fait mon boulot en écartant ce loup qui a osé s'attaquer à toi.

Elle arqua un sourcil puis se tortilla un peu pour réussir à ôter son tee-shirt. Elle se retrouva nue sur la table, les tétons dressés et l'implorant de les prendre dans sa bouche.

Ce n'était pas le moment, du tout.

Quoiqu'il semblerait que sa queue n'ait pas reçu l'info.

Elle fit glisser son regard sur son corps jusqu'à sa queue qui tendait l'étoffe de son jogging et elle s'humecta les lèvres.

Bon. Dieu !

— Je ne vais pas piquer une crise, enfoiré !

Il cligna des yeux.

— Tu viens juste de me traiter d'enfoiré ?

— Euh… ouais. Parce que c'est ce que tu es, là. J'ai pigé. Tu es un Alpha. Tu as des besoins de dominant qui te poussent à gonfler le torse en grognant et en hurlant. Ça ne me pose aucun problème. Je suis ta louve soumise et je dois donc m'assurer que tu prends bien soin de toi. Ce qui t'échappe, c'est qu'à force de passer tant de temps à t'inquiéter pour les autres tu laisses tes propres besoins et désirs en friche. C'est pour cette raison que je suis là. La meute finira par s'en rendre compte.

— Ce n'est pas une question de sexe, avança-t-il sans conviction.

Elle rougit mais roula des yeux.

— Ouais, ça prête à confusion, mais je parlais en fait d'autres trucs que le sexe. Si ton loup a besoin de s'occuper de quelqu'un, eh bien je suis là. Mais t'interposer quand j'essaie de me défendre dans un combat au sein de la meute ne va pas m'aider. (Elle croisa son regard et soupira.) Tu dois me laisser prendre soin de moi-même. Je sais que je ne remporterai pas tous mes combats, mais je suis plus forte que tu ne le penses.

Gideon ferma les yeux puis se pencha, appuyant son front contre le sien.

— Tu ne connais pas ma meute, Brie.

— Alors laisse-moi apprendre à la connaître. Laisse-moi du temps. (Elle posa la main sur son bras et il se détendit un peu.) Et c'est notre meute maintenant.

Gideon s'écarta et rouvrit les yeux.

— Tu as raison. Mais ça n'est pas pour autant acceptable qu'ils t'aient blessée.

Il déglutit bruyamment puis alla chercher sa trousse de premiers secours. Brie guérirait vite, et, si l'une de ses blessures avait été plus sérieuse, il aurait fait appel à Walker. Il préférait quand même nettoyer ses plaies et ses égratignures, juste au cas où. Il devait absolument faire un truc, et lui crier après n'aiderait pas.

Quand il revint, elle avait relevé les jambes sur la table et enroulé les bras autour de ses genoux. Elle lorgna la boîte dans ses mains et soupira.

Je vais bien, Gideon. Mais si ça peut t'aider à te calmer de me laver le flanc, je t'en prie, vas-y.

Il plissa les yeux.

— Merci pour ton autorisation.

Il s'attela à la tâche, nettoyant chaque coupure et morsure avec un soin précis. Elle ne grimaça pas ni ne cria malgré la douleur. Elle se montrait forte pour lui, ce qui le fit se sentir encore plus mal.

Il s'y prenait comme un pied en ce qui concernait cette union, mais il ne savait pas du tout comment s'y prendre. Ce n'était pas comme s'il existait un manuel pour ce genre de choses.

— Les autres loups n'ont rien fait de mal.

— Je ne veux pas en parler, répliqua-t-il avant de tout poser.

Il avait fini de toute façon. Il se plaça entre ses jambes, les mains posées sur la table près de ses hanches.

Elle eut le souffle coupé et il huma son émoi. Bon sang ! il aurait du mal à ne pas la toucher.

— Laisse-moi me calmer, Brie. Ensuite on pourra discuter de ce qui s'est passé et trouver une solution.

Elle tendit le bras pour lui couvrir la joue de la main. D'instinct, il tourna la tête et lui embrassa la paume. Quand elle entrouvrit alors les lèvres, il ne put résister. Il se pencha et s'empara de sa bouche en un baiser vorace, s'obligeant à garder les mains sur la table pour ne pas les poser sur sa compagne.

Il s'écarta, avide.

— Dis-moi non, Brie. Dis-moi non et je partirai sur-le-champ. Tu dois guérir. Tu as besoin de temps pour… Eh bien, tu as besoin de temps, voilà tout.

Du temps pour se retrouver, du temps pour être une Griffes, du temps pour ne pas être entre les siennes parce qu'il semblait incapable de se maîtriser.

Elle enroula les jambes autour de sa taille et l'attira plus près.

— Je ne dis pas non.

Il déglutit bruyamment puis lui empoigna les hanches.

— Bien.

Il plaqua sa bouche contre la sienne, ayant soif d'elle comme de jamais personne auparavant. Ce n'était pas juste son loup qui désirait une femelle. Non, c'était lui qui désirait la femme sous lui. Il voulait être en elle et la revendiquer maintes et maintes fois, jusqu'à ce qu'ils soient tous deux recrus.

— Je ne vais pas être doux cette fois, dit-il entre ses dents, tandis que sa poitrine se soulevait.

— Bien. Prends-moi comme je suis et j'en ferai autant.

Il scruta son visage du regard, s'efforçant de comprendre ses motivations. En toute franchise, il ne comprenait pas Brie. Elle était si forte à certains égards, mais paraissait si terrifiée à d'autres. Elle était une énigme que son loup lui demandait de résoudre, mais il doutait d'y parvenir un jour. Elle ne cessait jamais de le surprendre. Elle s'était unie à lui pour sa meute, pas pour elle. Il avait au moins pigé ça. Ou pas ? Pourquoi sinon se serait-elle jetée tête baissée dans une situation qui semblait impossible ?

— Embrasse-moi, chuchota-t-elle.

Et il fut perdu.

Il colla de nouveau ses lèvres contre les siennes, goûtant sa saveur sur sa langue, ayant besoin d'elle plus que de personne avant.

Il explora ses flancs des mains, faisant attention aux blessures qui guérissaient déjà. Elles étaient superficielles, même si, dans le feu du combat, il avait craint qu'elles soient beaucoup plus sérieuses.

Elle lui prit la main et la posa sur sa poitrine. Il écarquilla les yeux, avant d'esquisser un grand sourire. Il semblait que sa compagne veuille qu'il reste concentré sur la tâche qui l'occupait présentement. C'était dans ses cordes. Il tira sur ses tétons, adorant la voir pousser des petits cris chaque fois, une lueur dorée flamboyant dans ses yeux. Il les fit rouler entre ses doigts et les pinça légèrement pour voir ses pupilles se dilater. Elle se tortilla sous lui, le doux parfum de son émoi se mêlant aux effluves capiteux de sa propre excitation.

Elle laissa retomber ses jambes, les écartant. Elle semblait avoir agi sans réfléchir, mais il s'en foutait que ce soit délibéré ou non. Il la désirait. Voulait sentir sa saveur sur sa langue.

Le sourire jusqu'aux oreilles, il recula pour s'agenouiller près de la table, qui était à la parfaite hauteur pour ce qu'il avait en tête. Brie poussa un cri perçant quand il la tira plus près du bord.

— Gideon.

— Oui, dis mon nom. Rappelle-toi-le quand tu jouiras sur ma langue.

Elle écarquilla les yeux puis ceux-ci chavirèrent lorsqu'il suçota son clitoris. Par la déesse ! elle avait une saveur merveilleuse. Il lui lécha et lui mordilla le sexe, voulant qu'elle jouisse contre son visage. Il plaça les mains sur ses hanches, l'obligeant à garder les fesses contre la table et l'empêchant de gigoter. Chaque fois qu'il passait autour de son clitoris, elle laissait échapper une espèce de petit miaulement si terriblement sexy qu'il était à deux doigts d'éjaculer dans son jogging.

Quand il la baisa avec la langue, s'introduisant en elle, ses gémissements se firent plus voilés et il sut qu'elle y était presque. Il lâcha l'une de ses hanches pour pouvoir jouer avec son clitoris de sa main libre. Dès qu'il toucha la boule de nerfs gonflée, elle se raidit puis cambra le dos, faisant ressortir sa poitrine.

— Gideon ! cria-t-elle en jouissant sur sa langue.

Putain ! elle avait une saveur exquise. Comme un paradis dont il savait qu'il ne serait jamais rassasié.

Il se releva en vitesse et baissa son jogging en dessous de ses fesses pour libérer sa queue. Elle était si dure qu'il craignait de jouir au premier coup de reins.

Elle écarquilla les yeux et se redressa, tendant la main vers lui.

— Je veux te goûter moi aussi.

Il secoua la tête, lui écartant la main.

— Pas maintenant. Je te promets que je brûle d'avoir ta douce bouche autour de ma queue. (Il grogna à cette image.) Mais là tout de suite, si je ne te pénètre pas, je vais éjaculer sur ta poitrine et ton ventre avant même d'avoir pu remplir ta bouche.

Elle se fendit d'un grand sourire et ouvrit grand les cuisses.

— Alors au boulot, mon Alpha à moi.

Il se pencha pour l'embrasser, lui gémissant dans la bouche alors qu'elle enroulait les jambes autour de sa taille pour l'attirer à elle. Cette fois, il avait la main à la base de sa queue et il se plaça à l'entrée de son intimité.

— Prête ? demanda-t-il dans un grognement.

— Toujours, haleta-t-elle.

Il semblait que sa petite compagne le désire tout autant qu'il la désirait. Bon à savoir.

Il la regarda dans les yeux alors qu'il glissait en elle, et adora le petit cri qui lui échappa. Ondulant des hanches, il sentit son intimité se resserrer autour de lui et sa queue l'élança.

— Bon sang, tu es trop bonne, putain, Brie !

Elle sourit de toutes ses dents, avant de gémir.

— Tu es trop bon aussi, putain, Gideon !

Il se pencha et l'embrassa passionnément.

— J'aime que tu prononces le mot « putain ». Ça me donne des idées.

Elle roula des yeux puis déplaça le bassin, leur arrachant des gémissements à tous les deux.

— Arrête d'avoir seulement les idées mal placées et mets-les en pratique.

Il grogna, lui empoignant les hanches à lui faire mal, et il se retira avant de lui assener un autre coup de reins. Brie poussa un petit cri puis rejeta la tête en arrière, sa poitrine tressautant à chacun de ses assauts.

Il allait et venait en elle avec force, conscient de leur lien d'union qui crépitait à chaque coup de boutoir, comme s'ils se trouvaient à nouveau l'un l'autre. Elle releva la tête et croisa son regard. Il se déplaça, les maintenant en place d'une main sur sa hanche tandis qu'il lui couvrait la nuque de l'autre. Quand il se pencha, il colla leurs fronts l'un à l'autre, sans jamais arracher son regard du sien.

— Jouis pour moi, Brie. Jouis autour de ma queue.

Elle souleva le bassin puis entrouvrit les lèvres, volant en éclats sous lui, autour de lui.

Incapable de se retenir plus longtemps, il lui assena un dernier coup de reins avant d'être emporté par un violent orgasme alors qu'il était profondément enfoui en elle. Ses testicules se contractèrent encore plus et sa queue palpita tandis qu'il la remplissait de son sperme. À cet instant précis, il fut frappé par la vision de sa semence qui prenait racine, la fécondant, et il eut le souffle coupé, choqué de découvrir à quel point cette image lui plaisait. Apparemment, il était un Alpha dans tous les sens du terme.

Il l'embrassa de nouveau passionnément, chassant ces pensées de son esprit. Ils avaient bien assez de soucis comme ça pour qu'il songe à la mettre enceinte. Il voulait apprendre à la connaître et elle avait bien le droit de faire de même avant de porter son enfant.

Rien n'avait été réglé, que ce soit avec la meute ou avec la femme sous lui, pourtant cela n'aurait pas pu lui être plus égal en cet instant.

Son cœur se réchauffa et il sut qu'il ressentait quelque chose qu'il n'avait pas éprouvé depuis longtemps… voire jamais.

Du contentement.

Ce qui le fit flipper plus qu'il ne l'aurait cru possible.

Chapitre 9

Leo Brentwood ondula des hanches, approchant enfin de l'orgasme avec la femme à quatre pattes devant lui. Dans un grognement, il se retira, déversant sa semence sur ses fesses et le bas de son dos. Il n'était pas uni à elle et n'avait donc pas à se soucier d'enfants, mais il aimait montrer sa domination en éjaculant sur elle plutôt qu'en elle.

Elle n'avait plus qu'à tout nettoyer elle-même.

Shannon, l'ancienne des Griffes, jura en regardant par-dessus son épaule.

— Vraiment ? Tu ne pouvais pas juste finir en moi ? Je déteste avoir le dos poisseux.

Leo haussa les épaules puis alla se chercher une bouteille d'eau pendant que Shannon faisait un brin de toilette.

— Ouais. Alors, comment s'est passée la chasse en meute avec mon cher neveu ?

Shannon roula des yeux puis enfila sa robe.

— Ennuyeux, vraiment. Les loups l'ont approchée d'assez près et elle a perdu du sang, mais elle respire encore.

— On ne voulait pas la tuer déjà de toute façon. C'est trop tôt.

Leo s'assit nu sur son canapé de merde et soupira. Un jour il aurait les richesses qui lui étaient dues au lieu de se cacher dans ce trou à rat. Soit ça ou son plan ultime se réaliserait et ça n'aurait plus d'importance.

— Je sais, je sais. Mais je ne l'aime pas.

Shannon fit la moue puis s'assit à côté de lui et lui frotta le torse comme s'il aimait ça. Il ne la repoussa pas, cependant. Elle avait son utilité.

— Elle n'est pas Iona.

— Non, c'est vrai. Cependant Iona ignore tout du plan et je ne vois pas quelle utilité elle aurait eue. Elle est plus facile à manipuler que Brie puisqu'il suffit de lui faire miroiter un rang plus élevé au sein de la hiérarchie, mais elle s'oppose encore à moi sur des détails. (Elle s'humecta les lèvres et soupira.) Un jour tu seras l'Alpha comme tu aurais dû l'être et nous pourrons gouverner la meute à la façon des loups, et pas des humains castrés que Gideon a faits de nous.

— J'aime ta façon de parler, Shannon. (Même si aucun d'eux n'ignorait la seconde partie de leur plan, si celle-ci allait à vau-l'eau.) Lorsque Gideon a tué mon frère Joseph, j'ai cru que j'allais y passer moi aussi.

Shannon le reprit en faisant claquer sa langue.

— Tu as bien failli y passer, oui. Tu n'es en vie que parce que je t'ai sorti de là à temps. Tes autres frères sont morts parce que c'étaient des crétins. Ils n'ont pas été assez futés pour tuer le petit salopard quand il était encore trop jeune pour se défendre.

Leo enroula ses cheveux autour de son poing et plongea les yeux dans les siens. Il la maintenait le cou tourné à un angle bizarre, mais il s'en foutait.

— Ne traite pas mes frères de crétins, petite ancienne.

Elle roula des yeux puis tendit la main pour serrer sa queue qui gonflait déjà.

— Désolé, mon chéri. Bon, où en étions-nous ?

— On va attendre que Brie soit au plus bas. Gideon a été stupide de prendre une soumise comme compagne. Elle ne fait pas l'affaire. Les autres loups vont nous mâcher le travail. Ils ne l'accepteront jamais. Et, juste quand Gideon regrettera son choix, on veillera à ce qu'il doute de sa loyauté.

— Et alors on la tuera.

De nouveau il haussa les épaules, libérant Shannon.

— Bien sûr. Elle ne vaut rien, vraiment, mais mourir de la main d'une Griffes obligera les Redwood à riposter.

— Et on peut faire en sorte qu'ils meurent aussi, ou du moins se retrouvent pris entre deux feux.

— Et ainsi nous nous élèverons au sommet. Quand mes fils et mes neveux, et Brynn bien sûr, seront morts, j'accéderai à la place qui me revient, sur le trône. Comme ils n'ont pas d'enfants, je deviendrai le nouvel Alpha.

Et la suite de son plan pourrait commencer.

— Et bientôt ils sauront qu'ils se sont trompés depuis le début.

Il hocha la tête, un grand sourire aux lèvres.

— Bien sûr. Faudrait pas qu'ils s'imaginent n'avoir rien à craindre, hein ?

— J'aime vraiment ta façon de penser, roucoula-t-elle, faisant monter et descendre sa main sur son érection.

Elle s'humecta les lèvres et une lueur dorée flamboya dans ses yeux.

Il se fendit d'un grand sourire et lui baissa la tête. Elle saurait quoi faire. Dès qu'elle ouvrit la bouche, il lui maintint la tête en place et la baisa, ondulant des hanches à un rythme régulier. Elle manqua de s'étrangler puis gémit. Ils partageaient les mêmes visions et inclinations.

Pour l'instant.

— Nous conduirons les Griffes dans l'aube nouvelle, déclara-t-il d'une voix haletante, lui tirant les cheveux à lui faire mal.

Elle lui érafla les cuisses des ongles et il grogna, la lâchant. Elle se redressa et se plaça à califourchon sur sa taille. Il remonta sa robe sur ses hanches puis la pénétra d'un coup de reins.

Elle joua du bassin, les mains sur ses épaules.

— On le touchera là où ça fait le plus mal, dit-elle en haletant.

— Les membres aux rangs les plus bas de la meute, sa confiance, sa famille et maintenant cette nouvelle chienne soumise.

Il ponctuait chaque mot d'un nouvel assaut, conscient qu'ils étaient tous deux au bord de l'orgasme.

— Parfait, dit-elle, avant de crier son nom en jouissant.

Il lui assena un dernier coup de reins puis éjacula de nouveau tandis que son loup hurlait, submergé de plaisir et d'envie.

Oui, un jour il serait l'Alpha. Il gouvernerait la meute comme elle aurait toujours dû l'être. Dans le sang et la souffrance.

Gideon Brentwood mourrait couvert de honte et en n'ayant laissé aucun héritage.

Parfait.

Chapitre 10

Rien ne se passait comme prévu, mais, franchement, Brie n'aurait pas dû être surprise. Une semaine s'était écoulée depuis qu'elle s'était unie à Gideon et elle avait toujours l'impression de n'avoir eu qu'un aperçu de l'homme derrière le puissant Alpha. Ils faisaient l'amour chaque nuit, apprenant le corps et les désirs de l'autre, mais ce n'était qu'une petite partie de ce qui faisait d'une union… une union.

Entrelacer son âme à celle d'une autre personne ne se résumait pas au sexe – malgré le fait que tout tendait à prouver le contraire jusque-là. À un moment, elle voulait apprendre qui il était, le voir sourire, le faire rire. Elle voulait qu'ils aient leurs propres blagues et préparer le repas à son côté. Elle voulait pouvoir traverser la tanière la tête haute et rendre leurs sourires aux membres de la meute qui souhaitaient vraiment sa présence parmi eux.

Elle ne voulait pas passer sa vie à se cacher dans sa nouvelle maison en attendant le retour de Gideon pour qu'il lui fasse l'amour.

De ce qu'elle en savait, c'était uniquement l'appel de l'union qui les talonnait tous les deux à travers leur lien, poussant Gideon à avoir envie d'être avec elle. Peut-être que c'était plus fort que lui en raison d'une force extérieure, et non pas de qui elle était. Elle aurait pu être n'importe qui à ce stade et il aurait pris son pied parce qu'il en avait la possibilité.

Elle ferma les yeux et se maudit. Elle ne devrait pas avoir ce genre de pensées étant donné qu'elle ne l'avait même pas interrogé sur ses sentiments. Elle n'avait pas eu le temps. Elle avait aussi eu trop peur, mais elle ne se pencherait pas sur le sujet. Le manque de temps était vrai, du moins. Gideon n'était presque jamais là. Les devoirs qui lui incombaient en tant qu'Alpha le gardaient loin d'elle et de la maison pendant des heures chaque jour. Et, comme il ne la connaissait pas assez bien pour lui permettre d'alléger son fardeau, elle était coincée dans leur demeure.

Certes, elle avait demandé à Ryder les textes anciens qui racontaient l'histoire de la meute, mais elle ne pouvait pas non plus passer son temps à lire et à apprendre, au risque de finir par se taper la tête contre les murs. Les Griffes, comme les Redwood, avaient une histoire riche axée sur la survie. Elle avait été particulièrement intéressée par leur histoire récente et le père de Gideon, mais malheureusement elle n'avait encore rien trouvé à ce sujet.

Il semblait que, pour pouvoir comprendre l'homme auquel elle s'était unie, elle devrait tout simplement lui parler.

Ce qui aurait été un peu plus facile s'il avait été à la maison.

Elle se passa la main sur le visage puis s'enfonça dans les coussins du spacieux canapé de Gideon. Ce n'était pas le sien et elle ignorait si elle le considérerait un jour comme tel. C'était la maison de Gideon, les affaires de Gideon, la vie de Gideon. Elle n'était qu'une invitée qui lui permettait de rester l'Alpha sans avoir Iona constamment dans les pattes

— Brie ?

Elle bondit sur ses pieds, toutes griffes dehors, avant de se détendre.

— Je ne t'avais pas entendu.

Ni n'avais senti ton odeur ou remarqué ta présence. Tu parles d'une femelle Alpha.

Gideon la regarda, les sourcils froncés, la tête inclinée sur le côté comme il le faisait quand il était sous sa forme de loup.

— Je n'ai pas voulu t'effrayer. Je suis juste rentré me doucher en vitesse avant le cercle.

Elle réprima un soupir. Ah! oui, le cercle de la meute. Encore un truc qui lui avait été épargné jusque-là, après avoir enduré celui de leur cérémonie d'union. Quelque chose lui disait que ce ne serait pas très marrant. Devoir supporter le regard et les jugements des gens, qui se demanderaient ce que leur Alpha avait bien pu penser quand il l'avait soudain prise pour compagne…

Depuis la chasse en meute, Gideon l'avait pratiquement enfermée dans son château, craignant qu'on lui fasse du mal. Il ne la croyait pas capable de se défendre. Elle ne l'en blâmait pas, vu qu'elle avait lamentablement échoué à se protéger pendant la chasse. Elle avait laissé des loups faire couler son sang, même si elle avait eu le dessus jusqu'à ce que Gideon intervienne.

Les autres Brentwood s'étaient efforcés de la laisser se débrouiller, ce qui était dans l'ordre des choses. Un truc que Gideon ne semblait pas comprendre. Si elle se mettait en retrait et laissait les autres se battre à sa place comme si elle était une petite princesse trop choyée, elle ne gagnerait jamais le respect dont elle avait besoin pour se tenir au côté de Gideon.

Mais, vu comment il la cachait, elle n'était peut-être pas censée se tenir à son côté. Une pensée qui lui fit l'effet d'un coup de poignard dans le cœur, et elle se détourna aussitôt pour qu'il ne voie pas la souffrance dans ses yeux. Elle était peut-être censée être sa compagne cachée, qu'il ne sortait que pour les grandes occasions. Cette union lui avait été imposée après tout. Peut-être qu'il ne voulait pas d'elle en dehors de la chambre à coucher.

Elle serra les poings et soupira. Il était à côté de la plaque si c'était ce qu'il s'imaginait. Hors de question qu'elle se terre encore longtemps de cette façon. Ce soir-là se tenait le cercle au cours duquel la meute se retrouvait pour discuter de ce dont elle avait besoin et des événements qui avaient eu lieu. Elle s'y rendrait même si elle devait y laisser la peau. Elle ferait partie de la meute, nom d'un chien ! Elle était une Griffes désormais. Il était temps qu'elle se comporte comme telle – quoi que cela signifie.

Elle sursauta quand Gideon lui toucha l'épaule.

— Désolée, je suppose que je suis un peu nerveuse aujourd'hui.

Il lui prit le visage entre les mains, lui effleurant la joue du pouce. Elle eut le souffle coupé, voyant l'homme qui la serrait dans ses bras toutes les nuits, pas l'homme qui ne faisait pas attention à elle pendant la journée.

— C'est le cercle qui t'inquiète ?

— Oui et non. Je ne suis pas rassurée parce que c'est mon premier cercle chez les Griffes, mais j'ai hâte d'y être aussi. Je ne suis pas beaucoup sortie de la maison.

Elle n'avait pas voulu dire cette dernière phrase, mais ça lui avait échappé.

Elle semblait avoir fait mouche, parce que son visage se ferma avant qu'il se détende de nouveau et reprenne un air calme et supérieur.

— Je ne laisserai personne te faire de mal.

Et c'était encore la même rengaine. Il ne tiendrait pas non plus compte du fait qu'elle était enfermée à la maison pour sa propre « protection ».

— Je suis parfaitement capable de me défendre, Gideon.

Elle s'écarta tout en lui prenant la main pour qu'il sache qu'elle n'avait rien contre lui. Elle était entrée dans cette union les yeux grands ouverts et elle se démènerait comme une folle pour que ce ne soit pas un échec.

— C'est à moi de te protéger, grogna-t-il d'une voix grave.

— Je sais. Et c'est à moi de le faire en retour vis-à-vis de toi. (Elle leva son autre main quand il ouvrit la bouche pour parler.) Ne me sors pas ton discours sur les soumises faibles, d'accord ? Tu es coincé avec moi pour un bon moment alors autant mettre certaines choses au clair.

Il arqua un sourcil.

— Je suis ta compagne. Je suis la femelle Alpha. Je ne peux pas rester sans rien faire. Tu ne dois pas piquer une crise si je sors de la maison et deviens un membre productif de la meute. Si je suis restée à l'intérieur, c'est seulement parce que ton loup est constamment sur ton dos, ce que je ne peux que constater. Je n'ai pas voulu trop vous mettre la pression à tous les deux alors qu'on apprenait tout juste à se connaître, mais je vois que j'ai eu tort.

— Que tu as eu tort ? Tu t'en vas ?

Elle déglutit bruyamment et secoua la tête.

— Non, gros bêta, je ne pars pas. Tu vas finir par me faire une crise cardiaque avec ce genre de pensées. Je suis ta compagne, répéta-t-elle. Je n'irai nulle part. Mais je ne me laisserai pas non plus enfermer parce que tu as peur de ce qui pourrait m'arriver. Je ne vaux rien si je dois vivre à travers les autres. J'ai besoin d'être quelqu'un, moi aussi. (Elle soupira.) Je dois apprendre à être Brie Brentwood.

Ce qui est impossible si je ne sors jamais de la maison… si je n'apprends pas à te connaître.

Elle n'aimait pas dissimuler la vérité. Elle voulait être aussi sincère que possible, alors, si elle devait mettre son âme à nue pour pouvoir être la personne qu'elle voulait être, eh bien soit.

Son compagnon se pencha pour coller ses lèvres à son front et elle se détendit.

— Je m'y prends mal.

Elle posa la main sur son torse.

— On a tout fait à l'envers, Gideon.

Il se redressa et hocha la tête.

— Tu as raison. On s'est rencontrés et on s'est unis. Je ne t'ai pas… je ne t'ai pas fait la cour.

Elle écarquilla les yeux, bouche bée.

— « Fait la cour » ?

Il sourit alors, lui coupant le souffle. Il était séduisant quand il grognait et avait l'air intimidant. Mais quand il souriait ? Elle était perdue. Ses yeux bleus la transperçaient, ses lèvres pleines étaient… tentantes.

— Fait la cour, répéta-t-il. Et je vais essayer de ne pas être un enfoiré, mais ce ne sera pas facile.

Elle ricana avant de rouler des yeux.

— Tu n'es pas un enfoiré.

Il lui adressa un regard.

— D'accord. Tu n'es pas tout le temps un enfoiré. Tu es encore en train d'apprendre à vivre en ayant une femme dans ta vie. Je comprends. J'apprends aussi la vie avec un compagnon. Alors on va travailler là-dessus. Commencer sur une page vierge.

Elle vit ses yeux s'assombrir et elle crut savoir ce qui lui avait traversé l'esprit.

— Vierge.

Elle lui appuya les doigts sur le torse d'un air espiègle et il lui prit les mains dans les siennes. Elle s'humecta les lèvres et il porta le regard sur sa bouche.

— Va te doucher pour qu'on puisse se rendre au cercle de la meute. Après… eh bien, après on jouera à un jeu.

Il grogna doucement, lui serrant les mains.

— À un jeu ?

Elle sourit alors, aimant la façon dont il réagissait à ses mots.

— Oui, à un jeu. On jouera au jeu des vingt questions.

— Hein ?

Le pauvre, il semblait si malheureux !

— On apprend à se connaître en se posant vingt questions chacun. À chaque question, non seulement on découvre une autre facette de nos personnalités, mais… (elle se pencha vers lui jusqu'à sentir la chaleur qui émanait de lui) je t'embrasserai et tu pourras en faire autant.

Il grogna encore.

— Seulement un baiser ?

Elle se dressa sur la pointe des pieds et l'embrassa sur l'extrémité du menton.

— Je n'ai pas dit où j'allais t'embrasser.

Il s'empara de ses lèvres, écrasant sa bouche contre la sienne en un baiser brutal. Elle poussa un petit cri, ondulant contre lui. Elle sentit la ligne dure de sa queue contre son ventre et elle haleta avant de s'écarter.

— Douche. Seul. Vas-y. On ne peut pas être en retard.

Il se lécha les lèvres pendant qu'elle parlait puis acquiesça d'un signe de tête avant de la dépasser pour se diriger vers la chambre.

L'image de Gideon nu, mouillé et sa queue à la main alors qu'il terminait ce qu'elle avait commencé lui emplit l'esprit et elle gémit. Gideon se figea puis se retourna lentement.

— Je ne finirai pas seul ce que nous avons commencé, dit-il tout bas. J'attendrai notre… jeu pour ça.

Elle écarquilla les yeux et sourit lentement.

— Bien.

Lui adressant un dernier signe de tête, il repartit vers la chambre pour prendre vraisemblablement une douche très froide.

Par la déesse ! elle savait qu'ils assuraient au lit. C'était un truc pour lequel elle n'avait jamais à s'inquiéter. C'était dans les moments de complicité comme celui-ci, quand il voulait jouer avec elle, qu'elle pensait que ça pouvait fonctionner.

Sauf que rien ne fonctionnait jamais parfaitement, songea-t-elle une demi-heure plus tard quand elle se retrouva dans le cercle de la meute, debout sur la tribune à côté de Gideon. Le plus grand tumulte régnait.

Et c'était à cause d'elle.

Des mots comme « faible », « soumise » et « putain » fusaient comme s'ils avaient le droit de la juger. Ils ne parlaient pas tous, pas plus qu'ils ne hurlaient. Non, ils n'étaient qu'une poignée à exprimer ce qu'ils pensaient d'elle en tant que compagne de Gideon.

Ils ne le faisaient plus derrière son dos.

Non, ils le faisaient directement sous son nez.

— Elle n'est pas assez forte pour être ta compagne ! cria l'un des loups.

À cause de la forme de ses yeux, Brie pensa qu'il devait s'agir de l'un des loups qui l'avaient attaquée pendant la chasse. Une conduite qui n'avait pas été très sage, mais n'en avait pas moins été admissible. Elle était nouvelle et ne s'était pas encore battue pour sa position ou pour gagner le respect de la meute.

Cependant, la traiter de putain parce que Gideon l'avait choisie – parce que le destin lui-même l'avait choisie –, c'était dépasser les bornes.

— Tu vas rester là et les laisser affubler ta compagne de tous ces noms d'oiseaux ? dit Brynn d'un ton brusque derrière Brie.

Tous les Brentwood étaient là et elle percevait la tension et la colère qui émanaient d'eux alors que les minutes s'égrenaient.

Gideon avait l'air le plus en rogne, et de loin. On aurait dit qu'il devait faire appel à toute sa force d'Alpha pour ne pas décimer tous ceux qui se trouveraient sur son passage. Brie ignorait juste si elle était à l'origine de sa fureur ou si celle-ci avait été attisée par le fait qu'ils lui manquaient de respect à lui aussi au passage.

— Je veux entendre ce que chaque salopard a à dire. Je veux voir qui parle et qui retient sa langue, alors même qu'il brûle manifestement de s'exprimer.

Brie écarquilla les yeux et dut se retenir de prendre la main de Gideon. Il ne laissait pas les autres lui faire du mal. Il cherchait à découvrir qui était assez stupide pour lui reprocher d'être elle-même.

— Je ne leur permettrai pas de recommencer, grogna-t-il.

— Bien. Parce que je suis à deux doigts de les tuer moi-même si tu n'interviens pas, lâcha Ryder, surprenant Brie.

Il était le calme, l'Héritier non violent.

Elle s'était bien mis le doigt dans l'œil, apparemment.

— Vous avez fini ? grogna Gideon.

Alors qu'avant il avait parlé à voix basse pour que seuls les Brentwood l'entendent, à présent il s'adressait à la meute entière.

Tout le monde se tut, même ceux qui semblaient les plus remontés contre elle.

— Bien. Maintenant écoutez-moi et écoutez-moi bien. Brie Brentwood est ma compagne. Ma. Compagne. Pas la vôtre. Pas celle d'un autre. Le destin l'a trouvée pour moi et je ne vais pas la quitter parce que vous ne semblez pas avoir compris quelle était votre place au sein de la meute.

Brie garda la tête haute et posa le regard sur ceux qui l'avaient conspuée, et en particulier Iona, qui n'avait d'yeux que pour Gideon. Cette femme voulait l'Alpha. Méchamment. C'était écrit sur son visage. Brie savait juste que Iona avait réchauffé le lit de son compagnon et qu'il avait rompu avec elle avant que les anciens aient joué la carte de l'union. Iona n'était pas la compagne de Gideon et dans n'importe quelle autre union elle aurait été un non-sujet. Tous les loups avaient besoin de réconfort et d'assouvir leurs instincts – même s'il en avait été autrement avec elle. Iona n'avait rien pour elle au-delà du fait que Shannon avait voulu qu'elle devienne la compagne de l'Alpha.

Les choses ne s'étaient pas déroulées comme l'auraient souhaité les anciens et à présent tout allait à vau-l'eau. Si la meute avait vraiment été saine, Gideon n'aurait pas dû avoir à se battre pour faire accepter ses choix. Mais c'était comme s'il devait se justifier chaque fois qu'il agissait en Alpha. Brie supposait que c'était parce qu'il avait dû tuer son père pour accéder à cette position. Elle avait entendu les rumeurs, mais ne connaissait pas toute la vérité. Ce dont elle comptait bien lui toucher deux mots. Elle n'aimait pas être laissée dans l'ignorance et, à en juger par l'agressivité dont elle était l'objet, ne pas savoir représentait également un danger. Apparemment, ceux qui avaient soutenu Joseph, le précédent Alpha, et étaient restés parmi les Griffes menaient la vie dure à Gideon.

Même si c'était la déesse de la Lune qui octroyait les liens d'Alpha, d'Héritier, de Beta et ainsi de suite, la meute devait être saine pour prospérer. S'il y avait des parties malades au sein des Griffes en raison de leur précédente allégeance plus que nauséabonde, il fallait s'en occuper. C'était une situation délicate et Brie comptait bien découvrir en quoi elle pourrait leur être utile.

Si elle pouvait l'être, bien sûr.

— Vous oubliez que tous les membres de la meute nous aident à rester qui nous sommes, poursuivit Gideon. Nous n'avons pas seulement besoin des dominants, mais des maternelles et également des soumis. Ce n'est pas la nature intrinsèque des loups, mais la façon dont ils traitent ceux qui les entourent qui nous révèle en quoi ils peuvent servir la meute. Que vous menaciez ma compagne du fait de votre ignorance m'indique que certaines choses vont devoir changer.

Elle eut le souffle coupé. Ça allait mal se finir.

— Je suis l'Alpha. Ma parole fait loi. J'invite ceux qui l'ont oublié à me défier s'ils le souhaitent. Nous verrons si votre force vous aidera à survivre. Si vous aurez la bénédiction de la déesse de la Lune.

Pas une seule personne ne s'avança et Brie retint un soupir de soulagement.

— Je suis l'Alpha, répéta Gideon. J'ai saigné pour vous. Je me suis battu pour vous. Que dois-je faire de plus pour que vous souteniez mes décisions ? Que dois-je faire de plus pour que vous acceptiez ma compagne ? Elle est votre femelle Alpha. Elle est votre meute. Ne l'oubliez pas.

Elle continua à garder le silence. Elle n'avait rien à ajouter. Les paroles, c'était bien beau. Le fait que Gideon ait voulu la défendre en disait long, seuls ses propres actes et ceux de la meute lui assureraient d'être acceptée.

Ça viendrait.

Un jour.

Elle l'espérait.

Gideon ne la regarda pas ni ne la toucha devant la meute pendant qu'ils poursuivaient leur affaire. Pour une raison ou une autre, cela la blessa plus que ça ne l'aurait dû. Les anciens avaient exigé cette union car selon eux la meute s'affaiblissait du fait que Gideon n'avait pas de compagne. Pourtant leur union n'avait apparemment rien arrangé. Au contraire, la situation avait empiré. À quoi bon s'unir à un homme qui ne l'aimait pas si tout ce qu'ils tentaient de construire s'écroulait autour d'eux ?

Gideon ne la croyait pas capable de se défendre et la meute ne la croyait pas capable d'assumer sa fonction.

Elle n'avait jamais vraiment eu le sentiment de n'être rien ni personne auparavant, mais, à chaque seconde qui passait, chaque regard qui la condamnait, elle s'enfonçait un peu plus dans le néant.

— Reste-t-il d'autres questions à traiter pendant ce cercle ? demanda Gideon un peu plus tard.

Brie s'effondra presque de soulagement. Elle avait envie de rentrer à la maison pour réfléchir à ce qu'elle ferait. Il devait bien y avoir quelque chose, n'importe quoi, qu'elle pourrait faire.

— J'en ai une, cher neveu.

Tout le cercle devint si silencieux que Brie était sûre qu'elle aurait pu entendre une aiguille tomber.

« Neveu » ?

Elle avait cru que tous les oncles de Gideon étaient morts. Ce type parlait-il de quelqu'un d'autre ?

Vu la façon dont son compagnon se raidit, quelque chose lui dit que les ennuis ne faisaient que commencer. À ses côtés, sa nouvelle famille gronda doucement, se plaçant soudain autour d'elle pour la protéger. Qui que soit cet homme, elle n'était pas pressée d'entendre ce qu'il avait à dire.

Ne sachant pas quoi faire d'autre, elle s'avança et glissa sa main dans celle de Gideon. Elle resta sur le côté au cas où il aurait besoin de se déplacer rapidement. Il pourrait devoir se battre si ce loup, ce loup censé être mort, le provoquait. Brie ne voulait pas le gêner le cas échéant, mais, comme personne ne faisait mine d'arrêter l'homme ou de lui répondre, elle s'était dit que son compagnon aurait peut-être besoin de savoir qu'elle était là.

Juste au cas où.

Leur lien s'embrasa, la laissant abasourdie. Elle l'avait toujours senti entre eux, un mince fil translucide qui lui disait juste qu'ils étaient compagnons. Cependant, en cet instant, il brûlait, cimentant leur union d'une façon qu'elle n'aurait pas crue possible. Elle ne vit pas les épaules de Gideon se détendre, mais quelque chose en lui se modifia… comme s'il savait qu'il n'était pas seul.

C'était idiot, elle en avait bien conscience, mais à ce stade elle ne pouvait plus se permettre d'être difficile.

— Alors, gamin, on est surpris de me voir ? demanda l'homme en s'avançant sans se presser dans le cercle.

— Mitchell. Kameron, grogna Gideon tout bas.

— J'y vais, chuchota Mitchell.

— Je vais vérifier ça, grogna Kameron.

L'Exécuteur et le Beta s'éclipsèrent pour s'assurer que les barrières fonctionnaient bien et qu'il n'y avait pas d'autres menaces.

Brie comprenait pourquoi Gideon n'intervenait pas, attendant de savoir à quoi il avait affaire. Il protégerait sa meute quoi qu'il lui en coûte.

Elle arracha son regard de l'homme qui ressemblait beaucoup à son nouveau compagnon pour le poser sur la foule autour d'eux. Cet homme n'appartenait plus à la meute, du moins c'était ce qu'elle s'imaginait. Ce qui signifiait, à moins que les barrières ne fonctionnent plus – et elle ne pensait pas que ce fût le cas –, qu'on l'avait fait entrer dans la tanière.

Il avait un complice.

La tanière devrait soutenir la meute, mais… et si elle ne soutenait pas l'Alpha ?

Cette pensée l'ébranla, mais elle ne se laissa pas déconcentrer. Les membres de la meute paraissaient stupéfaits ou furieux, mais personne ne semblait vraiment heureux de voir cet homme là. Iona avait l'air d'avoir reçu un coup de poing tandis que Shannon… eh bien, l'ancienne affichait une expression alarmée de circonstance, mais celle-ci avait quelque chose de faux. Brie avait peut-être son jugement faussé par ses préjugés contre cette femme, mais elle en doutait. Elle devrait en parler à Gideon plus tard.

— Tu ne dis toujours rien, fiston ? Je ne suis pas venu te faire du mal.

Brie serra la main de Gideon, se tournant de nouveau vers l'homme qui avait parlé. La rage, la confusion et la souffrance lui parvinrent à travers le lien, lui coupant le souffle. Elle sentait véritablement son compagnon. Ce qui n'était jamais arrivé avant. Il avait été si renfermé lors de leur union. Cependant, quelque chose avait changé. Elle écarta tout ça de ses pensées, consciente que le moment était mal choisi pour se soucier de leur union et de ses propres sentiments. Elle mit rapidement de côté ses propres objectifs et apaisa le lien comme elle l'avait fait d'une autre façon toute sa vie. C'était ce qui faisait d'elle une soumise.

Elle pouvait soulager même les plus petites blessures des dominants si seulement ils le lui permettaient.

Gideon lui serra la main lui aussi, puis poussa un grondement sourd.

Elle sentit ses cheveux se dresser sur sa tête et elle se mit à trembler. Gideon déploya le pouvoir de son Alpha, la force immense de ses liens avec la meute pesant sur chacun de ses membres.

Les plus faibles tombèrent immédiatement à genoux tandis que d'autres parvinrent à rester debout. Elle ne s'écroula pas. Non, Gideon la maintint debout. Cependant, son pouvoir était impressionnant. Il n'avait eu d'autre choix que d'en faire étalage devant cet homme qui n'avait rien à faire parmi eux, mais son sérieux la surprit.

— Leo. Tu es censé être mort.

L'homme se fendit d'un large sourire, écartant les bras.

— Non, pas mort. Je ne suis juste plus dans la… meute.

— Ça fait trente ans. Où étais-tu pendant tout ce temps ?

— Tant de questions, gamin, mais ne t'inquiète pas tu auras tes réponses bien assez vite. Je ne suis pas venu te faire du mal. Je suis ton oncle. Je suis ta famille. Ton sang.

Il sourit encore de toutes ses dents et elle eut envie de tuer ce Leo à cause du frisson qui lui dégringola le long du dos.

— Tu n'appartiens pas à la meute. Tu n'es pas le bienvenu ici. À vrai dire, tu étais censé mourir il y a toutes ces années pour les crimes que tu avais commis contre la meute.

La voix de Gideon était si calme que Brie prit peur, mais elle savait grâce au lien qu'il était loin de l'être. Il tuerait cet homme sur-le-champ s'il le pouvait. Seul le retenait le fait qu'il ignorait ce que ce dernier leur réservait.

Leo inclina la tête sur le côté d'une façon qui rappelait beaucoup Gideon. Elle n'eut pas le temps de songer à leurs ressemblances et traits de famille parce que l'homme tourna son attention vers elle.

— Je vois que tu t'es uni, mon neveu. Laisse-moi te présenter mes félicitations.

Elle ne manqua pas de remarquer qu'il ne cessait de répéter les mots « gamin » et « neveu ». Comme pour rappeler à l'Alpha et au reste du cercle qu'il faisait partie de la famille et était bien plus âgé que Gideon. On aurait dit qu'il cherchait à être intimidant. Cependant, il ne réussit qu'à lui donner envie de le tuer sans attendre. Ce loup avait un truc qui clochait et quelque chose lui disait que, s'il continuait à parler, rien de bon n'en ressortirait.

— Pose encore une fois les yeux sur ma compagne et je t'étripe sur place.

Bizarrement, c'était l'un des trucs les plus romantiques qu'il ait jamais dits sur elle.

Leo plissa les yeux, mais ne se détourna pas d'elle.

— Ta position de… pouvoir t'a rendu cynique.

— Les crimes que tu as perpétrés contre la meute prouvent que tu n'étais rien pour nous. Tu devrais être mort, Leo.

— Et tes crimes à toi, cher neveu ? Voulons-nous voir ce qui arrive à ceux qui ont fait fi de leur responsabilité ?

Du coin de l'œil, elle vit revenir Kameron, qui leur adressa un léger signe de tête. Gideon poussa un grognement, mais, avant que personne n'ait pu avancer, Leo leur fit un petit signe de la main puis disparut. Laissant derrière lui un tourbillon de fumée noire qui puait la magie noire et les sacrifices.

Tout le monde se mit en branle alors, soit pour courir à l'abri loin du cercle ou se précipiter vers l'endroit où s'était tenu Leo. Elle craignit que Gideon l'écarte, mais il ne lâcha pas sa main, la gardant près de lui.

— Je ne veux pas te quitter des yeux, grogna-t-il avant de l'attirer tout près de lui tout en marchant.

Elle gronda et ses griffes jaillirent du bout de ses doigts ; elle était prête à se défendre et à protéger la meute au sein de laquelle elle s'était unie. Quoi qu'ait fait Leo par le passé et quelles que soient ses intentions à présent, tout cela la terrifiait tant qu'elle sut qu'elle devrait être forte pour eux deux. Les secrets se répandaient à travers la tanière comme si c'étaient des lieux communs, et il y avait des limites à ce qu'elle pouvait supporter.

Leo avait été le signal du changement… d'une menace imminente à laquelle aucun d'eux n'était préparé, si elle voyait juste.

Elle espérait qu'ils pourraient se préparer.

Parce que, sinon, elle craignait que tout soit perdu.

Chapitre 11

— Comment a-t-il bien pu franchir les barrières ? hurla encore Gideon, sachant que la réponse ne lui plairait pas.

Kameron jura, continuant à faire les cent pas dans le salon de Gideon.

— Je l'ignore. On a dû l'aider. Il n'est passé par aucune des guérites, ce qui signifie qu'un membre de la meute l'a délibérément fait entrer.

Gideon jura puis écrasa son poing contre le mur, faisant voler le plâtre.

— Gideon, chuchota Brie, posant la main sur son bras.

Il baissa les yeux sur sa petite main sur ses gros muscles et soupira. Son loup était sur le point de péter les plombs, mais ce simple contact suffit à l'apaiser. Pas complètement, mais suffisamment pour qu'il parvienne à respirer pendant quelque temps.

— Tu vas te faire mal. (Elle esquissa un doux sourire, mais celui-ci n'atteignit pas ses yeux.) On a déjà réparé un mur dans cette maison cette semaine, tu veux vraiment en faire une habitude hebdomadaire ?

Il soupira puis attira Brie contre lui. Elle passa les bras autour de sa taille et il soupira encore, son loup se calmant au contact de la jeune femme. Elle l'apaisait comme personne. Dans n'importe quelle autre circonstance, il aurait été en train de grogner et fulminer et aurait probablement eu besoin de se battre pour évacuer son agressivité. Mais, avec Brie près de lui, ce n'était pas le cas.

C'était… agréable.

— Ça va mieux ? demanda-t-elle, lui tapotant le torse.

Il enfouit le visage dans ses cheveux, conscient que sa famille le dévisageait comme s'il était fou. Ils ne l'avaient jamais vu ainsi, et, même si c'était un moment d'intimité, il était heureux qu'ils en soient témoins. Brie faisait partie de sa vie désormais et il s'efforçait de comprendre quelle serait sa place. Ce n'était qu'une étape parmi beaucoup d'autres.

— Pour l'instant, chuchota-t-il avant de l'embrasser sur la tempe. Merci.

— Avec plaisir. Bon, que va-t-on faire concernant ce Leo ?

Il soupira puis l'entraîna vers le canapé. Elle ne se plaignit pas quand il l'installa sur ses genoux. Il avait besoin de la sentir tout contre lui pour se calmer, même s'il n'était pas près de le reconnaître. Si elle avait vraiment voulu garder ses distances, elle se serait écartée. Il savait au moins ça.

Dès qu'ils avaient compris que Leo avait eu recours à la magie d'une sorcière pour disparaître, ils l'avaient cherché avant de se retrouver chez Gideon. Il avait la maison la plus grande de toute la famille et c'était leur QG informel – même si désormais il avait envie d'y être seul avec Brie dès qu'il avait un moment.

— Je vais le tuer, jura Mitchell d'une voix basse, redoutable.

Étant donné que Leo était son père, Gideon ne l'en blâmait pas.

— Je n'arrive pas à croire qu'il soit vivant, souffla Max. Je… j'ignore quoi penser.

Max avait l'air si perdu… Cependant la colère qui imprégnait sa voix frappa le loup de Gideon de plein fouet.

— Leo ne peut pas avoir disparu comme par magie pour réapparaître de l'autre côté des barrières, dit Brynn quand Gideon et Brie se furent installés. C'est tout l'intérêt des barrières. On ne peut pas les franchir si on n'appartient pas à la meute ou sans l'aide d'un de ses membres.

— Exact, mais il aurait pu recourir à la magie noire pour se rendre à un autre endroit à l'intérieur de la tanière. (Ryder se passa la main sur le visage.) Autrement dit, notre oncle préféré a probablement rejoint un endroit près des barrières, avant de les franchir pour quitter nos terres. La plupart du temps, l'intervention d'un membre de la meute est inutile pour sortir de la tanière. Elle n'est nécessaire que pour y entrer.

Brie lâcha un juron et Gideon arqua un sourcil. Intéressant.

— J'avais oublié, dit-elle. Les sorcières qu'on a sous la main doivent mobiliser encore plus de magie pour mettre en place ce niveau de protection. Quand ma meute… (Elle s'interrompit puis secoua la tête.) Toutes mes excuses. L'habitude. Quand mon ancienne meute en a eu besoin, cela a pris deux ou trois jours, mais la nouvelle couche de magie a tenu. (Elle se tourna pour croiser le regard de Gideon.) Je préciserais néanmoins que ma tante Hannah a joué un rôle de premier ordre dans la réussite de l'opération. C'est une sorcière très forte, et le fait qu'elle était aussi la Guérisseuse des Redwood à l'époque a contribué à ce succès. J'ignore la puissance des sorcières qui se sont unies au sein de la meute.

— Elles ne sont pas nombreuses, répondit franchement Gideon. Tu te rappelles peut-être qu'on a connu une période au cours de laquelle plus aucune union n'avait lieu chez les Griffes.

Brie hocha la tête.

— Oui, et c'est ma cousine Gina et l'un de nos lieutenants, Quinn, qui y ont mis fin.

— Sauf que Quinn est du coup devenu un Redwood, alors bon, ironisa Brynn.

— Eh bien, Gina se trouve être l'Exécutrice de la meute Redwood, répliqua Brie. Quoi de plus logique.

— Bon, les interrompit Gideon, même s'il aimait la façon dont Brie s'intégrait à la conversation avec sa famille. Comme je le disais, nous n'avons pas eu d'unions pendant un moment. Tandis que sous le règne de mon père, ceux qui s'unissaient à des sorcières… ne restaient pas.

Brie soupira.

— Probablement pour la même raison qui a poussé ma tante Lexi et mon oncle Logan à quitter la meute.

Gideon ferma les yeux et acquiesça d'un signe de tête. Cette période n'avait pas été la plus facile pour la meute. Loin de là. À vrai dire, il aimerait pouvoir l'oublier. Cependant, c'était à ce moment-là qu'il était devenu l'homme qu'il était aujourd'hui, ce qui ne l'avait pas empêché d'être l'Alpha. Lexi et son frère Logan étaient issus d'une lignée pure qui descendait du premier chasseur. Et, quand Lexi avait failli mourir, s'étant retrouvée enceinte d'un homme qui avait été l'ennemi non seulement des Griffes mais aussi des Redwood, elle avait été chassée. Logan l'avait suivie, et Gideon ne s'était jamais pardonné de n'avoir pas pu les aider.

Ils étaient de nouveau en bons termes désormais et Lexi et Logan s'étaient unis au sein des Redwood, mais ils en avaient gardé des cicatrices.

Brie fit monter et descendre sa main sur son bras et son loup s'apaisa de nouveau. Elle lui faisait du bien ; il savait au moins ça. À présent il devait déterminer quelle serait la prochaine étape, non seulement en ce qui concernait leur union, mais aussi la position de Brie au sein de la meute et celle de son oncle Leo. Certes, l'irruption de l'homme avait occupé le devant de la scène, mais l'hostilité envers la présence de Brie au cercle ne lui avait pas échappé. Certains avaient besoin d'apprendre ce que signifiait exactement le fait qu'il était l'Alpha. Il n'était pas un homme vindicatif, mais pour commencer il n'était pas seulement un homme.

Il était un loup.

L'Alpha.

Ce n'était pas une démocratie et il avait le sentiment que beaucoup l'avaient oublié.

Il avait tout bouleversé avec l'arrivée de Brie, mais il devait croire qu'un jour ce serait pour le mieux. Le destin l'avait choisie pour lui, alors ce ne pouvait pas être pour le pire.

Du moins, il l'espérait.

Les autres discutaient autour de lui, tentant de deviner les intentions de Leo. Il ignorait sincèrement ce qu'il complotait, mais il soupçonnait que ce devait être lié au fait qu'il était l'Alpha. Leo n'avait jamais fait partie des élus. Il avait été le plus jeune frère de l'Alpha – ainsi que le père de Max et Mitchell. Il avait langui après le pouvoir, sans en avoir jamais reçu. Non qu'il ait fait grand-chose pour le mériter non plus.

Il avait torturé et tué ceux qui lui étaient inférieurs – le peu qu'il y avait – parce qu'il le pouvait.

Lorsque l'explosion avait emporté une partie de la tanière, Leo avait été déclaré mort. Apparemment, ils s'étaient trompés sur ce point.

— Gideon ? demanda Brie, sa voix parvenant jusqu'à ses sens.

Hein ? fit il, conscient que tous les regards étaient fixés sur lui.

— Je te demandais juste si tu écoutais, dit-elle doucement.

— Faut croire que non, grogna-t-il avant de regretter le ton qu'il avait pris.

Elle écarquilla les yeux, mais ne baissa pas la tête ni ne détourna le regard. Il aimait quand elle leur tenait tête, à lui et à son loup. Ça lui donnait l'impression qu'elle était capable de l'accepter entièrement, et pas juste les fragments qu'il lui laissait voir.

— Et si on arrêtait là et qu'on se réunissait de nouveau demain ? proposa Kameron. Je dois organiser de nouvelles patrouilles de toute façon.

Gideon arracha son regard à Brie et le posa sur son frère, l'Exécuteur.

— Bien. Garde l'œil ouvert. Je ne veux pas qu'on puisse entrer ou sortir de la tanière pour le moment.

Kameron écarquilla légèrement les yeux, mais hocha la tête malgré tout.

— Entendu.

— Tu es sûr que c'est bien sage ? intervint Ryder, l'éternel penseur. Les gens ne vont-ils pas avoir le sentiment d'être en cage ?

— Tant mieux, répliqua Gideon d'un ton brusque. Notre meute n'est pas sûre et elle pourrit de l'intérieur. On doit trouver un moyen d'arranger ça. On sait que la menace vient aussi de l'extérieur. Ce n'est qu'une étape.

Ryder tourna les yeux vers Brie avant de les poser de nouveau sur Gideon.

— Et l'autre problème qui est survenu pendant le cercle ?

Zut ! son frère habituellement taiseux était assurément bavard ce soir-là.

— Mes lieutenants se tiendront aux aguets, dit-il entre ses dents.

La poignée de loups qui le protégeaient, non seulement lui mais également sa compagne, était constituée d'hommes et de femmes de confiance. Ils se cachaient en général à l'extérieur pour qu'on ne sente pas leur présence, mais Gideon savait qu'ils étaient toujours là.

Tout comme Brie.

Savoir qu'on serait là pour la protéger s'il en était empêché aidait son loup. Oui, il avait compris à présent qu'elle était parfaitement capable de se défendre si besoin, mais elle ne pouvait pas se battre contre tout le monde.

Personne ne le pouvait.

— Bien, dit doucement Brynn avant de se lever. Allez, les garçons, on doit laisser un peu d'intimité à ces deux-là. (Elle regarda Brie puis baissa les yeux.) Je suis de ton côté, Brie. Quoi que puissent penser les imbéciles de la meute.

Sur ces mots, la petite sœur de Gideon sortit de la maison. Puis le reste de sa famille le surprit en inclinant la tête avant de partir à son tour.

Brie se raidit dans ses bras et il sentit leur lien palpiter.

— Viennent-ils juste de faire ce que je crois qu'ils ont fait ?

Il l'attira tout contre lui et repoussa ses cheveux pour l'embrasser dans le cou. Il adorait la saveur de son cou. Il avait un goût lupin et sucré.

— Oui. Ils ont voulu te montrer que tu es importante, que tu es leur Alpha, tout comme moi.

Elle s'écarta en se tortillant et il la laissa se lever et lui faire face.

— Ils peuvent faire ça ? Eh bien, je sais qu'ils ont juré de me protéger et qu'ils m'ont même prouvé qu'ils respectaient mes demandes pendant la chasse, mais c'était différent. Ils ne m'ont rien vu accomplir qui soit digne d'un Alpha. (Elle ferma les yeux et se pinça l'arête du nez.) Essentiellement parce que je n'ai rien accompli du tout.

Il soupira avant de l'empoigner par les cuisses, l'attirant plus près de lui. Elle chancela et tomba. Il la rattrapa comme il en avait eu l'intention et l'installa à califourchon sur ses genoux. Non seulement il sentait sa chaleur au-dessus de sa queue, mais il voyait mieux son visage pendant qu'il lui parlait.

— C'est ma faute, dit-il doucement.

Elle s'humecta les lèvres. L'installer sur ses genoux n'avait peut-être pas été si malin que ça puisqu'il n'avait plus qu'une envie à présent, lui arracher son jean et s'enfoncer en elle.

Chaque chose en son temps, cependant.

— Je croyais qu'on devait jouer à un jeu, dit-il.

Il ne changeait pas de sujet, mais y revenait.

Elle cligna des yeux puis s'installa plus confortablement sur ses genoux.

— Tu es vraiment déroutant.

— Je sais, répondit-il sincèrement. C'est pour ça qu'on va jouer au jeu. Bon, par quoi tu veux commencer ?

Elle secoua la tête.

— Commence, toi.

Il acquiesça puis lui prit le visage entre les mains.

— D'accord. Ça marche. Brie, que veux-tu faire au sein de la meute ?

Elle écarquilla les yeux et il entendit son pouls s'accélérer.

— Je t'écoute, petite louve.

— Je… je veux me tenir à ton côté et t'aider à porter ton fardeau, dit-elle rapidement.

Il sourit et la regarda se détendre en voyant son sourire. Il devrait le faire plus souvent si cela pouvait l'aider à se relaxer.

— Je sais, Brie. C'est ce que tu as dit à notre cérémonie d'union. Mais qu'est-ce que tu veux faire, concrètement ?

Elle fronça les sourcils puis plissa les yeux.

— Je veux t'accompagner aux réunions et discuter avec les loups avec toi. Si je peux t'aider à prendre des décisions ou aider les membres de la meute, ils me considéreront peut-être comme une personne plutôt que comme une louve soumise trop faible pour respirer toute seule.

Il grogna à ces mots et elle se pencha pour l'embrasser sur le nez. C'était un mouvement si enjoué qu'il se figea.

— Je veux aussi m'entretenir avec les autres soumis pour m'assurer qu'ils sont bien traités.

— On ne les torture pas comme du temps de mon père, lâcha-t-il.

Il se serait coupé la langue s'il l'avait pu. Ces derniers mots lui avaient échappé. Ce que son père et ses partisans avaient fait était barbare. Brie n'avait pas besoin de savoir la souffrance que son sang avait causée. Cependant, elle aurait bel et bien besoin de tout connaître un jour ou l'autre. Elle ne pouvait pas lutter contre un ennemi sans rien savoir du chemin qu'ils avaient parcouru. Ce serait trop dangereux pour elle.

— Il les torturait, vraiment ? demanda-t-elle, le visage blême.

Il lui empoigna les hanches, l'obligeant à rester sur ses genoux. Si elle partait à ce moment-là, quelque chose lui disait qu'elle ne reviendrait jamais.

— Je… je ne peux pas parler de ce qu'il a fait tout de suite, dit-il, sa voix se brisant. Bientôt je te raconterai tout ce qui s'est passé sous le règne de mon père et comment je suis devenu l'Alpha, mais je… je ne crois pas pouvoir en parler pour l'instant.

Il ne voulait pas qu'elle le déteste à cause de ce qu'il avait dû faire. Il l'avait repoussée parce qu'il avait eu peur que sa meute la rejette, pourtant, à présent qu'il l'avait, il ne voulait pas la perdre.

Elle lui prit le visage entre les mains, les yeux embués de larmes.

— C'est pour ça qu'il est si important pour moi de m'entretenir sans attendre avec les soumis et même les maternelles. Si tu as peur d'en parler, que doivent-ils ressentir ? J'ignore ce qui s'est passé avant mon arrivée, mais j'aurai besoin de le savoir à un moment ou un autre, Gideon. Trop de secrets ne font que blesser les personnes concernées. Je n'aime pas être maintenue dans l'ignorance. Et maintenant, avec Leo dans les parages, j'ai vraiment besoin de savoir.

Il savait qu'elle avait raison, mais il ne pouvait pas tout lui dire. Pas encore. Il voulait qu'elle apprenne à le connaître avant de tout savoir sur son passé. Lorsqu'elle saurait ce qu'il avait fait pour protéger sa meute, elle pourrait ne plus jamais lui faire confiance.

Il n'était pas sûr de pouvoir survivre à ça.

— Je te dirai tout. Bientôt.

Il croisa son regard et l'implora des yeux.

— J'attendrai encore un peu, Gideon. Parce que je veux tout apprendre de ta bouche, et pas de celle d'un autre.

Il soupira.

— Merci. Quant à t'entretenir avec les soumis et les maternelles, je pense que c'est une super idée.

Elle sourit et il eut envie qu'elle n'arrête jamais. Tout son visage s'éclaira et elle parut… heureuse. Il ignorait s'il parviendrait un jour à la rendre vraiment heureuse car elle s'était unie à lui en sachant que ce ne serait pas facile, mais il pouvait au moins essayer.

— Vraiment ?

— Vraiment. Je ne refuserais pas un coup de main dans ce domaine, en toute franchise.

— Tu es vraiment dominant, Gideon.

Il souleva les hanches et sourit de toutes ses dents.

— Je le sais, petite louve.

Elle roula des yeux, alors même que son souffle se faisait court.

— Je ne parlais pas de ça. J'ai voulu dire que certains loups pourraient avoir besoin de parler à quelqu'un de moins dominant s'ils ont des problèmes. C'est à ça que sert ta compagne. Enfin, ta compagne, ton Beta et ta famille. On n'est peut-être pas une démocratie, mais si tu es entouré de gens ce n'est pas pour rien.

Elle lui prit le visage entre les mains et l'embrassa. Il se figea, ne souhaitant pas tout gâcher. Quand elle s'écarta, elle souriait de nouveau.

— Laisse-moi t'aider.

— D'accord, chuchota-t-il.

Elle se laissa aller contre lui. Elle ne pouvait pas imaginer à quel point cela lui avait coûté de prononcer cet unique mot. Il ne demandait pas d'aide. Il faisait appel à sa famille en cas de besoin, mais il préférait se débrouiller seul. D'autres risquaient moins d'être blessés. Être sur le point de confier à Brie une partie de ses responsabilités l'effrayait, mais il savait que, si elle n'apportait pas sa contribution, ce serait pire. La meute avait besoin de la voir assumer une fonction de pouvoir tandis que Brie avait besoin d'une occupation pour ne pas se sentir inutile.

Jamais il ne la considérerait comme étant inutile, mais l'amener à faire abstraction de ce que les autres pensaient était une tout autre affaire.

Elle gigota sur ses genoux et il grogna.

— À propos de ce jeu… (Il se pencha et lui mordit la lèvre supérieure.) J'ai posé une question. Ça veut dire que je peux t'embrasser ou c'est toi qui dois le faire ?

Elle lécha l'endroit qu'il avait mordu et laissa échapper une respiration tremblante.

— Je pense qu'on devrait finir le jeu plus tard.

— Oh ? fit-il, faisant monter et descendre ses mains dans son dos. Que devrait-on faire en attendant ? Parce que j'ai envie de te goûter, petite louve. Chaque parcelle de ton corps.

— Bon, d'accord. On peut poursuivre le jeu, mais je veux te goûter moi aussi.

Il grogna et souleva de nouveau les hanches.

— Petite louve ?

— Tu ne me laisses jamais te faire une gâterie, dit-elle tout bas. Tu dis toujours « la prochaine fois », mais ça n'arrive jamais. Tu n'en as pas envie ?

Elle leva les yeux vers lui, le regard empreint de perplexité.

Il jura et lui étreignit les hanches plus fort.

— Putain, Brie ! j'ai tellement envie de sentir ta bouche sur ma queue que j'éjacule presque rien que d'y penser. Je n'ai juste pas voulu précipiter les choses alors que tu apprends à me connaître.

Elle roula des yeux.

— Je ne suis pas en sucre, Gideon. Montre-moi juste ce que tu aimes et je ferai tout ce qui sera en mon pouvoir pour te conduire au septième ciel. Voire plus haut.

Ses testicules se contractèrent et il compta jusqu'à dix pour ne pas éjaculer dans son jean comme un jeune loup. Par la déesse ! sa compagne le rendait fou de la meilleure façon qui soit.

— Quelle est ta couleur préférée ? lâcha-t-il, lui arrachant un sourire.

— Je croyais que c'était à mon tour de poser une question, le taquina-t-elle en descendant de ses genoux.

— Contente-toi de répondre, dit-il entre ses dents, espérant tenir assez longtemps.

Même si, étant un loup, il ne tarderait pas à reprendre du poil de la bête pour lui donner du bon temps. N'empêche, c'était une question de principes.

— Bleu, chuchota-t-elle. J'adore le bleu.

Elle plongea les yeux dans les siens et il sut qu'elle parlait de la couleur de ses yeux. Ironique, parce que…

— Moi, c'est le vert.

Elle sourit et il sut qu'elle avait compris. Elle s'agenouilla entre ses jambes et posa les mains sur ses cuisses.

— Tu vas m'aider ? demanda-t-elle d'un air innocent.

Il aurait pu s'y laisser prendre si elle n'avait pas eu le regard d'une sirène.

Il acquiesça d'un signe de tête et déboutonna son jean. Il adorait observer son visage quand il sortait sa queue. Elle écarquillait toujours les yeux à cette vision et il priait la déesse pour que ça ne change jamais.

Elle l'aida à enlever son pantalon quand il souleva les hanches. Lorsqu'elle s'installa entre ses jambes, il s'humecta les lèvres. C'était sa compagne, son avenir, pourtant ça lui fichait une frousse bleue.

Il ne penserait qu'à l'instant présent et tout irait bien.

Il se redressa pour ôter sa chemise, se retrouvant entièrement nu.

— Le fait que tu sois complètement habillée alors que je suis nu est super bandant, la taquina-t-il.

Elle se fendit d'un large sourire et fit glisser ses ongles sur ses cuisses. La respiration de Gideon siffla entre ses dents.

— Tu m'as dit quelque chose d'approchant alors que j'étais celle qui était nue, dit-elle, la voix rauque.

— Exact. J'aime quand tu es nue. (Il sourit de toutes ses dents.) Lève-toi et déshabille-toi pour moi, petite louve. Je veux voir tes jolis nichons et ta chatte mouillée avant que tu disparaisses entre mes cuisses.

Elle écarquilla les yeux à ces mots, mais elle s'exécuta. Par la déesse ! il adorait quand elle se mouvait ainsi, tout à la fois adorable et sexy. Elle était vraiment la louve parfaite pour lui.

Une fois nue, elle repoussa ses vêtements du pied et s'agenouilla de nouveau entre ses jambes.

— Je peux commencer maintenant ? s'enquit-elle, le souffle chaud contre sa queue.

Il acquiesça d'un signe de tête puis empoigna la base de son membre.

— Commence par le gland et lèches-en la couronne. (Il passa le doigt dessus et s'humecta les lèvres.) Tu vois cette fente ? Si tu la titilles de la langue, c'est super agréable. C'est bon ?

— C'est bon, chuchota-t-elle, les yeux rivés sur sa queue.

Quand elle donna un timide coup de langue à son gland, il avança brusquement les hanches et elle le prit instinctivement dans sa bouche. Il se retira et jura, lui tapotant la joue de sa main libre.

— Désolé, bébé, je n'ai pas voulu aller si vite. Tu m'as surpris.

Elle lui adressa un grand sourire, semblant apprécier le pouvoir qu'elle avait sur lui. Si seulement elle savait…

— Maintenant, quand tu seras prête, tu pourras prendre mon gland dans ta bouche comme tu viens de le faire. Tu peux me caresser de haut en bas sur toute la longueur ou faire rouler mes testicules. J'aime les deux. Ça va toujours ?

— Hmm, hmm, fit-elle avant de se remettre à le lécher.

Des flammes lui remontèrent le long de la colonne vertébrale et il serra les dents. Elle n'était pas particulièrement douée, mais elle prenait son temps, le goûtant dans les moindres recoins. Elle déposa de petits baisers sur les côtés de sa queue, puis sur ses testicules et l'intérieur de ses cuisses. Elle le lécha sur toute sa longueur puis referma de nouveau la bouche sur son gland, cette fois en lui serrant la queue des deux mains.

Il plongea la main dans ses cheveux, la maintenant en place un instant avant de la libérer. Elle n'était pas prête à lui faire une gorge profonde, mais ce serait pour une prochaine fois. Pour l'instant, il adorait ses explorations et la façon dont elle l'examinait tout en lui prodiguant ses caresses.

Il se redressa avec lenteur, lui laissant le temps de se déplacer avec lui pour ne pas l'étrangler.

— Continue à me lécher, petite louve. J'adore ça.

Elle marmonna une réponse contre lui et il gémit.

De sa main libre, il lui recouvrit la poitrine. Le souffle coupé, elle se laissa aller contre sa main.

— Brave fille.

Son téton se contracta contre sa paume, dur et prêt pour sa bouche. Bientôt.

La tête de Brie montait et descendait, à un rythme de plus en plus rapide, et il pinça son téton, adorant sentir sa gorge se fermer autour de sa queue.

— Continue, petite louve. Je vais jouir dans cette jolie gorge. Tu es prête pour moi ?

Elle acquiesça d'un hochement de tête pendant qu'elle le suçait, et il se fendit d'un large sourire avant de crier son nom. Ses testicules se contractèrent et il lui éjacula dans la gorge, sa queue palpitant à chaque jet. Avant qu'elle ait pu s'écarter, il la tira par les cheveux puis la souleva pour l'installer sur ses genoux.

Il glissa en elle d'une poussée tout en s'emparant de ses lèvres. Il étouffa son petit cri dans sa bouche, mais il perçut sa surprise. Il avait humé son émoi alors qu'elle lui prodiguait ses gâteries et il savait qu'elle mouillait pour lui. Il l'avait pénétrée facilement tant elle était trempée.

Bien.

Il entortilla les doigts dans ses cheveux et plongea les yeux dans les siens.

— Accroupis-toi, Brie.

Elle écarquilla les yeux, mais elle s'exécuta. Il souleva les hanches à un rythme rapide, allant et venant en elle. Elle ouvrit la bouche et il lui décocha un sourire sauvage.

— Je te baise parce que tu es mienne, petite louve. Tout comme je suis à toi. Je vais te remplir de ma semence et tu vas jouir autour de ma queue parce que… tu. Es. Mienne.

Il ponctua chacun de ses mots d'un violent coup de reins, adorant l'entendre gémir.

— Gideon, j'y suis presque.

— Donne-moi tes nichons. Un à la fois, petite louve. Je veux sucer ces tétons.

Elle hocha la tête et souleva sa poitrine, la lui collant contre le visage. Il conserva son rythme, la baisant tout en aspirant ses mamelons dans sa bouche. Elle avait une saveur absolument délicieuse.

Il s'écarta pour l'embrasser. Elle enroula les bras autour de son cou, ses hanches venant à la rencontre de chacun de ses assauts.

— Tu es si bonne, petite louve. Tu peux jouir pour moi ? Tu peux jouir pour ton Alpha ?

— Pour toi ? Toujours.

Elle plaqua les hanches contre lui et cria son nom, le corps tremblant. Son intimité le serra comme un étau et il ne put pas tenir plus longtemps. Il éjacula de nouveau, la remplissant cette fois jusqu'à ce qu'il soit entièrement vidé. Il la sentit palpiter autour de lui une seconde fois et sut qu'elle avait eu un autre orgasme. Il adorait qu'elle prenne autant son pied avec lui.

Quand il fut de nouveau en mesure de parler, il éclata de rire.

— Alors c'était ta couleur préférée. Que te demander maintenant, ton plat préféré ? ton film préféré ?

Elle poussa un gloussement rauque puis contracta ses muscles internes.

Ses yeux chavirèrent et il lâcha un juron

— Je ne pense pas qu'on survivrait à autant de questions, répondit-elle, hors d'haleine.

Il lui donna une tape sur les fesses, lui coupant le souffle.

— Tu veux qu'on essaie pour voir ?

— Ça m'a tout l'air d'être une bonne idée.

Quatre questions plus tard, ils étaient recrus dans la chambre. Brie était affalée sur son torse, profondément endormie alors qu'il n'arrivait pas à fermer l'œil. Sa compagne était devenue chère à son cœur et il ne savait pas ce qu'il allait faire.

Il s'était dit que, s'il tombait amoureux d'elle, elle serait vulnérable, mais elle était peut-être déjà en danger. Seul le temps le dirait et il priait de ne pas avoir commis d'erreur. La femme dans ses bras n'était pas la seule en jeu, pourtant, là tout de suite, il ne pouvait penser à personne d'autre.

Ce qui était des plus dangereux.

Chapitre 12

Brie n'était pas la meilleure pâtissière du monde – d'après elle, ce titre revenait à sa mère. Cependant, comme la prochaine réunion la rendait nerveuse et qu'elle n'était toujours pas autorisée à s'aventurer dans la tanière sans garde du corps, elle s'était dit que ce serait une bonne idée de confectionner des cookies. Avec un peu de chance, après la réunion elle se sentirait un peu plus à sa place au sein de sa nouvelle meute, mais elle n'y croyait pas plus que ça.

En fait, ce n'était pas tant elle qui posait un problème que les hommes de sa vie. Gideon et ses frères avaient le plus grand mal à laisser les autres se débrouiller. Autrement dit, si personne ne veillait sur elle, ils étaient incapables de se concentrer sur la tâche qui les occupait. C'étaient eux qui en pâtissaient, mais, comme elle tentait de trouver sa place, elle les laissait la surprotéger.

Pour l'instant.

Mais ça changerait.

Bientôt.

Le problème quand on s'unissait à quelqu'un de bien plus dominant que soi – en dehors des difficultés que ça pouvait poser avec la meute –, c'était qu'il pouvait vous écraser sans le vouloir. Gideon était juste si… fort qu'il pouvait se laisser aveugler par son besoin de la protéger, au risque de nuire à sa louve. C'était dans sa nature de prendre soin d'elle d'une façon qui l'enfermait parfois quand elle avait besoin de vagabonder librement. Elle avait peut-être eu tort de le laisser la contrôler dans un premier temps, mais elle n'avait pas vu d'autre solution. Il n'était pas un loup dominant lambda et il existait un énorme gouffre entre eux en matière de force. Il était également l'Alpha et elle devait aussi tenir compte des besoins de sa meute. Après tout, c'était la raison pour laquelle ils s'étaient unis au départ.

La meute avait eu besoin d'une compagne pour son Alpha et elle avait répondu présente.

À présent elle devait prendre la place qui lui revenait. Leur lien était bien là – elle le sentait –, mais ce n'était pas suffisant. La meute finirait par le percevoir elle aussi, mais pas de la façon dont elle-même sentait Gideon. Différemment. La meute remarquerait la présence d'une couche de protection et d'une base supplémentaires parce qu'elle avait désormais deux loups au sommet de la hiérarchie. C'était ce que Brie avait senti avec Kade et Mélanie, et elle espérait qu'un jour sa nouvelle meute le sentirait avec elle et Gideon.

Pour cela, cependant, la meute devrait l'accepter comme étant sa femelle Alpha.

Gideon, pensait-elle, ne faisait que commencer à comprendre à quel point il était important qu'elle trouve sa propre place au sein de la meute. Il avait été si occupé à s'assurer que personne ne lui faisait de mal à son arrivée qu'il n'avait pas songé à ménager ses sentiments. Plus tard ce jour-là il la conduirait dans le quartier des maternelles où elle pourrait leur parler en privé. Elle était impatiente de connaître les femmes qui aidaient à consolider l'avenir de la meute. Elle avait particulièrement hâte de voir les louveteaux. Cela faisait bien trop longtemps qu'elle n'avait pas tenu un adorable bébé loup dans ses bras.

Elle rougit, se demandant à quoi ressembleraient leurs louveteaux, à elle et Gideon. Seraient-ils forts et ténébreux comme leur père ou clairs et soumis comme leur mère ?

Bon, Brie, une chose à la fois.

Écartant ces pensées, elle incorpora les pépites de chocolat à son appareil. Elle avait déjà préparé plusieurs fournées de cookies au beurre de cacahouètes et en confectionnait à présent aux flocons d'avoine et aux pépites de chocolat. Elle ignorait quels étaient les préférés de Gideon – ça n'avait pas fait partie des questions avec lesquelles ils avaient joué quelques jours plus tôt –, mais elle espérait qu'il aimerait l'un de ceux-ci. Elle en faisait assez pour en apporter aux maternelles et pour en laisser à la maison pour les Brentwood. Les frères avaient un bon coup de fourchette.

Elle les appelait les frères plutôt que les frères et les cousins parce que Mitchell et Max étaient si bien intégrés à la famille qu'ils n'étaient pas traités différemment. Elle aimait qu'ils soient tous aussi proches, ainsi que les blagues qui ne faisaient rire qu'eux et qu'elle espérait un jour comprendre. Ils lui rappelaient ses oncles et ses cousins.

Des larmes lui piquèrent les yeux et elle cligna les paupières pour les retenir. Même si elle parlait tous les jours avec sa famille par visioconférence, c'était encore dur de ne pas être physiquement avec elle. Finn lui manquait tout spécialement parce qu'ils avaient vécu ensemble pendant plus de dix ans. Son cousin était aussi son meilleur ami et elle espérait qu'il pourrait bientôt lui rendre visite. Même si elle craignait que ce soit compliqué puisqu'il était l'Héritier, peu importait que les Griffes et les Redwood soient amis. Les loups avaient parfois besoin de garder leurs distances pour brider leur agressivité. Après tout, ils n'étaient pas humains.

— Qu'est-ce qui ne va pas ? s'enquit Gideon.

Elle sursauta et lâcha le saladier. Gideon réussit à le rattraper avant qu'il touche le sol, ses réflexes rapides la rendant étrangement toute chose. Apparemment, tout chez cet homme lui faisait de l'effet. Il posa le saladier sur le comptoir puis plaça un bouquet de fleurs des champs à côté avant de lui prendre le visage entre les mains.

Il passa les pouces sous ses yeux, essuyant les larmes qu'elle n'avait pas voulu laisser couler.

— Pourquoi pleures-tu, petite louve ? Que s'est-il passé ? À qui dois-je casser la gueule ?

Elle ferma les yeux et éclata d'un rire larmoyant. Il tenait les propos les plus inadmissibles, pourtant la femme en elle adorait. Il était juste tellement protecteur.

— Tout va bien, dit-elle quand elle rouvrit les yeux.

Il la scruta sans ciller de son regard bleu vif et elle posa les mains sur son torse.

— Je vais bien. C'est juste que j'ai le mal du pays.

Elle vit une émotion briller un instant dans ses yeux, puis il lui adressa un brusque signe de tête.

— Je sais que ça n'a pas été facile pour toi. Je suis désolé que ta tanière te manque.

Elle se maudit, passant les bras autour de sa taille.

— Je n'ai pas voulu parler de ma tanière, mais de ma famille. Avoir le mal de la famille ne sonne pas aussi bien. En plus, je ne pense pas que ça se dise. Gideon, mon compagnon, je suis chez moi ici.

Il poussa un soupir et sa louve s'apaisa. Il était rarement détendu, et jamais quand il y avait du monde, mais le fait qu'il semblait se relaxer avec elle lui réchauffait le cœur. Elle espérait qu'il parviendrait bientôt à baisser complètement la garde en sa présence. Mais, cela dit, elle en espérait autant pour elle.

— J'ignore quand on pourra rendre visite à ta famille, petite louve. Pas tant que la meute sera en péril.

Il lui encadrait toujours le visage des mains, mais elle se pencha et lui mordilla le menton. Il grogna tout bas, mais ne l'embrassa pas.

— Je sais, Gideon. Ce n'est rien, vraiment. Tout s'est passé si vite et notre situation est particulière. Je suis régulièrement en contact avec ma famille grâce à la technologie, alors ce n'est pas un souci. Je sais que je la reverrai bientôt. (Elle sourit et se laissa aller contre ses mains.) Tu sais, j'ai trouvé une nouvelle famille maintenant. Pas vrai ?

Elle retint son souffle, consciente que c'était idiot d'attendre qu'il dise quelque chose.

Les nouvelles unions n'étaient pas pour les faibles. Une union à un Alpha était encore plus perturbante.

Il inclina la tête et se pencha pour lui effleurer les lèvres des siennes.

— Exact. Tu as une nouvelle famille maintenant. Quand on se sera occupés de Leo et de ceux qui se sont élevés contre toi au cercle, on aura peut-être enfin l'impression d'en former une.

Elle s'écarta, même si elle souriait. Si elle restait dans ses bras, elle ne terminerait jamais ses cookies et elle tenait à apporter quelque chose à la réunion.

— Malgré tout ce qui se passe, je commence peu à peu à avoir l'impression de faire partie de la famille. Walker, Brynn et Ryder sont très ouverts et accueillants.

Gideon acquiesça d'un signe de tête puis prit les fleurs des champs. Elle sentit son cœur bondir dans sa poitrine et elle lui sourit.

— J'ai dit que je te ferais la cour, Brie Brentwood.

Son cœur se mit à battre plus vite et elle rougit. Elle tendit la main et porta le bouquet à son nez.

— J'adore les fleurs des champs. Comment l'as-tu deviné ?

Il haussa les épaules, baissant les yeux. Elle étouffa un cri de surprise. Il ne baissait jamais, absolument jamais, les yeux devant personne. Que cet homme le fasse… elle ne savait sincèrement pas quoi en penser.

— Tu m'as semblé plus du genre à aimer celles-ci que celles cultivées en serre.

— Tu as eu raison, dit-elle, humant encore leur parfum.

Elle discernait l'odeur épicée de son compagnon qui s'accrochait aux tiges, lui révélant qu'il les avait cueillies lui-même.

Elle tomba juste un peu plus amoureuse.

Dangereux, mais inévitable avec un homme comme lui.

— Elles sont magnifiques, merci.

Elle se dressa sur la pointe des pieds et l'embrassa sur le menton. Il baissa la tête vers la sienne, s'emparant d'elle en un baiser d'une douceur douloureuse. Leurs caresses étaient toujours si électriques, leurs parties de jambes en l'air le truc qu'ils semblaient toujours réussir même s'ils avaient été un peu gauches pour leur première fois.

Ce baiser, cependant… ce baiser lui parut différent.

Elle ne savait pas quoi en penser.

Elle mit les fleurs dans un vase que Gideon lui descendit, puis soupira.

— Je dois terminer les cookies pour la réunion. Qu'as-tu de prévu ?

Son compagnon lui caressa les cheveux, une sensation enivrante. Il la touchait de plus en plus, comme si c'était devenu naturel et qu'il s'autorisait enfin ce petit plaisir. Elle priait pour qu'il ne cesse jamais.

— J'ai pris l'après-midi pour te conduire à la réunion, répondit-il.

Elle ouvrit la bouche pour parler et il secoua la tête.

— Je ne resterai pas à ta réunion, petite louve. Tu devras te débrouiller seule. Je serai avec Walker pas très loin parce qu'il a besoin de moi, mais je n'assumerai pas tes obligations.

Elle se détendit, s'affairant en cuisine.

— Merci. Je sais que ce n'est pas facile, mais je ne peux pas être moi-même si tu es tout le temps dans mon dos.

Il hocha la tête puis commença à mettre les cookies qui sortaient du four sur une grille. Le simple fait de cuisiner avec lui était un plaisir. Qui aurait cru que le grand méchant Alpha des Griffes l'aiderait à confectionner des cookies ? Bien sûr, elle aurait dû s'en douter. Son grand-père Edward avait aimé cuisiner quand sa grand-mère Pat l'y avait autorisé. Brie et son grand-père avaient adoré les petits gâteaux, surtout les sablés. Qu'elle ait été un garçon manqué et se bagarre avec Finn et les autres garçons ne l'avait pas dérangé. Pas plus que le fait que ses nattes n'étaient jamais symétriques. Il l'avait aimée parce qu'elle était sa petite-fille – louve soumise et tout.

Gideon lui adressa un regard bizarre puis se remit au travail. Elle s'humecta les lèvres mais ne dit rien. À quoi bon le mettre mal à l'aise alors que tout se passait si bien ?

— Pourquoi Walker a-t-il besoin de toi ?

— On a un loup qui est atteint d'une maladie génétique rare dans notre espèce. Ce n'est rien de grave, mais ça touche le sang. Walker peut le guérir, mais cela requiert une énorme quantité d'énergie.

Elle hocha la tête, préparant une autre plaque de cookies.

— Alors il va recourir au lien entre Guérisseur et Alpha ?

— Oui. Je serai là en renfort au cas où Walker aurait besoin de moi. Ryder ou Mitchell auraient pu faire l'affaire, mais, puisque Walker habite à côté des maternelles, je lui ai proposé de passer. Je ne risque pas de m'affaiblir puisqu'on n'utilisera pas directement mon pouvoir, et c'est pour aider un membre de la meute.

Elle sourit à ces mots.

— Tu es un bon Alpha, Gideon.

Il resta si longtemps silencieux qu'elle crut qu'il ne répondrait plus, mais, quand il le fit, ce fut dans un grognement sourd.

— Pas encore, petite louve. Mais je le serai. Un jour.

Qu'avait-il bien pu traverser pour douter de sa valeur ? À présent qu'elle faisait partie de la meute, elle l'aiderait à régler ce problème, mais elle ne savait pas comment s'y prendre. Être maintenue dans l'ignorance n'arrangeait rien. Une chose qui devrait bientôt changer si elle espérait pouvoir aider son compagnon un jour.

Plutôt que de dire quelque chose qu'il balaierait comme une platitude, elle garda un ton léger pour lui poser des questions sur sa famille. Elle ne voulait rien demander de trop personnel – certains secrets n'étaient pas faits pour être partagés –, mais elle voulait connaître celle-ci à travers les yeux de Gideon en plus des siens.

Lorsqu'ils eurent mis la dernière fournée à refroidir sur les grilles, il lui restait moins d'une heure pour se doucher et se préparer.

Les yeux de Gideon s'assombrirent, mais elle secoua la tête.

— Non, si tu te douches avec moi, je ne serai plus capable de réfléchir et on sera en retard.

Il grogna doucement mais acquiesça.

— D'accord, mais je veux que tu portes mon odeur là-bas. Pour apaiser leurs louves, ajouta-t-il quand elle retint son souffle.

Elle déglutit bruyamment, consciente que cette dernière phrase n'aurait pas dû la blesser. C'était peut-être la vérité, pourtant, avoir pensé qu'il voulait qu'elle ait son odeur sur elle parce qu'il en avait envie et pas dans un but particulier lui avait fait plaisir.

— Je vais faire vite, puis tu pourras me prendre dans tes bras avant qu'on parte.

Il se fendit alors d'un grand sourire, même si celui-ci n'atteignit pas ses yeux. Quelque chose le préoccupait, et Brie savait que ce pouvait être n'importe lequel des myriades d'ennuis qui les assaillaient de tous côtés.

— Je me frotterai contre toi, ma chérie. Ne t'inquiète pas.

Elle sentit son intimité se contracter et elle se sauva, courant vers la salle de bains alors que Gideon s'esclaffait. Ce satané homme avec sa satanée voix. Il pouvait l'allumer d'un seul mot, mais elle devait se doucher en vitesse pour être présentable.

Elle se lava rapidement puis coiffa ses cheveux mouillés en une queue-de-cheval. Ils étaient si épais qu'ils mettraient des plombes à sécher et elle n'avait pas le courage de s'en occuper. Elle ne voulait pas non plus paraître trop apprêtée pour sa rencontre avec les autres louves. Si elle avait l'air d'avoir passé trop de temps sur sa toilette, elles penseraient qu'elle était une petite princesse trop choyée. Être une soumise était déjà considéré comme une tare. Elle ne souhaitait pas en rajouter une couche. Elle s'habilla avec soin, veillant à avoir l'air respectable, mais pas chic. Chaque nuance, chaque geste comptait tellement. C'était épuisant.

Lorsqu'elle sortit de la chambre, Gideon mettait les derniers cookies dans une boîte.

— Merci, dit-elle doucement.

Il lui sourit et cette fois son regard s'éclaira.

— Avec plaisir. J'en ai gardé quelques-uns pour nous, si ça ne te dérange pas. Ceux aux flocons d'avoine et aux pépites de chocolat sont mes préférés.

Elle en prit note mentalement, puis rougit, se rappelant comment elle avait complété les autres entrées de sa liste.

Gideon marcha vers elle à pas de loup, son sourire se teintant d'un air narquois.

— J'adorerais lire dans tes pensées, là tout de suite, petite louve.

— Je crois que tu n'en aurais pas besoin, chuchota-t-elle avant de s'abandonner à son étreinte quand il l'attira contre son torse.

Elle aurait aimé qu'il le fasse par envie, pas par obligation, mais ce n'était pas important. Sa louve avait soif de ses caresses et elle prendrait ce qu'elle pourrait. Il l'embrassa tendrement, approfondissant le baiser quand elle gémit dans sa bouche.

Il se balança contre elle, son érection appuyant contre son ventre. Quand il s'écarta, ils étaient tous deux hors d'haleine.

— On ferait mieux d'y aller, dit-il tout bas. On ne voudrait pas être en retard.

Elle lécha ses lèvres gonflées et hocha la tête.

— Oui, allons-y. Et maintenant je suis sûre d'avoir ton odeur sur moi.

Une expression fugace passa sur son visage et elle regretta ses mots. Elle s'était peut-être trompée et il ne l'avait pas juste prise dans ses bras pour la marquer de son odeur. Bon sang ! elle avait l'impression qu'elle n'y comprendrait jamais rien à toute cette histoire d'union.

— Tu m'appelles si tu as besoin de moi.

Ce n'était pas une question, mais une affirmation. Elle hocha quand même la tête.

— J'ai mon téléphone, et si j'ai vraiment besoin de toi je peux te contacter à travers le lien.

— Bien. (Il eut l'air de lutter pour trouver les bons mots, puis il lui prit le visage entre les mains.) Ça va bien se passer. C'est ton peuple à toi aussi, petite louve. Je veux qu'il voie la femme que je vois. L'Alpha que tu es en train de devenir.

Son cœur se réchauffa et elle resta figée. Elle ne s'était pas attendue à ces mots et, du coup, dut retenir ses larmes.

— Je ne te décevrai pas, Gideon.

Il secoua la tête.

— Je ne crois pas que ce soit possible. (Il lui effleura la joue du doigt, puis il s'écarta.) Tu es plus courageuse que la plupart des loups que je connais, Brie Brentwood. Ne l'oublie pas.

Abasourdie, elle ne put que le regarder fixement en clignant des yeux avant d'attraper une boîte de cookies. Il prit l'autre et ils se rendirent au quartier des maternelles.

La tanière des Griffes ressemblait beaucoup à celle des Redwood dans le sens où l'essentiel des activités se concentrait dans le centre. On y trouvait des écoles, des boutiques et des restaurants. Certaines personnes habitaient près du centre tandis que d'autres vivaient à la périphérie. Les anciens avaient leur propre quartier à l'autre bout de la tanière par rapport au cercle de la meute, mais la maison de Gideon était plus proche du centre. Celle-ci était abritée par des arbres qui lui offraient une certaine intimité, mais du fait de sa proximité les gens pouvaient venir lui parler s'ils avaient besoin de lui. C'était le cas de tous les Brentwood. Les gens respectaient leur intimité, mais les besoins de leur peuple passaient avant les leurs.

Les maternelles avaient leur propre quartier près des écoles. C'était un lieu de réunion où elles pouvaient surveiller les louveteaux, comme une garderie. Chaque parent élevait ses propres enfants, mais, chez les loups, on mettait vraiment tout le village à contribution. Les maternelles étaient leurs enseignantes et leurs confidentes. Elles étaient véritablement le cœur de la meute.

Brie prit une inspiration tremblante quand ils s'avancèrent jusqu'à la porte. Elle doutait d'avoir jamais été aussi nerveuse – même quand elle s'était unie à Gideon. Et ce n'était pas peu dire.

Gideon lui passa la main dans le dos puis s'écarta.

— Bonne chance, petite louve.

Sur ce, il partit en courant vers la maison de Walker. La laissant seule.

Non, pas seule. Il faisait toujours partie d'elle, de leur lien. Il avait fait ce qu'elle lui avait demandé, et elle ne s'était jamais sentie plus reconnue.

La porte s'ouvrit avant que Brie ait pu frapper et elle sourit à la femme devant elle.

— Gwen, merci de me recevoir aujourd'hui.

Gwen était la maternelle en chef et Brie espérait qu'elles deviendraient un jour amies. Leurs rôles seraient à jamais liés et ce premier contact était donc primordial.

La femme lui adressa un signe de tête révérencieux puis s'effaça.

— Entrez, Brie. Je vois que vous avez apporté des cookies. Les louveteaux vont se régaler.

Le ton de sa voix avait quelque chose de forcé, comme si Gwen réprimait ses vrais sentiments. Brie ne discerna rien d'anormal dans ses paroles et savait que la maternelle disait la vérité, mais elles n'étaient pas non plus si accueillantes que ça.

— J'en ai fait de deux sortes, mais je pourrai en confectionner des différents la prochaine fois s'ils les préfèrent. (Brie sourit, le ton léger.) Ma mère est boulangère – c'est comme ça qu'elle a rencontré mon père – et il semblerait qu'elle m'ait transmis le gène.

— Je vois, dit Gwen, avec sur le visage un petit sourire qui n'atteignit pas ses yeux.

Brie sentit son ventre se nouer alors qu'une boule de plomb tombait au fond. Ça allait mal finir. Ses efforts restaient sans effet parce qu'il y avait quelque chose de vraiment pas net avec cette meute. Elle savait que les dominants ne l'accepteraient peut-être jamais, mais elle avait espéré que les maternelles lui laisseraient une chance.

Là tout de suite, il semblerait que cette voie lui soit bouchée aussi.

Mais elle ne s'avouerait pas vaincue sans se battre.

Brie posa les cookies sur le comptoir et regarda par la fenêtre. Les louveteaux jouaient à un jeu sous leur forme animale, bondissant partout et luttant corps à corps, les griffes rentrées. Ils devaient avoir entre six et sept ans et étaient vraiment trop mignons. Elle esquissa un pas vers la fenêtre et s'arrêta quand Gwen posa la main sur son bras. La maternelle baissa les yeux puis les releva vers Brie, sa louve lui effleurant la peau.

— Il y a un problème ? demanda Brie d'une voix calme.

Bien plus calme qu'elle ne l'était.

Gwen parut vouloir répondre puis y renonça, refermant brusquement la bouche.

Oh ! non, ça ne se passerait pas comme ça.

— Qu'y a-t-il, Gwen ?

La femme poussa un soupir puis releva le menton.

— Je vois que vous êtes une brave fille, Brie.

Ça finirait mal.

— Je suis une femme, pas une fille, Gwen. Je suis aussi la compagne de l'Alpha. (Elle fronça les sourcils.) Mais c'est ça qui pose un problème, n'est-ce pas ?

Gwen soupira.

— Je suis sûre que vous êtes une louve merveilleuse. Une soumise aimable qui, dans des circonstances adéquates, peut aider de nombreux dominants à apaiser leur loup afin qu'ils puissent protéger la meute. Cependant, vous n'êtes certainement pas assez bien pour être la compagne de l'Alpha.

Abasourdie, Brie recula en titubant, les yeux écarquillés.

— Excuse-moi ?

Elle avait la voix qui tremblait. La femme n'avait pas mis de gants et Brie était choquée. Elle s'efforça de maîtriser ses émotions. Si Gideon sentait à travers leur lien qu'il y avait un problème, il serait là en un rien de temps et elle ne pouvait pas se le permettre. S'il ne la laissait pas se défendre toute seule, ce n'en serait que plus dur pour elle de trouver sa place.

— Tu m'as bien entendue, Brie, dit Gwen avant de soupirer encore. Je sais que je vais probablement me faire trancher la gorge pour l'avoir dit, mais c'est la vérité.

Brie secoua la tête.

— Tu sous-estimes ton Alpha si tu crois qu'il te tuera, que je te tuerai pour avoir exprimé ton opinion.

Les yeux de la femme brillèrent et Brie aperçut sa nature profonde. Elle n'était pas méchante, c'était une maternelle. Ce qui signifiait qu'elle ferait tout ce qui était en son pouvoir pour protéger les plus jeunes de la meute. Dommage qu'elle s'y prenne si mal.

— Tu es bel et bien une soumise, Brie.

— Je le sais, répliqua Brie d'un ton brusque avant de se maîtriser. Je le sais depuis que je suis capable de penser par moi-même.

— L'Alpha ne peut pas avoir une compagne soumise. Surtout pas un Alpha comme Gideon. Il a besoin d'une personne qui soit capable de protéger la meute avec lui.

Tu es trop faible pour ça. (Les yeux de Gwen se remplirent de larmes, mais Brie n'éprouva aucune compassion.) Le destin peut être cruel. Je suis bien placée pour le savoir, mais le destin s'est trompé cette fois, Brie. Tu vas mourir en protégeant la meute parce que tu n'es pas assez forte. Gideon mourra en essayant de te sauver parce que ce sera plus fort que lui. Quoi qu'il en soit, tu n'es pas ce dont a besoin cette meute.

Brie grogna, sa louve affleurant. Elle n'était assurément pas faible, quoi que puisse penser cette femme – quoi que puissent penser d'autres membres de la meute.

— Tu ne peux pas prédire l'avenir, Gwen. Tu ne sais que ce que d'autres te chuchotent à l'oreille et ce que tu crains. Tu as tout faux. Je n'aime peut-être pas me battre, mais ça ne veut pas dire que je ne le ferai pas. Les soumis ne font pas partie de la meute sans raison et tu devrais le savoir mieux que quiconque. Je ne m'écraserai pas parce que les gens ont peur que je pleurniche si quelqu'un grogne trop fort.

Gwen secoua la tête.

— Tu ne fais qu'utiliser les liens de l'Alpha pour paraître forte.

— Ah oui ? À moins que tu me sous-estimes ? Tu sous-estimes aussi la force de ton Alpha. Je… je sais que je ne corresponds pas à ce que vous espériez tous, mais me couper les ailes avant même que j'aie commencé ne va aider personne.

Gwen poussa un soupir.

— Je ne peux pas te laisser approcher des louveteaux. Tu vas les perturber.

Une douleur lui transperça le cœur, mais elle n'en laissa rien transparaître. Elle s'avança avec raideur vers Gwen. Une lueur dorée flamboya dans les yeux de la louve, qui recula d'un pas.

— Je ne te labourerai pas avec mes griffes. Je ne ferai même pas couler ton sang, dit Brie doucement. Comme tu le sais, ce n'est pas dans ma nature. Mais je m'en prendrai bel et bien à toi si tu ne te pousses pas. Tu penses sans doute être plus dominante que moi, mais tu ne l'es pas. Tu es une louve maternelle qui a trop de pouvoir.

Les yeux de Gwen jetèrent des éclairs.

— Iona aurait fait une meilleure compagne que toi.

Brie gifla la femme, sans sortir les griffes.

— Iona n'aurait pas été sa compagne du tout. Tu m'as peut-être eue un instant avec ta tirade à la il-faut-prendre-soin-de-la-meute, mais tu n'es qu'une amie jalouse aux espoirs déçus.

— Tu es démise, Gwen, déclara Gideon derrière elle.

Brie jura intérieurement.

Bon sang ! pourquoi fallait-il qu'il soit là ? Elle avait la situation en main. À présent, quoi qu'elle fasse, ce serait faussé à cause de sa présence. Elle lui était certes reconnaissante qu'il soit toujours là pour elle, mais il existait certaines choses qu'elle devait faire seule. Quand comprendrait-il ?

Les yeux de Gwen s'embuèrent et elle poussa un petit cri.

— Mon Alpha, vous ne pouvez pas faire ça. J'étais déjà la maternelle en chef du vivant de votre père.

Brie tendit la main derrière elle pour prendre celle de Gideon, consciente qu'il aurait besoin de son soutien même s'il l'ignorait.

— Oui, en effet. Mon erreur a été de t'autoriser à rester parce que j'ai cru que tu étais en bonne voie de changer. Rejoins les cuisines, Gwen. Tu es rétrogradée en attendant que je te trouve un meilleur emploi. Olivia te remplacera. Elle se soucie davantage du bien-être des enfants que de son rang au sein de la meute.

Sanglotant, Gwen décocha à Brie un regard assassin puis s'éloigna d'un pas lourd et bruyant.

Brie refusa de regarder son compagnon, furieuse au-delà de toute mesure.

— Tu ne m'as pas appelé, dit Gideon d'un ton brusque, en colère lui aussi.

— Je n'avais pas besoin que tu interviennes, répliqua-t-elle aussitôt, le ton mordant. Tu as sapé tous mes efforts en prenant les choses en main.

Gideon marcha autour d'elle avec raideur avant de lui saisir le menton.

— Je suis l'Alpha. C'est ce que je fais.

Elle s'écarta, l'absence de ses doigts lui laissant une sensation de froid.

— Et je suis quoi, moi ? demanda-t-elle d'une voix rauque.

Consciente qu'ils commençaient à s'attirer des spectateurs, elle se retourna et se dirigea vers la porte.

— Je reviendrai demain et recommencerai. Ce n'est pas fini, Gideon.

— Petite louve.

Elle ne répondit pas et rentra chez elle à pied, la tête haute. Elle sentait les regards posés sur elle et un loup la frôla même alors que les lieutenants l'entouraient pour la protéger. Elle ne se retrouverait jamais sans gardes du corps, elle le savait, pourtant en cet instant elle ne s'était jamais sentie aussi seule.

Gideon ne comprenait pas et elle n'était pas sûre de comprendre non plus.

Sa place au sein de la meute n'était pas fixée, et, chaque fois qu'il venait à sa rescousse, il rendait sa vie d'autant plus difficile. Elle devait trouver un moyen d'être elle-même, soumise et aimante, tout en étant la compagne de l'Alpha, forte et protectrice.

Sauf qu'elle ignorait si cet équilibre existait.

Et, si elle ne parvenait jamais à l'atteindre, il n'y aurait plus d'espoir pour grand-chose d'autre.

Sur cette pensée douloureuse, elle fit abstraction de sa souffrance, consciente qu'elle devait être plus forte. Parce que si elle n'y prenait garde elle se perdrait, et alors que lui resterait-il ?

Chapitre 13

Le corps chaud blotti contre le sien bougea légèrement et Gideon réprima un grognement. Il était trop tôt pour se lever, mais il n'avait pas bien dormi. En fait, il ne dormait pas bien depuis des semaines. Depuis que Leo avait débarqué puis avait apparemment disparu de la surface de la terre. Malgré les hommes qu'il avait mis sur l'affaire et la technologie à portée de sa main, Gideon n'avait pas retrouvé son oncle.

Ce qui plongeait non seulement son loup dans une rage folle, mais le faisait se sentir impuissant aussi, putain !

Brie remua encore, et cette fois ses fesses appuyèrent contre sa queue déjà raide. Le souffle coupé, il garda les hanches immobiles pour éviter d'onduler contre ses rondeurs. Elle avait besoin de sommeil, pas de ses mains gourmandes.

Il retint son souffle, mais elle cessa de gigoter. Quand il expira, il s'obligea à se détendre. Ils traversaient une putain de mauvaise passe avec sa compagne, mais au moins elle acceptait encore qu'il la prenne dans ses bras. Il s'efforçait de ne pas trop penser au fait que ça ne pouvait qu'être sa louve qui recherchait son contact, mais il savait aussi qu'elle avait été presque entièrement privée de caresses avant leur union. Non seulement elle avait été vierge, mais elle s'était tenue à l'écart des autres, de sorte que sa louve s'était jetée à corps perdu dans leur union. Il savait que c'était parce qu'elle n'avait pas supporté que d'autres la touchent après l'avoir aperçu, ce qui avait brisé le cœur de Gideon.

Ce n'était pas censé se passer comme ça.

Son union n'était pas censée être une source de tension dans sa meute et dans son cœur.

Non, ce n'était pas tout à fait exact. Elle n'était pas tant une source de tension dans son cœur qu'une inconnue. Il ne s'était pas autorisé à penser à elle au-delà du fait qu'il était nécessaire qu'elle fasse partie de sa meute. Il s'était interdit de connaître la vraie Brie, celle qui lui souriait, confectionnait des cookies et apaisait son loup. Il n'avait pas voulu devenir trop proche d'elle, si c'était pour la perdre parce qu'il n'avait pas été assez fort pour la protéger.

Il n'avait certainement pas été assez fort pour empêcher Gwen de lui faire du mal.

Il grogna doucement puis se figea. Brie se pelotonna juste un peu plus contre lui, comme si elle éprouvait le besoin de calmer son loup même dans son sommeil. Aussitôt, ce dernier loup lui effleura la peau, sachant que leur compagne serait là.

Gwen avait fait partie du groupe de son père et avait adhéré à ses opinions sur les soumis, les humains et tous ceux qui étaient plus faibles qu'eux. Sauf que Gideon avait ignoré le fond de sa pensée jusqu'à ce qu'il la voie avec Brie. Il l'avait gardée à la tête des maternelles parce qu'il n'avait pas souhaité priver la meute de tous ses dirigeants d'un seul coup et qu'elle avait fait ses preuves auprès des louveteaux.

Ce qui s'était révélé être une mauvaise décision, et à présent il se demandait ce qu'il avait merdé d'autre.

Reprendre la direction d'une meute n'était pas censé se faire sans pots cassés. Cependant, il savait que ça s'était particulièrement mal passé pour lui. L'Alpha des Redwood avait accédé à cette fonction quand Edward avait été tué, pourtant la passation des pouvoirs, bien que déchirante, s'était faite sans à-coups. La meute de Kade lui faisait confiance et avait pleuré son ancien Alpha avec lui.

La sienne s'était divisée en deux camps – ceux qui le louaient et ceux qui voulaient le décapiter à cause de ce qu'il avait fait. Trente ans plus tard, ces deux groupes avaient plus ou moins fusionné, mais manifestement pas assez.

À présent Brie subissait les conséquences de ses actes à lui.

Aussi, elle ne lui parlait pour ainsi dire plus.

Oh ! certes, elle répondait poliment à ses questions, mais ses yeux ne pétillaient plus. Elle se pelotonnait contre lui dans le lit, mais ils restaient très chastes, contrairement à toutes les autres nuits avant. Il avait perdu sa confiance lorsqu'il était intervenu dans le quartier des maternelles. Il n'avait pas pu s'en empêcher. Sa compagne avait été en souffrance et il avait eu besoin de tout arranger. À la suite de ça, Brie s'était éloignée un peu plus à chaque instant.

Si seulement il avait patienté un peu pour la laisser finir de s'occuper de Gwen, Brie ne l'aurait jamais regardé comme elle l'avait fait. Il ne pensait pas avoir ruiné tous ses efforts auprès des maternelles en ayant fait étalage de sa force, mais il lui avait compliqué les choses.

S'effacer pour lui permettre de se débrouiller seule n'était pas facile.

Le fait qu'il ait même employé le terme « permettre » lui disait à lui seul le chemin qui lui restait à parcourir pour ne plus se comporter comme un connard d'Alpha.

Ce jour-là elle retournerait voir les maternelles et travaillerait avec Olivia. C'était une femme gentille qui la traitait avec respect. Il aurait un mal de chien à ne pas intervenir si elle souffrait, mais Brie avait plus de ressources qu'il ne l'avait cru. Il ne devait pas l'oublier.

S'il lui arrivait quoi que ce soit…

Non, il refusait d'y penser. Il ne pouvait pas empêcher les gens de la regarder de travers ni de la juger, mais, comme elle le lui avait dit, le fait de sortir dans la tanière et de faire ses preuves finirait par venir à bout de leur méfiance. Le problème n'était pas qu'elle était une ancienne Redwood – non, les loups de Gideon n'avaient rien à y redire –, mais qu'ils avaient peur qu'elle ne soit pas assez forte pour les protéger.

Elle leur montrerait qu'ils avaient tort.

Qu'il avait tort.

— Tu réfléchis trop, chuchota-t-elle dans ses bras, la voix ensommeillée.

Il soupira.

Il avait su qu'elle était réveillée bien sûr. Son loup avait entendu sa respiration changer, mais il avait espéré qu'elle se serait rendormie.

— Désolé de t'avoir réveillée, marmonna-t-il, lui embrassant la tempe.

Il ne manqua pas de remarquer qu'elle lui avait bel et bien parlé. Il espérait juste qu'elle continuerait une fois qu'elle serait complètement réveillée.

Elle roula vers lui, sa poitrine lui appuyant contre le bras. Peu importait qu'elle porte un débardeur et un petit short et lui un boxer – il voulait juste la sentir contre lui.

Une lueur dorée flamboya un instant dans les yeux de Brie et elle esquissa un doux sourire.

— Je vois de quel côté étaient tournées tes pensées.

Il jura sentir ses joues le brûler, mais il n'y prêta pas attention.

— C'est ce qui arrive en général quand je suis près de toi, dit-il en toute franchise.

Elle écarquilla les yeux et il eut envie de lâcher un juron. Cette union, ce n'était vraiment pas son fort. Il ne savait pas quoi dire, alors même qu'il lui incombait de toujours, absolument toujours savoir quoi dire, quoi faire. Les choses avaient mal commencé entre eux, et, chaque fois qu'il faisait un pas en avant, il merdait et régressait d'un autre. Il espérait qu'il finirait un jour par attraper le coup de main, mais quelque chose lui disait que ce serait Brie qui l'y aiderait. Ils avaient beau s'être unis pour les mauvaises raisons, à présent qu'elle était sienne il comptait bien s'assurer qu'ils auraient une vraie union à tous les niveaux qui importaient. Il refusait de vivre sa vie comme ses parents. Sa mère avait perdu son identité à cause de son père, même si elle était alors devenue tout ce qu'il redoutait.

Brie leva la main pour la poser sur sa joue.

— Ton visage est parfois si expressif. Où étais-tu à l'instant ?

Il soupira puis tourna le visage pour lui embrasser la paume de la main.

— Je pensais à notre union et à celle de mes parents.

Il s'empressa de refermer la bouche, étonné par sa réponse.

Elle écarquilla encore les yeux, mais n'éloigna pas sa main.

— Tu ne parles jamais d'eux, chuchota-t-elle.

— Non, convint-il.

Le téléphone sonna alors, lui évitant d'avoir à se mettre à nu.

La contrariété passa dans les yeux de Brie, mais elle la dissimula. Il roula loin d'elle et s'assit au pied du lit, saisissant son téléphone à la sonnerie suivante.

— Ouais ? dit-il, sans prendre la peine de regarder l'écran.

— Je sais qu'il est tôt, mais est-ce qu'on peut se voir bientôt pour parler des patrouilles de recherche ? demanda Brynn d'un ton brusque.

Elle avait l'air d'être debout depuis un moment et il savait que c'était probablement le cas. Gideon avait pour priorité absolue de retrouver Leo, mais il avait déjà beaucoup à faire et avait confié à Brynn l'organisation des recherches. C'était une louve et une chasseuse remarquables. Il ignorait pourquoi la déesse ne lui avait pas octroyé de pouvoirs supplémentaires, mais quelque chose lui disait que ce n'était pas sans raison… même si celle-ci ne leur était pas encore apparue.

Gideon passa la main dans ses cheveux, qui lui retombaient au-delà des épaules. Il devrait se les faire couper sans tarder, sauf qu'il ne savait pas quand il aurait un moment pour ça, avec toutes les emmerdes qui s'accumulaient.

— Bien sûr. Accorde-moi une heure.

— Ça marche.

— Fais venir Ryder aussi. Son cerveau ne sera pas de trop.

— Entendu.

Elle raccrocha rapidement, sans prendre la peine de lui dire au revoir. Quand Brynn était en mode chasseuse, elle n'avait pas de temps à perdre en civilités.

Brie lui posa la main en haut du dos, entre les omoplates, et il soupira. Il espérait qu'elle ne reprendrait pas la conversation là où ils l'avaient laissée. Il n'était toujours pas prêt à la perdre si jamais il lui disait tout.

— Toujours pas de chance avec Leo ? demanda-t-elle.

Bien, ils passaient à autre chose. Pour l'instant. Il savait que ce n'était qu'un court répit, mais c'était toujours ça de pris.

— Toujours pas. Je crois qu'on va devoir y mettre plus d'hommes.

Il se leva sans se retourner. Il ne serait pas capable de se maîtriser s'il la voyait avec ses cheveux ébouriffés et son expression ensommeillée.

— Tu en as assez ? s'enquit-elle. (Il entendit le bruissement des draps et sut qu'elle sortait du lit elle aussi.) Tu as affecté des hommes aux barrières, aux rondes habituelles et aux souterrains entre notre tanière et celle des Redwood au cas où les humains découvriraient notre existence. On disperse un peu trop nos forces, non ?

Il acquiesça d'un signe de tête puis se retourna étant donné qu'elle n'était plus au lit pour le tenter. Par la déesse ! elle était d'une beauté à couper le souffle. Ses cheveux châtains étaient effectivement ébouriffés autour de son visage, mais pas autant que quand il passait la nuit à y glisser les doigts.

— On ne va pas manquer de loups de sitôt, mais je n'apprécie pas particulièrement de devoir faire front sur tant de plans en même temps.

Ça lui plaisait, discuter des affaires de la meute pendant qu'ils se préparaient pour leur journée. C'était ce qu'il s'était toujours représenté quand il s'imaginait trouver sa compagne. Il se surprit à vouloir connaître ses opinions, ses pensées et ses envies. Peut-être que, s'il s'effaçait et ne prenait pas les choses en main comme l'y poussait son loup, il pourrait véritablement se comporter comme le compagnon dont elle avait besoin plutôt que comme celui qu'elle avait.

— Si tu as besoin de plus de loups et que tes soldats sont dépassés, je connais quelques membres de la meute de rang moyen qui pourraient probablement nous prêter main-forte.

Il se figea alors qu'il s'apprêtait à se laver le visage et se retourna pour la dévisager.

— Vraiment ? Qui ? (Elle haussa les épaules sans le regarder.) Brie, petite louve, tu es ma compagne. Je veux savoir ce qui m'échappe. Je passe forcément à côté de certaines choses en croyant à tort que tout roule. Je ne peux pas être partout à la fois. (Il grimaça.) À mon grand dam.

Elle croisa son regard.

— Tu sais, certains loups qui vivaient hors de la tanière, se mêlant au monde humain, reviennent.

— Oui. Pas facile de cacher leur besoin de vagabonder dans ce monde qui a des yeux partout.

Encore un autre problème qu'il tenait à l'œil. C'était épuisant d'y penser.

— Eh bien, maintenant qu'ils sont là, ils s'intègrent plus ou moins dans la tanière, mais ils n'ont pas de fonction aussi clairement définie qu'avant. Ce ne sont ni des soldats, ni des maternelles, ni des soumis.

— Mais ils sont tout aussi importants. (Il se pencha et lui effleura les lèvres des siennes.) J'en parlerai à Ryder et Mitchell. Connaissant ma famille, ils ont déjà mis le nez dans cette histoire vu que c'est leur boulot en tant qu'Héritier et Beta, mais on passe tous à côté de certaines choses.

Elle sourit puis lui étreignit le côté du corps.

— Contente d'avoir pu aider. Je vais me doucher en vitesse puis je préparerai le petit déjeuner. Je sais que tu as quelques trucs de prévus, alors occupe-t'en avant qu'on parte pour le centre.

Il l'embrassa encore puis la laissa filer sous la douche. S'il restait là alors qu'elle était nue, il n'était pas sûr d'être capable de se maîtriser.

Le temps qu'ils soient tous deux prêts à partir, le soleil s'élevait au-dessus des arbres et les gens vaquaient à leurs occupations. Il accorda son attention à chacun des membres de sa meute, leur adressant un signe de tête et s'arrêtant pour discuter avec eux s'ils en avaient besoin. Il veilla aussi à s'intéresser tout spécialement à ceux dont avait parlé Brie. Il sonda les liens de la meute et sut qu'elle avait raison. Les choses allaient bien, et même mieux que ça, mais ils avaient de la marge pour s'améliorer. Il s'assurerait d'en parler à Ryder et Mitchell.

Une fois dans le quartier des maternelles, il s'arrêta devant l'édifice et son loup affleura. Il ignorait pourquoi ce dernier choisissait précisément ce moment-là pour se comporter comme un connard dominateur, mais il ne le laisserait pas faire. Brie avait besoin de temps pour s'acquitter de ses obligations, et rester sur son dos ne serait bon pour personne. Cependant son loup ne voulait pas la laisser partir.

Rien d'étonnant, mais, pour une raison ou une autre, ce jour-là c'était pire que d'habitude.

Brie roula des yeux quand il grogna et l'embrassa sur la joue.

— Tout ira bien, mon Alpha à moi. Arrête de t'inquiéter. On s'entend très bien, Olivia et moi. En fait, je vais l'aider à encadrer les louveteaux pendant une sortie éducative au cercle pour leur apprendre l'histoire de la meute. (Les yeux de la jeune femme s'éclairèrent et il se détendit.) Il y a tant à apprendre. J'ai moi-même l'impression d'être un louveteau.

Il l'embrassa. Passionnément.

— Si tu étais un louveteau, je ne pourrais pas t'embrasser comme ça.

Elle rougit et roula encore des yeux.

— Chut ! les louveteaux doivent déjà être en route. Olivia veut que je les rattrape pour qu'ils puissent me sentir approcher à l'odeur. Va-t'en faire tes trucs d'Alpha. Je te reverrai ce soir.

— Je peux venir te chercher pour qu'on rentre ensemble.

Elle secoua la tête.

— Tu as affecté au moins deux lieutenants à ma protection en permanence. Ils pourront me raccompagner à la maison histoire que je ne sois pas seule au cas où Leo ou quelqu'un d'autre serait dans les parages. (Elle lui prit le visage entre les mains et sourit.) Tu as mieux à faire que me suivre partout pour t'assurer que je ne risque rien.

Il grogna encore avant de déposer un baiser au coin de sa bouche.

— Tu ne peux pas demander à mon loup d'être raisonnable quand il est question de ta sécurité.

— Non, mais je peux demander à l'homme de faire de son mieux. Maintenant, file.

Il soupira puis recula.

— Très bien. Va jouer les compagnes de l'Alpha.

Elle sourit, se retourna et marcha jusqu'à l'édifice. Elle entra et son loup se détendit un peu parce qu'elle n'était plus dehors. Il se retourna et avait parcouru la moitié du chemin pour rejoindre Brynn et Ryder quand il l'entendit, une petite plainte stridente comme quand on faisait jaillir une étincelle.

Il regarda brusquement par-dessus son épaule avant de partir en courant, son loup sur le qui-vive. L'explosion l'envoya valser dans les airs, la chaleur et le feu lui brûlant la peau. Il percuta violemment le sol, les pensées tournées vers la femme qu'il avait laissé entrer dans l'édifice.

Le bâtiment était en feu.

Bric!

Brie s'obligea à ouvrir les yeux et prit une inspiration, la fumée la faisant aussitôt tousser. Il s'était passé quoi, putain !? À un moment elle se tenait près de la porte, étant entrée pour prendre un sac à dos oublié, et au suivant elle était plaquée au sol, l'air résonnant de cris et du grondement de l'incendie.

La moitié du bâtiment avait été soufflée et elle voyait le soleil entrer à flots à travers la fumée. Le plafond s'affaissait par endroits et branlait à d'autres. Des poutres et du béton jonchaient le sol, se dressant à des angles bizarres. Les fenêtres avaient volé en éclats et du verre recouvrait le sol. La porte était sortie de ses gonds et le chambranle s'était tordu vers l'intérieur. La peinture cloquait sur les murs tandis que le papier peint se décollait peu à peu.

On aurait dit qu'une bombe avait explosé.

Et, à présent que sa tête avait cessé de l'élancer, elle était convaincue que c'était exactement ce qui s'était passé.

Elle tâta ses membres avec précaution et en conclut qu'elle ne s'était rien cassé. En fait, elle n'avait que quelques égratignures d'après ce qu'elle pouvait en dire, mais elle savait qu'elle n'avait pas vraiment le temps de s'appesantir sur le sujet. Elle devait sortir du bâtiment avant que le plafond s'écroule.

Elle avait encore mal à la tête, mais elle ignorait si c'était dû à la fumée ou au fait qu'elle se l'était cognée en percutant le sol.

Dieu merci ! les bébés n'avaient pas été dans l'édifice.

Des larmes lui piquèrent les yeux, mais elle les refoula. La plupart des louveteaux et des maternelles étaient déjà partis vers le cercle. Elle n'avait vu qu'une poignée d'enfants et d'adultes dehors quand elle était revenue chercher le sac d'un des louveteaux.

Ce n'était pas parce qu'ils avaient été à l'extérieur qu'ils n'avaient pas été blessés. Elle devait absolument s'assurer que tout le monde allait bien. Ces bébés étaient si fragiles. Ils ne guérissaient pas aussi vite que les adultes.

— Brie !

La voix de Gideon parvint à ses oreilles et sa louve la tanna, réclamant leur compagnon. Brie se leva péniblement sur des jambes tremblantes – une douleur violente lui irradia le côté –, mais elle ne tomba pas. Elle avait beau vouloir sortir du bâtiment au cas où le plafond s'effondrerait, elle devait s'assurer que personne d'autre ne s'y trouvait.

— Brie !

— Ici ! hurla-t-elle.

De la rage se mêla à la panique qui imprégnait la voix de Gideon et elle sut que, si elle ne le trouvait pas rapidement, il se laisserait dominer par son loup et détruirait tous ceux qu'il croiserait.

Les odeurs qui l'entouraient étaient complètement masquées par la fumée et l'incendie, ce qui l'empêchait de sentir si un autre loup était dans les parages. En revanche, elle était bel et bien la femelle Alpha. Elle avait beau être nouvelle, elle avait développé des liens avec chaque loup de la meute. Elle déploya ses sens, tentant de percevoir la présence de l'un d'eux à proximité. Elle sentit Gideon approcher, ainsi que les autres derrière lui, mais elle devait se concentrer sur ceux qui étaient à l'intérieur – s'il y en avait.

Les fils étaient faibles, instables. Elle avait beau s'être unie au sein de la meute, ils mettraient du temps à se renforcer.

Là ! il y avait un lien faible dans les cuisines. Bon sang ! quelqu'un devait être revenu.

— Brie, petite louve, grogna Gideon.

Elle se retourna vivement et le vit courir vers elle. Il la souleva dans ses bras avec douceur, la prenant par surprise. Elle s'était imaginé qu'il l'aurait presque écrasée à en juger par la rage qu'elle lisait dans ses yeux, mais il se montra affectueux… aimant. Il la reposa puis passa les mains sur son corps.

— Tu es blessée ? Que s'est-il passé ?

— Grand frère, tu pourras peloter ta compagne à un autre moment, aboya Brynn, avant de tousser. On doit sortir d'ici. Le toit qui ne s'est pas encore écroulé ne tiendra pas longtemps.

— Il y a quelqu'un dans les cuisines, cria Brie par-dessus le vacarme. J'ignore qui, mais je sens le fil.

La surprise éclaira les yeux de Gideon, qui hocha la tête.

— Ryder.

— Je m'en charge, dit l'Héritier, qui se fraya un passage avec précaution vers le fond.

Ils risquaient leur vie pour leur peuple, mais elle n'en attendait pas moins d'eux.

Gideon la souleva dans ses bras et la serra délicatement contre son torse.

— On doit partir.

— Et les autres ? demanda-t-elle alors que Gideon commençait à avancer. Les louveteaux et les maternelles. Est-ce le seul endroit qui a été touché ? (Son cœur s'emballa.) Je peux marcher, Gideon. Aide les autres. Je vais bien.

Il secoua la tête et garda le silence. En un éclair, ils se retrouvèrent dehors, où Walker les attendait.

— Où es-tu blessée ? s'enquit le Guérisseur.

— Pose-moi par terre, grogna Brie. Je vais bien. Ou ça ne tardera pas.

Elle parcourut des yeux la désolation qui régnait autour d'elle et son cœur se mit à battre à tout rompre.

— Aidez les autres, s'écria-t-elle. Il y en a peut-être encore qui sont bloqués.

— J'ai trouvé celle-ci ! cria Ryder, Olivia dans ses bras.

Olivia tenait son bras tordu à un angle bizarre contre sa poitrine et grimaça.

— On a eu besoin de plus d'eau pour la sortie. Je ne pense pas qu'il y avait quelqu'un d'autre à l'intérieur, mais je n'en suis pas sûre.

— Aide Olivia, ordonna Brie à Walker. Gideon, trouve tout le monde. S'il te plaît. Je vais m'occuper des ecchymoses et des coupures superficielles.

Elle parcourut des yeux ceux qui saignaient autour d'elle. L'explosion devait avoir fait voler les décombres assez loin pour les blesser, mais personne ne semblait avoir été trop gravement touché.

Gideon lui adressa un signe de tête, une étrange expression dans les yeux.

— Mes frères cherchent ceux qui pourraient manquer. Je dois m'assurer qu'ils vont bien aussi.

La compréhension se fit jour en elle. Il avait véritablement besoin de s'assurer que sa meute allait bien, mais il ne pouvait pas le faire avant de s'être assuré que sa compagne allait bien elle aussi. Par la déesse ! c'était quelque chose qui lui parlait complètement. Gideon, malgré le lien fragile qu'ils partageaient, était aussi sa priorité.

— Vas-y.

Il hocha encore la tête, puis commença à aboyer des ordres. Brie se mit rapidement au travail, aidant Walker de son mieux. Sa famille lui avait appris à trier les blessés, mais elle n'était en aucun cas experte en la matière.

Des heures plus tard, elle était crasseuse, épuisée et avait grand besoin de son compagnon. Cependant, à en croire les regards de certains des loups, elle avait pris du galon à leurs yeux. Elle se sentait tellement idiote du seul fait de penser ainsi. Des gens avaient été blessés, bon sang! Elle n'avait pu qu'aider. Au moins, les gens s'en apercevaient à présent.

C'était une étape – elle regrettait juste que ça n'ait pas eu lieu dans d'autres circonstances.

Des bras chauds l'enveloppèrent et elle s'abandonna à l'étreinte de Gideon.

— On rentre à la maison.

Pas une question, mais un ordre. Auquel elle se plierait avec joie. Elle était épuisée de toute façon.

Ils marchèrent en silence. Un silence qui n'avait rien de pesant, c'était plus qu'ils n'avaient rien à dire qui ne pouvait attendre qu'ils soient propres et certains d'aller bien.

Il l'attira dans la salle de bains, la déshabilla puis se dévêtit. Elle le laissa prendre soin d'elle parce qu'ils en avaient tous deux besoin, ce qui ne l'empêcha pas d'examiner les bras et les mains de Gideon. Il avait de petites coupures et des égratignures qu'il s'était faites en déplaçant des poutres et d'autres décombres. Elles auraient disparu dès le lendemain matin, mais elle n'aimait pas le voir blessé.

Quand il l'entraîna dans la douche, il veilla à ce que l'eau coule d'abord dans son propre dos. Son loup, son compagnon, si attentionné.

Il lui lava les cheveux, en ôtant les éclats de verre et les morceaux de plâtre, puis il se baissa pour qu'elle puisse lui rendre la pareille. Il avait des cheveux si soyeux. Leurs mèches épaisses lui glissèrent sur les mains et les bras quand elle les rinça. Elle aimait qu'ils soient si longs. Ils ne l'étaient pas autant que les siens, mais plus que ceux de la plupart des hommes de la meute. Ça lui allait bien.

Ils se savonnèrent l'un l'autre, lentement et consciencieusement. Cela n'avait rien de sexuel, pourtant, en même temps, ça l'était. Ils ne s'attardèrent pas, mais elle avait les seins douloureux et la queue de Gideon était dure contre son ventre. Malgré cela, ils se contentèrent de se rincer et de se sécher avant d'entrer nus dans la chambre.

Gideon s'assit au bord du lit puis l'attira sur ses genoux. Sa queue rigide lui appuya contre les fesses, mais elle ne se tortilla pas et resta immobile. Ils avaient besoin de discuter d'abord, ne serait-ce que pour vérifier qu'ils allaient bien – alors, elle s'assurerait que c'était bien le cas.

— Tout le monde va s'en remettre ? demanda-t-elle.

Son compagnon hocha la tête contre le sommet de la sienne.

— Oui. On a juste eu quelques os cassés et une déchirure profonde. Walker s'en est occupé. (Il poussa un soupir tremblant.) Aucun des enfants n'a rien eu à part de petites coupures et des ecchymoses. Les adultes se sont jetés sur les louveteaux pour les protéger.

— Je n'en aurais pas attendu moins, dit-elle, la voix rauque. Je n'aime juste pas le fait que ce soit arrivé pour commencer. Tu sais ce que c'était ?

— Il va nous falloir un moment pour passer les dommages en revue. Le recours à un accélérant a masqué toutes les odeurs à part celles des personnes qui étaient censées être là, alors on ignore l'identité du responsable.

Elle ferma les yeux de toutes ses forces.

— C'était intentionnel alors ? et pas une canalisation de gaz défectueuse ou un problème électrique ?

— C'était intentionnel. On a voulu détruire le quartier des maternelles. On a aussi attendu que tu sois à l'intérieur de l'édifice pour déclencher l'explosion.

Le corps de Gideon devint tendu comme un arc et elle s'obligea à se relaxer. Si elle laissait transparaître à quel point elle était effrayée, à quel point elle était en colère, il craquerait. Oh ! il ne lui ferait jamais de mal, mais il pourrait se blesser dans sa rage.

— On découvrira qui l'a déclenchée. (Elle s'interrompit.) Tu as regardé si Leo était présent ?

Il poussa un petit grognement.

— On n'a pas senti son odeur. Ça ne signifie pas que ce n'était pas lui ou quelqu'un qui travaille avec lui. Nous n'avons toujours pas découvert qui l'a laissé entrer dans la tanière la dernière fois.

— Ne préférerait-on pas que ce soit lui ? demanda-t-elle.

— Oui. Parce que, si c'est lui, on connaît l'ennemi. Si ce n'est pas lui, cela signifie que nous avons plus d'ennemis que nous ne le pensions.

Il trembla et elle lui étreignit le torse. Son compagnon avait tant de maîtrise, mais cela ne suffisait pas toujours.

— Il reste quelque chose à faire pour aider ce soir ?

Il secoua la tête, son corps bougeant sous elle.

— Non. On a des hommes qui ratissent le terrain et d'autres qui examinent les décombres, mais il n'y a rien que nous puissions faire ce soir, toi et moi.

— Alors aime-moi, Gideon. (Elle leva les yeux vers lui et il déglutit péniblement.) Fais-moi l'amour. Aide-moi à me rappeler qu'il y a du bon à éprouver des sensations. Sois juste avec moi.

Il cligna des yeux une fois, deux, puis baissa ses lèvres jusqu'aux siennes. Elle soupira dans sa bouche, adorant la saveur de son compagnon. Il l'enveloppa plus étroitement dans ses bras et elle se frotta contre lui.

Il s'écarta, hors d'haleine.

— Tu n'es pas trop blessée ?

Elle secoua la tête.

— Je vais bien. Je suis même prête. (Elle esquissa un doux sourire.) S'il te plaît ?

— Tu n'auras jamais à mendier, petite louve. (Ses yeux s'assombrirent.) À moins que je le veuille.

Sa louve gémit et elle se tortilla aussitôt pour descendre de ses genoux.

— Brie…

Avant qu'il ait pu protester, elle s'empressa de remonter sur ses genoux, s'installant à califourchon cette fois. Il se fendit d'un large sourire puis lui empoigna les fesses, les recouvrant de ses grandes mains.

— J'aime te sentir sous mes doigts, petite louve. Il y a de quoi palper. (Il serra.) Parfaite pour moi.

Les genoux posés de part et d'autre de lui, elle se souleva. Sa queue appuya le long de son sexe et elle gémit.

— Tu as besoin de plus de préliminaires, petite louve, grogna-t-il doucement.

Il lui lâcha les fesses d'une main pour la glisser entre eux, lui frottant le clitoris du pouce.

Elle eut le souffle coupé, puis secoua la tête.

— Je mouille toujours près de toi. Je suis toujours prête.

Sur ce, elle descendit lentement, oh ! si lentement, sur son membre.

— Baise. Moi.

Gideon grogna et elle sourit.

— J'essaie.

Le temps qu'elle soit complètement assise sur ses genoux, ils étaient tous deux en sueur, le corps tendu.

— J'ai besoin de bouger, petite louve, mais je ne veux pas te faire mal.

Elle plongea les yeux dans les siens et ondula contre lui. Ils gémirent tous deux.

— Bouge, alors. Je ne me briserai pas.

Il s'exécuta bel et bien

Elle continua à le regarder dans les yeux, sans jamais détourner les siens. Il lui serra les fesses, la faisant monter et descendre le long de sa queue alors qu'elle se déhanchait, augmentant le frottement. Son intimité se contracta et elle entrouvrit la bouche.

— Gideon…, dit-elle en haletant.

— Mienne.

Il lui mordit la lèvre supérieure et elle jouit. La possessivité qui imprégnait sa voix, son grognement suffirent à l'envoyer au septième ciel, et son sexe se referma autour de sa queue, la comprimant. Il jouit dans un autre grognement, continuant à aller et venir en elle alors qu'il éjaculait.

Ça avait été une baise rapide et brutale, mais c'était exactement ce dont elle avait eu besoin – ce dont ils avaient tous deux eu besoin.

— Mien, lui répondit-elle dans un chuchotement quand elle reprit son souffle.

Gideon lui couvrit la joue d'une main et lui repoussa les cheveux de l'autre.

— Tien.

Elle sentit son cœur se réchauffer et elle s'humecta les lèvres. Oui, elle pouvait commencer à le croire, commencer à croire en l'avenir. Les ténèbres qui les menaçaient ne la lâchaient pas, mais elle chassa cette pensée pour le moment. Elles viendraient et elle se battrait, mais, là tout de suite, elle était à l'Alpha et lui à elle.

Enfin.

Chapitre 14

Gideon trembla et il eut le plus grand mal à ne pas encore écraser son poing dans le mur. Il avait plus de maîtrise que ça – même si on aurait pu croire le contraire ces derniers temps. Il s'aspergea rapidement le visage d'eau froide, espérant que ça calmerait son loup. Brie dormait dans la pièce à côté, épuisée après leurs ébats et l'explosion de la maison des maternelles.

Il avait essayé, mais il n'avait pas réussi à s'endormir, son loup étant trop à cran pour connaître ne serait-ce qu'un instant d'apaisement. En fait, le seul apaisement qu'il avait ressenti depuis longtemps, c'était quand il avait tenu Brie dans ses bras. Il n'aurait jamais cru se sentir ainsi avec une autre personne. Qu'il puisse s'attacher autant à un autre être ne lui avait jamais traversé l'esprit.

Il avait passé tant de temps à se battre pour le bien de la meute, ternissant son âme pour que d'autres puissent continuer à respirer, que l'idée d'une compagne qui aurait été parfaite pour lui avait semblé irréelle. Puis il y avait eu ces longues années au cours desquelles pas une seule union n'avait eu lieu au sein de la meute. Certains pensaient que c'était la déesse de la Lune qui avait maudit la tanière à cause de ce qu'avait fait Joseph, mais Gideon avait eu une autre théorie. Et si ça avait été lui que la déesse de la Lune avait maudit ? Il avait commis l'impensable et avait le sang de tant d'autres sur les mains. Il ne méritait pas une compagne et il ne méritait assurément pas la femme qui dormait dans son lit.

Elle avait encaissé des coups et était toujours revenue à la charge, ne cessant jamais de le surprendre. Leur union n'était pas un fardeau, n'était plus quelque chose qui leur avait été imposé, mais qu'il voulait chérir. Pour ce faire, cependant, il savait que le moment était venu de lui révéler toute l'histoire de la meute et la façon dont il était devenu l'Alpha. En temps de guerre et de dissensions, ce qu'il avait fait ne paraîtrait peut-être pas aussi terrible qu'il le pensait, bien que ce soit assez noir pour blesser son loup, son être.

Il était temps d'affronter la vérité en espérant que Brie et sa louve voudraient encore assez de lui pour rester. Oh ! elle serait toujours sa compagne, mais elle n'avait pas à vivre avec lui, à le garder dans sa vie. Il existait des moyens de contourner tout ça. Il priait pour qu'elle le choisisse quand tout serait fini.

Sinon… eh bien, il ne souhaitait pas penser à cette issue. Il n'était pas sûr de pouvoir la supporter.

Il voyait encore le sang sur son visage, la suie et le plâtre qui lui couvraient le corps quand il l'avait aperçue dans les décombres. Il avait senti son cœur bondir hors de sa poitrine et son esprit s'était mis en mode panique. Il avait été à deux doigts de la perdre. Si elle était arrivée juste quelques secondes plus tôt ou s'était avancée de quelques mètres de plus, cela aurait pu arriver. Peu importait qu'elle soit une louve et qu'elle guérisse plus vite et puisse résister à des blessures plus sérieuses que les humains, elle aurait juste pu être tuée.

Il ne savait pas ce qu'il ferait s'il la perdait.

Ce qui était le fond du problème.

Il avait trouvé une compagne qui s'était creusé un chemin jusqu'à son cœur et il n'avait pas la moindre idée de la façon dont elle s'y était prise. À présent qu'elle était là, cependant, il n'était pas près de la laisser partir. Autrement dit, il se battrait pour elle, même si elle souhaitait le quitter une fois qu'il lui aurait avoué tout ce qu'il avait fait.

— Gideon ?

Il se tourna vers la porte qui séparait la salle de bains de la chambre et prit une profonde inspiration. Son doux parfum flotta jusqu'à lui et il s'avança vers elle sans y penser à deux fois. Ses cheveux châtains lui retombaient en cascade sur les épaules et elle avait enfilé l'une de ses chemises, mêlant leurs odeurs. Elle l'avait dans la peau, tout comme il l'avait dans la sienne. Même s'il avait envie de se frotter encore une fois contre son corps pour s'assurer de la persistance de cette odeur, il s'en abstint. Ils devaient d'abord discuter.

— Je croyais que tu dormais, murmura-t-il avant de lui couvrir la joue de la main, incapable de ne pas la toucher.

Elle se laissa aller contre sa paume et posa la main sur son torse.

— Je n'ai pas réussi à trouver le sommeil. Pas alors que tu faisais les cent pas ici. Que se passe-t-il, Gideon ? Tu crains qu'on s'en prenne encore à la tanière ?

Il déglutit bruyamment puis fit glisser sa main sur sa nuque, la revendiquant avec possessivité.

— On doit parler, Brie.

Elle écarquilla les yeux un instant, puis se mordit la lèvre inférieure.

— Quand on dit ça, en général c'est mauvais signe.

Elle croisa son regard, sa louve dans les yeux. Elle n'était pas agressive cependant, car elle savait avec certitude que son loup ne lui ferait jamais de mal. Il ferait de son mieux pour ne jamais trahir la confiance qu'elle lui accordait.

— Je dois te parler de mes parents et de la façon dont je suis devenu l'Alpha.

La force de sa voix le surprit.

— D'accord. (Elle garda la main sur son torse, le caressant doucement.) Je connais une partie de l'histoire, Gideon. Ce que tu as fait ne peut pas être aussi noir et douloureux que tu le crois. Sinon, tu ne serais pas l'homme que tu es aujourd'hui.

Il éloigna sa main de son torse et lui embrassa le bout des doigts, son loup faisant les cent pas.

— J'espère que tu seras toujours de cet avis quand j'aurai fini.

— Allons nous asseoir sur le canapé alors. Je vais préparer du café.

Elle se retourna et il la retint, l'attirant contre son torse. Il enfouit le visage dans son cou, humant une fois de plus son parfum pour s'assurer de ne jamais l'oublier.

— Tu n'as pas besoin de prendre soin de moi, petite louve.

Elle soupira mais ne s'arracha pas à ses bras.

— Je pensais qu'on en avait déjà parlé. J'ai bel et bien besoin de prendre soin de toi. C'est ce qui rend ma louve heureuse.

Il lui embrassa l'épaule puis s'écarta.

— Dans ce cas, merci.

Elle lui adressa un petit sourire par-dessus l'épaule et se dirigea vers la cuisine. Il prit une profonde inspiration avant de la suivre. Elle n'accepterait pas son aide, mais il pouvait porter les tasses pour qu'elle n'ait pas à le faire. Alors que sa louve voulait prendre soin de lui, son loup avait besoin de prendre soin d'elle. Ils ne s'y prenaient peut-être pas de la même manière, mais c'était ce qui faisait que leur relation était unique.

Ils s'installèrent sur le canapé, assez près pour se toucher mais pas l'un sur l'autre comme il le préférait en général.

— Mon père n'était pas un homme agréable, commença-t-il avant de s'interrompre. Non, ça donne l'impression qu'il avait des mauvais jours. Mon père était une brute. Un tueur. Il n'aurait jamais dû devenir l'Alpha, mais c'était dans son sang. Il a peut-être été meilleur un jour, mais je n'ai jamais rencontré cet homme-là. Ce loup-là.

Brie posa la main sur son genou et il ne s'y opposa pas. Son contact l'apaisait.

Sa louve soumise, sa compagne.

— Lui et ses frères occupaient toutes les positions de la hiérarchie. Contrairement à notre génération où Mitchell est le Beta même s'il est mon cousin et non mon frère, Joseph et ses frères détenaient tout le pouvoir. (Il croisa son regard fixe et sut qu'il pourrait tout lui dire.) Ils ont fait mauvais usage de ce pouvoir de toutes les façons imaginables.

Elle fronça les sourcils.

— Dans ce cas, comment se fait-il que les Redwood n'en aient jamais rien su ?

Il poussa un soupir.

— Parce que contrairement aux Reyes, qui ont employé leur malfaisance à invoquer un démon sur la terre et exhibaient leur tableau de chasse, les Griffes à l'époque ne faisaient pas parler d'eux. Vous nous considériez comme plus faibles que vous mais pas malfaisants parce que c'était l'image de nous que voulait vous donner Joseph.

Elle serra son genou.

— Je suis une Griffes maintenant, Gideon.

Il cligna des yeux et hocha la tête.

— Oui. Oui, c'est vrai. Mais tu es née une Redwood et leur resteras toujours fidèle. Je ne te reprocherai jamais de demeurer une Redwood dans un coin de ton cœur, petite louve.

Sa compagne cligna des yeux pour refouler ses larmes, mais ne dit rien. Non qu'il y ait grand-chose à dire à ce stade.

— Bon, comme je le disais, Joseph a gouverné avec une main de fer. Il convoitait le pouvoir des Redwood, mais il s'y est mal pris.

Brie acquiesça d'un signe de tête.

— Mon grand-père savait que sa position d'Alpha allait de pair avec un devoir de protection, pas juste avec le pouvoir. Il en est de même pour mon oncle Kade.

Il lui effleura la main du bout des doigts, ayant besoin du contact de sa peau pour poursuivre.

— Joseph avait quatre frères, Timothy, Reggie, Abraham et Leo. Leo, comme tu le sais, n'occupait aucune fonction au sein de la hiérarchie. Je pense que c'est ce qui a façonné l'homme qu'il est devenu aujourd'hui. Il s'est uni jeune et a eu Mitchell et Max. J'ignore s'il a jamais vraiment eu toute sa tête avant ça, mais il a été anéanti après la mort de Lina.

Il prit une inspiration, conscient que lui aussi pourrait être anéanti s'il perdait sa compagne, ce qui n'excusait pas les crimes de Leo.

— Reggie était le Guérisseur et Abraham l'Exécuteur, mais ils ne s'acquittaient pas de leurs devoirs. Ils étaient à l'entière disposition de Joseph. Nous n'avons jamais eu de vrai Omega pour nous aider. Quand bien même nous en avions désespérément besoin.

Sans personne capable de percevoir les véritables émotions de la meute et de contribuer à les canaliser, qu'elles soient positives ou négatives, ils avaient été perdus. Il croisa le regard de Brie.

— Joseph et les autres ont commencé par les soumis. Tu vois, ils ne comprenaient pas la véritable nature des loups. Ils pensaient qu'en torturant ceux qui leur étaient inférieurs ils les pousseraient à devenir plus agressifs.

Une sensation de souffrance lui parvint à travers leur lien, l'impression que sa louve hurlait à la mort tout au fond d'elle. Il lui serra la main et elle en fit autant, mais ne dit rien.

— Lorsqu'ils ont compris qu'ils ne pouvaient pas forcer les loups soumis à devenir dominants, ils les ont tués.

— Ce n'était pas toi, Gideon, chuchota-t-elle. Tu ne peux pas t'en vouloir.

Il croisa son regard, sachant qu'il allait la perdre.

— J'étais l'Héritier, Brie. Avant d'être devenu assez fort pour pouvoir m'opposer...

Il ne pouvait pas le dire. Ne pouvait pas lui laisser savoir... mais il le devait.

— Ils m'ont obligé à regarder, Brie. Quand j'étais trop jeune pour les arrêter, ils m'ont obligé à regarder. Et je n'ai rien fait, absolument rien.

Son loup hurla à la mort, le labourant avec ses griffes. Brie devint blanche comme un linge mais ne s'écarta pas, ni ne le frappa ou s'enfuit.

— Tu étais un enfant, dit-elle, la voix cinglante. Tu n'as rien fait de mal, Gideon, rien du tout.

Elle ne comprenait pas. Elle en était incapable. Elle était quelqu'un de bien, alors qu'il n'avait baigné dans rien d'autre que la souffrance et le mal.

— Je les ai regardés dépecer des hommes, des femmes et des enfants parce qu'ils ne comprenaient pas comment fonctionnaient ceux qui étaient différents d'eux. Je suis resté là sans rien faire.

— Tu es resté, Gideon ? Vraiment ? demanda-t-elle d'une voix douce.

Il cligna des yeux.

— Ils m'ont enchaîné à une chaise jusqu'à ce que je sois assez fort pour me libérer.

— Voilà. Voilà l'homme que tu es. Tu n'es pas l'homme qui t'a élevé. Non, ce n'est pas le terme. Il ne t'a pas élevé. Il t'a torturé exactement comme il a torturé tous les autres. (Elle lui serra la main.) Tu n'étais pas à son image, alors il a essayé de te façonner à grand renfort de coups.

Il ferma les yeux, poussant un soupir.

— Quand ça n'a pas fonctionné, il a laissé mes oncles me battre et essayer de faire de moi un homme. Mitchell et Max en ont bavé aussi avec Leo et j'ignore comment ça s'est passé chez eux jusqu'à ce qu'ils viennent vivre avec nous. Cependant, mes frères, Brynn et moi étions aux prises avec Joseph… et ma mère.

— Tu ne parles jamais d'elle.

Un constat, pas une question.

— Elle ne valait pas mieux que lui, chuchota-t-il. Elle voulait chasser les démons qui avaient pris possession de ses fils. Elle nous reprochait ce qu'était devenu son compagnon. Je crois… je crois qu'être unie à un homme aussi malfaisant pendant si longtemps l'a contaminée. (Il croisa son regard mouillé de larmes et soupira.) Elle s'est suicidée parce qu'elle n'en pouvait plus. Elle nous a abandonnés à un monstre et ses frères.

— Oh ! bébé, chuchota-t-elle, s'installant sur ses genoux.

Elle enroula les bras autour de son cou et appuya le nez contre sa peau. Il referma les bras autour d'elle et poussa un soupir tremblant.

— Notre meute se mourait, poursuivit-il. Joseph a chassé ton oncle et ta tante à cause de ce qui lui était arrivé, sans se soucier du bébé qui grandissait en elle. Puis les Reyes ont déclaré la guerre et, pris entre deux feux, on a encore perdu des hommes. J'avais beau être fort, je ne l'étais pas assez pour destituer un Alpha ainsi que le reste de la hiérarchie. On aurait peut-être pu y parvenir à nous tous, sachant qu'on aurait pu y laisser la vie, mais la meute était divisée et on ne savait pas à qui se fier. Ça a pris trop de temps, mais j'ai fini par réussir à tuer mon père.

Elle lui caressa le torse, l'embrassant dans le cou.

— On a éliminé le reste du poison, mais on n'a pas réussi à mettre la main sur tous les membres de la meute qui soutenaient mon père. Ils n'ont pas tous pris part aux tortures et à la magie noire. Certains, comme Shannon, se sont cachés derrière leurs titres et n'ont jamais vraiment pris parti pour les autres de sorte qu'ils ont pu rester libres. Je ne suis jamais parvenu à exorciser complètement la meute de ses démons, mais nous sommes plus sains à présent qu'alors. (Il s'interrompit.) À moins que ça n'ait été qu'un rêve. Regarde comment ils t'ont traitée. Trente ans ont passé et nous n'avons pas suffisamment évolué.

Il avait échoué en tant qu'Alpha et il le savait.

— Gideon, arrête, dit-elle d'un ton brusque, sa louve transparaissant dans sa voix.

Il baissa les yeux sur elle, les sourcils froncés.

— Ta meute a eu affaire à la mort et à la souffrance pendant combien de temps ? Plusieurs décennies ?

Il acquiesça d'un signe de tête. Joseph avait été l'Alpha pendant bien plus longtemps.

— Plus d'un siècle.

Elle en resta bouche bée.

— Par la déesse ! Et ça ne fait que trente ans que tu as pris la relève ? Pendant cette période, tu as conclu une trêve et un traité avec les Redwood, aidé à vaincre un démon et trouvé un moyen de briser la malédiction des unions qui pesait sur ton peuple. Les soumis, même s'ils ne sont pas encore en pleine forme, sont bien en vie. Les maternelles élèvent les louveteaux pour qu'ils deviennent de magnifiques loups. Certes, certains devraient changer de mentalité au risque d'être chassés de la meute, mais absolument toutes les meutes ont des problèmes. Quand on aura découvert qui a fait sauter la maison des maternelles, tu auras bien avancé. Je sais que notre union n'a pas été la plus facile, mais bon, je ne corresponds pas exactement à l'image que se faisaient les gens de ta compagne idéale. (Elle lui décocha un sourire teinté d'ironie.) Je suis la preuve qu'ils se sont trompés, cependant. Je sens les liens de la meute. Ils deviennent plus forts. Tu es un bon Alpha, Gideon.

Il poussa un soupir tremblant et serra son corps contre lui à lui faire mal. Elle ne partait pas, ne le regardait pas comme s'il était un monstre à cause de ce qu'il avait vu et parce qu'il avait été obligé d'attendre si longtemps pour changer les choses.

Elle lui caressa le dos.

— Tu es un Alpha dont on peut tous être fiers. On est encore en train de trouver nos marques dans cette histoire d'union, et on continuera pendant les prochaines décennies, mais on le fera côte à côte. D'accord ?

— Tu es trop bien pour moi, petite louve.

— Non, je suis juste parfaite pour toi, chuchota-t-elle.

Il sourit et l'embrassa sur la tempe.

— On retrouvera le loup qui a attaqué notre meute. On retrouvera Leo. Je ne laisserai pas ma meute aller à vau-l'eau. Pas après tout ce qu'on a traversé.

Elle s'écarta, un grand sourire aux lèvres.

— Je reconnais bien là mon Alpha.

« Son » Alpha. Voilà qui lui plaisait.

Il lui encadra le visage des mains, son loup appuyant avec force contre lui. Cette nuit-là aurait lieu la chasse de la pleine lune et son loup affleurait déjà. Il avait beau le contrôler parfaitement, avec le stress des derniers événements, ses émotions exacerbées par la pleine lune et ce qui était arrivé à Brie, il savait qu'il devrait courir jusqu'à l'épuisement.

— Tu dois te pardonner, Gideon, chuchota-t-elle, faisant hurler son loup à la mort. Tu ne pourras pas avancer sinon.

— Ceux qui ne trouveront jamais leur compagnon, ne verront jamais leurs enfants grandir ou ne pourront jamais plus respirer pourraient avoir un autre avis.

— Oh ! bébé, chuchota-t-elle.

Il aimait l'entendre l'appeler « bébé » tout bas. Non qu'il veuille qu'elle le fasse en public.

— Tu ne peux pas laisser ce qui t'a été imposé te bouffer de l'intérieur. Tu t'es battu pour les tiens dès que tu l'as pu. Tu n'en es peut-être pas convaincu, mais tu es l'Alpha que tu étais destiné à être à ta naissance, pas l'Alpha qu'on a tenté de t'obliger à devenir.

Il l'embrassa alors, ayant besoin d'elle plus qu'il n'aurait jamais cru avoir besoin de quelqu'un. Elle enlaça sa langue à la sienne et poussa un petit cri dans sa bouche quand il fit descendre sa main dans son dos pour lui empoigner les fesses.

— Mienne, grogna-t-il, lui mordant la lèvre inférieure.

— Tienne, chuchota-t-elle avant de déglutir péniblement. Je…

Son loup dressa l'oreille, guettant ce qu'elle avait à dire, espérant que c'était ce qu'il souhaitait entendre.

— Gideon ?

Une voix s'éleva de l'autre côté de la porte.

Brie s'écarta et il jura.

— Entre, Brynn, cria-t-il.

La chasse ne commencerait pas avant une heure, mais, si Brynn était là à cette heure, c'était qu'elle avait besoin de quelque chose.

Sa sœur glissa la tête à l'intérieur et rougit.

— Désolée de vous déranger. Je… je peux repasser plus tard. Ou je vous verrai à la chasse.

Il ouvrit la bouche pour lui dire de ramener ses fesses, mais Brie le prit de vitesse. Même si elle ne portait que sa chemise, elle se leva et saisit les mains dc Brynn dans les siennes.

— Ne dis pas n'importe quoi. Tu ne t'es pas déplacée sans raison. Entre. Tu veux du café ?

Il reconnaissait bien là sa compagne, la parfaite petite maîtresse de maison soumise. Il se passait quelque chose avec Brynn, cela faisait un moment qu'il en avait conscience, mais il n'arrivait pas à mettre le doigt dessus. Il ne voulait pas la mettre au pied du mur pour lui arracher une explication car elle avait l'air de gérer, mais il aimait le fait que sa compagne semblait s'être aperçue elle aussi qu'il y avait un problème. C'était ça être l'Alpha. Il n'était pas question que de sortir les griffes en grognant ; il s'agissait de prendre soin de la meute de toutes les façons possibles. Certes, sa famille endossait aussi les responsabilités relatives à leurs différentes fonctions, mais il existait certaines choses qu'il était le seul à pouvoir faire – avec Brie. Que sa louve ait véritablement besoin de prendre soin des autres était un avantage dans ce cas-là. Il n'y avait jamais réfléchi avant, mais il était sacrément chanceux de l'avoir.

Brynn les regarda tous deux en clignant des yeux puis esquissa un sourire triste.

— J'adorerais un café, merci, Brie.

Brie encadra le visage de Brynn des mains.

— Tu es ma sœur maintenant. Laisse-moi prendre soin de toi.

Brynn sourit avec un peu plus d'entrain cette fois.

— Ouais, je suppose. Je n'ai pas l'habitude d'être entourée d'autres femmes.

Brie s'esclaffa doucement et partit chercher du café.

— Ouais, je suppose que chez les Brentwood c'est la testostérone qui domine.

— Putain, ouais ! grogna Gideon en souriant.

Brynn roula des yeux et s'assit à côté de lui sur le canapé. Il passa le bras autour de ses épaules et l'attira tout contre lui. Elle était si dominante qu'elle le laissait rarement l'étreindre ainsi. Le fait qu'elle semblait en avoir besoin en disait long.

— Tu vas me dire ce qui ne va pas ? demanda-t-il.

— Je ne peux rien te dire, chuchota-t-elle. Pas encore.

Il hocha la tête et frotta son menton contre sa tête. Brie s'installa de l'autre côté de Brynn et posa la tasse de café sur la table basse avant d'envelopper la sœur de Gideon de ses bras.

— On sera là quand tu auras besoin de nous, dit-elle doucement. Tu n'as pas à tout garder pour toi.

Brynn s'écarta pour leur décocher un sourire à tous les deux.

— Avec Brie ici, je ne crois pas qu'on puisse cacher ses pensées pendant bien longtemps.

Gideon adressa un grand sourire à sa sœur puis à sa compagne.

— Ce n'est pas faux.

Il serra ses petites femmes tout contre lui, leur présence comblant son loup. Il ferait n'importe quoi pour sa meute, pour sa famille – même attendre le bon moment pour les aider.

Cette chasse sera différente, songea Gideon, le ressentant au plus profond de son être. Cette fois-ci il n'était pas question de présenter Brie à la meute, mais de passer un moment tous ensemble. La lune trônait haut dans le ciel, la tension palpable dans l'air. C'était une tension différente cependant, qui n'était pas importune. Ses loups avaient besoin de courir pour laisser vagabonder leur partie animale. Cette fois-ci personne ne dévisageait Brie comme si elle était nouvelle.

Il restait peut-être de l'animosité, mais il ne la percevait pas autant qu'avant. Quelque chose lui disait que le fait que Brie avait insisté pour se charger de certains de ses devoirs y était pour beaucoup – ainsi que la façon dont elle avait pris soin des victimes de l'explosion qui avait fait tant de blessés. Malgré ses coupures et ses ecchymoses, elle s'était tenue à son côté. Elle avait une force que les autres n'avaient pas vue parce qu'ils s'étaient arrêtés aux apparences.

Parce qu'*il* s'était arrêté aux apparences.

Sa compagne têtue était un don de la déesse. Il ne referait pas cette erreur.

Il attira Brie près de lui et passa le menton sur sa tête.

— Prête à partir chasser?

Brie grimaça et il éclata de rire.

— J'ai envie de courir, mais je n'ai jamais été très friande des petits lapins que je vois bondir devant moi.

Il l'embrassa sur le nez et elle battit des cils en le dévisageant.

— On courra ensemble. (Il lui prit le visage entre les mains, le ton sérieux.) Si certains se mesurent à toi, je ferai de mon mieux pour les laisser vivre, mais je ne peux rien te promettre.

Elle secoua la tête.

— Ce n'est pas pareil cette fois. Je suis vraiment ta compagne et pas juste une nouvelle recrue, mais merci pour tes efforts.

Elle se dressa sur la pointe des pieds et l'embrassa tendrement.

Vraiment sa compagne. Oui, il supposait que c'était le cas. Il n'était pas aussi… en colère qu'il l'avait été avant et Brie paraissait plus forte à présent, mieux dans sa peau.

Il l'embrassa à pleine bouche puis s'écarta, rejetant la tête en arrière pour hurler à la lune. Les autres loups se joignirent à lui, leurs chants une harmonie mélodieuse qui apaisa son loup. Des temps dangereux se préparaient et il restait beaucoup de non-dits, mais cette nuit-là leur meute courrait comme un seul loup.

Lorsque le dernier hurlement s'éteignit, ils se transformèrent, chacun à son rythme, leurs corps se tordant et se reformant en leur *alter ego* à quatre pattes. Quand Brie eut terminé, il lui lécha le museau, lui mordit avec douceur l'encolure puis s'élança. Elle courut à côté de lui, à une allure qui n'avait rien d'éreintant mais correspondait exactement à ce dont avaient besoin leurs loups.

Il sentait les autres loups autour d'eux, qui se tenaient à distance sans trop s'éloigner d'eux. Brynn et les autres les suivaient, sur leurs gardes tout en laissant jouer leurs loups. Ils traversèrent la forêt, bondissant par-dessus des troncs couchés et des flaques laissées par la pluie qui était tombée dans la journée.

Son loup savait que quelque chose était sur le point de se produire, mais ignorait quand. Ce ne serait pas cette nuit-là – ils profiteraient au moins de ce sursis –, mais Gideon ferait tout son possible pour chérir le temps dont il disposait. C'était le moins qu'il puisse faire.

Lorsque le premier hurlement déchira l'air, il s'arrêta, son loup frappé d'un émerveillement plein de déférence. L'homme ne savait peut-être pas ce que signifiait ce cri, mais le loup si, grâce aux liens. Brie le rejoignit, les yeux écarquillés.

Le chant des loups n'était pas pour lui, ni même pour la meute dans son ensemble… il était pour elle.

Ils la revendiquaient comme étant leur.

Elle était sortie vivante d'un édifice en feu et avait pris soin des victimes innocentes.

Elle avait tenu tête aux dominants autour d'elle et leur avait ordonné de s'occuper des autres, pas d'elle.

Elle était véritablement devenue la compagne de l'Alpha.

Il rejeta la tête en arrière et hurla avec eux, partageant ses émotions à travers le lien d'union. Il n'était pas sûr qu'elle comprenne, et, quand l'écho du dernier hurlement retentit, il l'entraîna vers un petit lac situé sur leurs terres où ils ne seraient pas dérangés. Il sentait la présence de Kameron et Ryder à proximité, mais ils n'étaient pas à portée de voix. Ils empêcheraient les autres de venir tremper les orteils dans le lac et d'en voir trop.

Alors que d'autres évacueraient l'adrénaline de la chasse en attrapant et dévorant une proie, en se bagarrant pour de faux ou en trouvant un autre loup pour un rapprochement intime, il ne voulait que sa Brie.

Il reprit forme humaine et elle en fit autant, conservant les yeux de sa louve. Sa poitrine se dressait, ses mamelons durs comme des cailloux. Il humait le parfum de son émoi qui se mêlait au sien. Incapable de se retenir plus longtemps, il écrasa sa bouche contre la sienne, entortillant les doigts dans ses cheveux. Sa queue, dure comme la pierre, appuyait contre le ventre de Brie.

— Ils hurlaient pour toi, lui annonça-t-il en haletant quand il s'écarta.

Elle empoigna son membre, lui coupant le souffle.

— Pour moi ? demanda-t-elle, faisant monter et descendre sa main, avant de serrer.

Ses yeux chavirèrent et il compta jusqu'à dix. Hors de question d'éjaculer prématurément. Il suffirait d'une caresse pour qu'il soit prêt à grimper aux rideaux.

— Ils t'accueillaient, dit-il, lui mordillant les lèvres, le cou, la langue.

Il explora son corps des mains, lui pinçant et lui tirant les tétons, adorant le petit cri qu'il lui arrachait chaque fois.

— Je… je ne sais pas quoi dire, chuchota-t-elle, la respiration haletante alors qu'il descendait la main jusqu'à sa toison bouclée.

— Ne dis rien, grogna-t-il avant de l'embrasser encore. On pourra en parler plus tard, petite louve. Tu leur appartiens comme ils t'appartiennent, mais, là tout de suite, tu es mienne.

L'appel de l'union le travaillait méchamment, mais il savait que c'était aussi sa compagne qui lui mettait des étoiles plein les yeux, qui lui donnait envie de la baiser et de la lécher jusqu'à ce qu'ils soient tous deux hors d'haleine.

Les yeux toujours plongés dans les siens, il la pénétra avec deux doigts. Elle entrouvrit la bouche, un cri silencieux s'en échappant. Il effectua un mouvement de va-et-vient, son sexe si mouillé qu'il savait qu'il pourrait y enfouir sa queue d'un coup, sans rencontrer de résistance.

Il voulait, non, avait besoin de la goûter d'abord. Il tourna la main, passant le pouce sur son clitoris tandis qu'il la baisait avec les doigts, cherchant à la faire jouir sur sa main. Il l'embrassa encore, gardant les yeux ouverts pour la regarder se faire emporter par une vague de volupté, le corps tremblant contre le sien. Quand il écarta la main, les yeux rivés sur elle, il lécha son nectar sur ses doigts.

— Trop. Délicieux. Putain !

Elle grogna et lui sauta dessus. Il ne s'y attendait pas et tomba à la renverse, la terre et les brindilles lui rentrant dans la peau.

— Je te veux. Maintenant.

À ces mots il se fendit d'un large sourire et lui passa les mains dans le dos et sur les fesses. Quand il les serra, elle poussa un gémissement.

— En selle, petite louve.

— Non. Je veux que tu jouisses dans ma bouche d'abord. (Elle sourit de toutes ses dents et il gémit.) Tu es l'Alpha, mon compagnon à moi, tu récupéreras assez vite pour me baiser comme une brute une fois que je me serai occupée de toi.

Il grogna, se hissant sur ses avant-bras pour lui mordre la lèvre inférieure. Fort.

— J'aime quand tu dis des choses cochonnes. (Il lui empoigna les cheveux en une étreinte impitoyable.) Je reste aux commandes, petite louve, c'est compris ?

Elle hocha la tête puis remua les fesses alors qu'elle était à quatre pattes au-dessus de lui.

— S'il te plaît.

— Une vraie allumeuse. (Il l'embrassa puis la poussa vers sa queue, voulant qu'elle le prenne dans sa bouche.) Suce-moi. Tu sais quoi faire.

Elle l'enveloppa dans sa bouche et il dut mobiliser toutes ses forces pour ne pas fermer les yeux et lui éjaculer dans la gorge sur-le-champ. La main sur sa tête, il la guida, et prit appui sur son autre bras pour la regarder s'activer. Elle fit glisser sa bouche de haut en bas sur sa longueur, lui titillant la fente de la langue avant de lui faire d'autres gâteries partout ailleurs. Elle lui planta les ongles dans les cuisses, son corps un arc de toute beauté alors qu'elle lui faisait une fellation.

Putain ! il adorait la regarder s'activer, s'échiner sur lui. Il avait beau être l'Alpha, il était à sa merci – et ils le savaient tous les deux.

Ses testicules se contractèrent quand elle creusa les joues, et il lui tira les cheveux.

— Je vais jouir, petite louve, écarte-toi.

Elle lui enfonça les griffes dans les cuisses et il cria, éjaculant au fond de sa gorge, submergé par une immense vague d'euphorie. Il la repoussa dès qu'il y vit de nouveau clair et l'embrassa. Passionnément.

— Putain ! tu es tellement sexy, Brie.

Elle lui mordit la lèvre supérieure et se fendit d'un grand sourire.

— Tu es plutôt sexy aussi, Gideon.

Ils étaient à genoux, leurs corps collés l'un à l'autre. Il était encore dur et elle n'avait joui qu'une fois. Sa pauvre petite louve !

— À quatre pattes.

Elle écarquilla les yeux, entrouvrant la bouche. Il s'écarta prestement et elle s'exécuta, remuant de nouveau le postérieur. Il se mit en position puis lui donna une claque sur les fesses. Elle poussa un cri, avant de gémir.

— Tu m'allumes, grogna-t-il.

Il se pencha au-dessus d'elle pour lui mordre le cou. Elle se figea, le corps chaud et prêt. Il la marqua encore une fois puis lécha la plaie, son loup brûlant de la revendiquer encore.

Il se plaça à l'entrée de son intimité, lui empoigna les hanches et glissa en elle d'une poussée. Ils crièrent tous deux quand il s'enfouit complètement en elle, mais il ne resta pas inactif. Il commença à aller et venir, percevant son désir passionné qui se mêlait au sien à travers leur lien.

Il se pencha en avant pour faire rouler ses tétons dans sa main tout en la maintenant immobile.

— Gideon. S'il te plaît. Fais-moi jouir. J'ai besoin de jouir.

Il l'embrassa quand elle le regarda par-dessus son épaule, lui assenant sans relâche de violents coups de reins. Il sentait qu'elle était glissante et gonflée. Elle y était presque, mais ce n'était pas encore assez. Il descendit la main sur son ventre et lui tapota le clitoris du doigt.

Une vague orgasmique l'emporta et elle se cambra alors que son intimité se serrait autour de sa queue. Il était à deux doigts de jouir encore, mais il voulait qu'elle chevauche cette vague une nouvelle fois avant de la suivre. Gardant le rythme, il poursuivit ses va-et-vient, adorant la façon qu'elle avait de venir à la rencontre de chacun de ses assauts, lui appuyant contre les hanches, lui permettant de s'enfouir toujours plus profondément.

Ayant besoin de voir son visage quand il jouirait, il se retira, la renversa sur le dos – en prenant soin de la rattraper avec ses mains pour qu'elle ne se blesse pas sur le sol inégal – et grogna.

— Gideon, dit-elle, haletante, les yeux écarquillés.

Il lui saisit le genou, lui leva la jambe sur le côté et glissa en elle. Ainsi il pouvait la pénétrer encore plus profondément. Elle gémit, son sexe palpitant de nouveau autour de lui. Il la baisa à une cadence effrénée, son loup hurlant à la lune.

Quand elle jouit encore, il s'autorisa cette fois à l'accompagner, incapable de se retenir plus longtemps. Il la remplit, les laissant tous deux luisants de sueur et essoufflés. Il était encore en elle quand il l'attira à lui et roula sur le côté pour qu'elle soit affalée sur son torse.

Tous les mots étaient inutiles, il n'y avait plus rien à dire. Elle était sa compagne.

Sienne.

Chapitre 15

— Les repas chez les Jamenson sont-ils toujours aussi bruyants ? demanda Brandon en se penchant vers Brie.

L'Omega des Griffes était l'un des frères qu'elle ne connaissait pas très bien, mais elle tentait d'y remédier. Il se trouvait aussi être assis à côté d'elle lors de son premier repas de famille avec les Brentwood.

— Plus bruyants encore, répondit-elle. Ils se tenaient avant chez mes grands-parents, et, quand tout le monde s'est mis à faire des bébés, ils ont juste ajouté plus de place autour de la table. (Elle s'interrompit, une douleur familière lui transperçant le cœur.) Puis, quand Kade et Mélanie sont devenus le couple Alpha, les repas ont eu lieu chez eux. Ils sont une fratrie de sept, à laquelle viennent s'ajouter leurs nombreux enfants. Et puis bien sûr les Exécuteurs et d'autres personnes passent parfois. Ce n'est jamais silencieux.

Brandon plissa les yeux un instant, et la douleur qu'avait ressentie Brie s'effaça peu à peu. Elle posa la main sur son bras et secoua la tête.

— Tu n'as pas besoin de me l'enlever. Je suis habituée à cette douleur maintenant. Elle fait partie de moi.

— Il m'arrive parfois de le faire sans même m'en rendre compte, répondit-il franchement.

En tant qu'Omega, il n'aurait pas été capable de sentir la souffrance de quelqu'un sans penser à l'aider, mais elle ne voulait pas non plus qu'il soit submergé.

— Tu fais ça depuis seulement trente ans, c'est ça ? demanda-t-elle.

« Seulement » aurait pu sonner sarcastique aux oreilles d'un humain, mais c'était différent pour les loups.

— Ouais, répondit-il. On a tous reçu nos pouvoirs en même temps et alors qu'on était déjà relativement avancés en âge. Les autres refusaient de renoncer à leurs… devoirs.

Ça se tenait. En général la hiérarchie était remplacée par la génération suivante – les enfants de l'Alpha et parfois des personnes extérieures à la famille – lorsque les deux étaient prêtes. À moins, comme cela avait été le cas pour les Redwood, que la mort change la donne. Dans le cas des Griffes, la hiérarchie en place avait été trop égoïste pour laisser se développer une meute saine.

— Eh bien, vous avez tous de l'expérience maintenant en tout cas, dit-elle, tentant de dissiper la gêne qui s'était installée.

Il lui adressa un petit sourire avant que celui-ci s'efface de son visage. Ayant grandi auprès d'un Omega qui avait vécu l'enfer, elle comprenait qu'en raison de son douloureux fardeau Brandon ne recherche pas la présence de ses congénères. Elle le laisserait tranquille tant qu'il n'aurait pas l'air d'avoir besoin d'un répit.

Gideon posa la main sur sa nuque et sa louve dressa l'oreille. Il était toujours concentré sur Mitchell avec qui il discutait, mais au simple fait qu'il ne puisse s'empêcher de la toucher son cœur se gonfla de joie.

Chacun des Brentwood avait des secrets, et Brie espérait qu'ils se sentiraient un jour suffisamment en confiance pour s'en ouvrir auprès d'elle. Ou, du moins, pour certains d'entre eux. Après tout, elle n'avait pas besoin de tout savoir. Elle souhaitait juste avoir le sentiment de faire partie de la famille. C'était déjà en bonne voie. Bientôt, tout le monde prit congé et elle se retrouva dehors sur le pas de la porte en train de bavarder avec Walker. Gideon était allé chez Mitchell avec Brynn pour discuter de la battue en cours pour retrouver Leo. Elle savait que les lieutenants l'entouraient, elle sentait leur présence et n'était donc pas vraiment seule.

Il avait beau être l'un des plus jeunes frères puisque c'était l'un des triplés, comme Brandon, les responsabilités de Walker le faisaient paraître beaucoup plus âgé. Alors que Brandon était enveloppé d'une étrange aura d'innocence qu'elle n'arrivait pas à définir, Walker avait l'air d'être du genre à couver ses secrets.

Le Guérisseur jeta un coup d'œil par-dessus son épaule et baissa la voix.

— Je me suis rendu coupable de négligence, Brie.

Elle inclina la tête sur le côté.

— Comment ça ?

— Je ne t'ai jamais demandé si tu avais besoin d'une forme de contraception depuis que tu as emménagé.

Il ne rougit pas et ne parut pas gêné, mais elle savait grâce à sa louve que ce sujet ne le mettait pas très à l'aise. Très probablement parce que son frère, son Alpha, n'était pas loin.

Elle se mordit la lèvre inférieure et secoua la tête.

— Je… je ne prends rien et on n'en a pas parlé.

Stupide, elle le savait. Ce n'était pas comme s'ils pouvaient attraper des maladies, et ils n'avaient pas mis de préservatifs parce que, au début, ils avaient dû faire sans pour l'union et ensuite… eh bien, elle n'en avait pas voulu.

— Laisse-moi aborder la question avec Gideon. On a été idiots de ne pas le faire.

Walter lui adressa un petit sourire.

— Vous venez juste de vous unir et vous êtes le couple Alpha. Bien sûr que vous voudrez avoir des enfants. Ce qui laisse la question du choix du moment, mais, maintenant que je t'ai mise mal à l'aise, je vais te laisser avec ton compagnon.

Elle secoua la tête et serra le Guérisseur dans ses bras.

— Merci de veiller sur nous. Comme nous autres les loups ne pouvons pas avoir d'enfants en dehors de l'union, ce n'est pas quelque chose auquel on pense. (Elle se maudit.) Même si ma mère m'a mieux élevée que ça.

Walker lui tapota la joue et elle sourit.

— Ne t'inquiète pas. Si Gideon et toi ne vouliez pas inconsciemment des enfants, vous vous seriez tous les deux protégés. Il en va ainsi chez les loups.

Sur ce, il la laissa sur le pas de la porte, plus déconcertée que jamais. De nos jours, on ne voyait plus guère de grossesses accidentelles, mais elle aurait dû y réfléchir avant. Elle posa la main sur son ventre et secoua la tête. Elle parlerait avec Gideon, mais quelque chose lui disait qu'il serait du même avis qu'elle. Les grossesses, quoi qu'on puisse penser vu la taille des familles Jamenson et Brentwood, étaient rares dans leur monde. Chaque naissance était un don de la déesse.

— Brie ?

Elle virevolta sur ses talons au son d'une voix inconnue, et resta bouche bée en découvrant sa propriétaire.

— Iona ?

La femme inclina vivement la tête, gardant le regard baissé.

— J'ignorais que vous aviez un repas de famille ce soir. Je repasserai une autre fois.

Le fait que cette femme qui avait un jour partagé le lit de Gideon et avait été choisie pour s'unir à lui ait baissé les yeux devant elle rendait Brie perplexe. Elle ne savait pas quoi penser de Iona et n'avait jamais eu de conversation avec elle. Elle n'aurait pas dû laisser ses émotions et des ragots obscurcir son jugement, mais c'était précisément ce qu'elle avait fait.

— Ce n'est rien. Tu veux quelque chose ? Si tu es venue parler à Gideon… eh bien, je ne sais pas si ma louve le permettra pour l'instant.

Elle avait beau ne pas être dominante, elle était bel et bien la femelle Alpha de cette femme.

Iona releva le visage mais sans croiser le regard de Brie.

— Je comprends, et, si j'étais à votre place, je ferais la même chose. Je suis en fait venue vous présenter mes excuses.

Brie cligna des yeux.

— Hein ?

La femme se fendit d'un sourire.

— Ouais, je suppose que je suis surprise moi aussi. Je voulais juste que vous sachiez que je n'ai joué aucun rôle dans ce qu'ont comploté les anciens. Ce sont mes dominants et j'ai donc dû leur obéir puisqu'ils ont décrété que c'était une question qui concernait la meute. Je sais que Gideon n'est pas mon compagnon. J'ai été un peu irritée quand il a mis un terme à notre relation. (Elle grimaça.) Mais ça n'avait rien à voir avec ce que vous avez tous les deux maintenant. Alors je suis désolée si je vous ai fait du mal.

— Je… je ne sais pas quoi dire. Je suppose que Shannon et les autres auraient juste trouvé une autre louve pour te remplacer.

— Je crois que oui. C'est tellement stupide, vraiment. Mais, au final, il a trouvé sa compagne véritable, alors je suppose qu'il est gagnant.

Cette conclusion arracha un sourire à Brie.

— Ouais. Je suppose.

Iona ouvrit la bouche pour parler puis fit volte-face. Brie sentit ses cheveux se dresser sur sa tête et ses griffes sortirent.

— Courez ! Allez dans la maison ! lui cria Iona alors que deux loups surgissaient des ténèbres et s'élançaient.

Brie ne fuirait pas.

Un autre loup bondit vers elle et elle lui entailla le flanc de toutes ses forces. Se transformer prendrait trop de temps mais elle pouvait se défendre. Elle envoya une onde de détresse à travers son lien d'union, espérant que Gideon viendrait. Elle n'était pas stupide. Les loups étaient bien trop nombreux pour qu'elle puisse l'emporter toute seule.

Iona taillada un autre loup qui se jetait sur elle et le repoussa.

— Fuyez, Brie ! Je vais les retenir.

Brie grogna, flanquant un coup de pied à un autre loup, sa propre louve ne sachant pas quoi faire. Elle ne voulait pas se battre, mais elle y était obligée si elle voulait survivre. Elle sentit plus qu'elle ne vit les lieutenants sortir de l'obscurité, le corps ensanglanté. Il devait y avoir eu plus de combats qu'elle ne s'en était doutée.

Elle s'était retournée pour affronter un autre loup quand on s'avança derrière elle. On appuya une seringue contre son cou et elle cria, l'esprit embrouillé.

Les ténèbres l'avalèrent tout entière.

Brie fut réveillée par ses propres hurlements.

Elle cligna des yeux une fois. Deux. Elle tenta de se redresser mais découvrit qu'elle était enchaînée à une table.

Sa mère avait un jour été dans cette situation. Pour devenir une louve-garou.

— Tu es réveillée. Bien.

Cette voix. Elle connaissait cette voix.

— Leo ? demanda-t-elle d'un ton rauque.

Elle s'humecta les lèvres, s'apercevant qu'elles étaient couvertes de sang. Oh ! par la déesse, combien de temps était-elle restée inconsciente et où pouvait-elle bien être ? Elle devait rester calme. C'était la seule façon dont elle disposait pour se sortir de ce mauvais pas parce que, si elle se laissait submerger par ses peurs, jamais elle ne survivrait.

L'homme qui se tenait au-dessus d'elle sourit, le regard fou et brillant. Il ressemblait beaucoup aux autres Brentwood, mais la folie qui déformait ses traits changeait tout. Elle avait su que cet homme était dans les parages... attendant son heure.

Ce qu'elle ignorait, c'était comment il avait pu rallier tant de loups à sa cause à l'intérieur des barrières de la tanière.

Gideon était dans une rage folle à présent. Elle ressentait sa souffrance, sa colère à travers leur lien, mais ces émotions étaient émoussées, comme si elle était trop loin pour les percevoir avec netteté. Si seulement elle en savait plus sur leur lien. Certains pouvaient se parler à travers lui et d'autres déterminer leur position exacte.

Leur lien à Gideon et elle était bien trop neuf.

Et s'inquiéter à propos de ce qu'elle ne pouvait pas changer ne l'aiderait pas.

— Je vois que Gideon t'a rempli la tête de mes prouesses passées.

Leo s'humecta les lèvres puis lui passa la main sur le bras.

Elle tressaillit, cherchant à s'écarter, mais elle était solidement attachée. Impossible de bouger. Elle avait beau avoir la force d'une louve, ces chaînes avaient été renforcées par la magie. Il devrait la libérer ou quelqu'un devrait trouver une clé pour qu'elle puisse s'échapper.

Son cœur se mit à battre bruyamment et une vague de douleur la submergea soudain. C'était comme si son corps lui permettait enfin de sentir précisément ce que ce salopard lui avait fait. Elle était encore entièrement habillée et cette atrocité lui avait donc au moins été épargnée, mais elle avait le ventre et les jambes couverts d'entailles.

Leo sourit encore de toutes ses dents et brandit un scalpel ensanglanté. Elle écarquilla les yeux et sa louve la poussa, tentant de s'échapper. En vain cependant. Elle était à sa merci tant qu'elle n'aurait pas conçu un autre plan.

— Oui, Gideon t'a raconté presque tout ce que nous avons fait. T'a-t-il parlé des expériences que nous avons menées sur les soumis ? (Il soupira.) Nous avions beau creuser, nous n'avons jamais trouvé leurs loups. Terriblement dommage, mais les soumis ne sont que des bons à rien de toute façon. (Il se pencha plus près, son souffle putride glissant sur elle.) Je n'arrive pas à croire que mon neveu se soit uni à une soumise.

Elle grogna, tentant de le mordre, mais il recula trop vite.

— J'aime ton style, louve, lâcha-t-il. C'est peut-être ce qui a plu à Gideon aussi. Ce qui a fait qu'il est resté avec toi. Peut-être qu'il a eu pitié de toi parce qu'il a vu tous ces petits loups se faire découper en menus morceaux.

Il rejeta la tête en arrière et éclata de rire tandis que de la bile montait dans la gorge de Brie. Si c'était dans ce contexte qu'avait grandi Gideon, elle était surprise que les frères soient devenus aussi sains d'esprit. Leo était bel et bien un monstre.

— Serais-tu aussi belle découpée en menus morceaux ? murmura-t-il.

— Je. T'emmerde.

Il la gifla et sa tête heurta violemment la table.

— La chienne a du cran. Bon à savoir. (Leo soupira.) Je ne peux pas encore te tuer, tu sais. Ça ne fait pas partie du plan. En fait, je dois te garder en vie. Je peux t'amocher un peu, te faire saigner, mais tu ne mourras pas tant que je n'aurai pas obtenu ce que je veux.

Une sorte d'espoir sinistre s'insinua en elle.

— Tu veux quoi ? demanda-t-elle.

Comme elle n'allait pas mourir sur-le-champ, autant lui soutirer un maximum d'informations. Cet homme cherchait à s'en prendre à son compagnon et à la meute. Il devait crever.

Leo soupira.

— Je veux ce qui me revient.

Quand il ne développa pas, Brie lui reposa la question, s'accrochant toujours à cette petite lueur d'espoir.

— Tu n'es qu'un moyen pour arriver à mes fins, Brie. C'est aussi simple que ça. Dès que Gideon t'aura retrouvée, notre plan se mettra en place. Il ne reste plus que quelques trucs à faire pour que j'obtienne tout ce à quoi j'aspire depuis des décennies.

Il la gifla encore, lui faisant voir trente-six chandelles.

— Mais d'abord je vais m'amuser un peu.

La lame s'enfonça dans son ventre et elle hurla. Il s'esclaffa encore, mais resta concentré sur sa tâche. Il avait dit ne pas vouloir la tuer, mais, par la déesse, ça faisait mal ! Une douleur brûlante sur le fil d'une lame.

Il lui fit deux autres entailles le long des cuisses, mais elle ne cria pas cette fois. Il semblait y prendre un plaisir trop vif. Elle laissa les larmes lui couler sur les joues, sa louve réduite au silence. Elle s'en sortirait forcément, et alors elle trouverait un moyen de tuer ce salopard.

— Il arrive.

Brie regarda sur sa droite et grogna ; sa louve était de nouveau de la partie.

Shannon, cette maudite ancienne des Griffes, secoua la tête.

— Il n'aurait pas dû s'unir à toi, dit-elle simplement. Tu aurais été en sécurité auprès des Redwood.

Elle tapota la joue de Brie, et celle-ci lui mordit la main.

Quand Shannon la gifla, elle ne sentit rien tant sa louve était en rogne.

L'ancienne jura, secouant sa main ensanglantée.

— Sale petite imbécile, grommela-t-elle. Tu aurais été en sécurité, oui. Du moins, jusqu'à ce que nous soyons prêts à soumettre les Redwood également. Mais il a fallu que tu te sacrifies. (Elle roula des yeux, avant de les plisser en regardant par-dessus la tête de Brie.) Arrête de la lorgner comme si tu voulais la taillader encore un peu plus. Nous devons partir maintenant.

— Tout est prêt ? s'enquit Leo d'une voix traînante.

— Oui. Bien sûr. Je sais ce que je fais. (Shannon enfonça une griffe dans le flanc de Brie, et une douleur fulgurante lui irradia dans tout le corps.) Maintenant sois une brave fille et transmets ce message. Dis à ton putain de compagnon que ce n'est pas fini. Ce n'est que le début.

Brie inspira, recouvrant ses forces.

— Il va couper tes liens. Tu seras une louve solitaire. (Elle déglutit bruyamment, la douleur gagnant du terrain, la consumant.) Tu ne pourras pas faire rentrer d'autres complices dans la tanière pour qu'ils se battent. Tu as abattu tes cartes.

Shannon sourit et l'effroi glissa le long de la colonne vertébrale de Brie.

— Vraiment ?

Sur ce, l'ancienne et Leo quittèrent la pièce. Brie tira sur ses chaînes, tentant de se libérer, mais ce fut peine perdue. Sans la clé, jamais elle ne pourrait s'échapper. Clignant des yeux pour dominer ses atroces souffrances, elle parcourut la pièce des yeux à la recherche de la clé et cria quand elle l'aperçut dans le coin le long du mur. Si quelqu'un la trouvait, il pourrait la prendre.

Elle priait juste pour que Gideon soit bientôt là. Elle n'avait pas envie qu'on la sauve comme une damoiselle en détresse, mais elle savait reconnaître quand elle était dépassée. Elle s'était battue, mais ça n'avait pas suffi.

La prochaine fois, elle leur donnerait plus de fil à retordre.

Son lien d'union palpita et elle poussa un cri.

— Gideon !

Il n'était pas loin ; elle savait au moins ça. Elle tira encore sur ses chaînes, consciente que c'était vain, mais elle refusait de simplement rester couchée à attendre qu'on vienne la sauver.

Son compagnon franchit la porte en courant, sous sa forme humaine mais avec son loup dans les yeux.

— Oh putain, petite louve !

Il la rejoignit mais ne la toucha pas, comme s'il craignait de lui faire mal.

Des larmes lui coulèrent sur les joues, mais elle ne s'en soucia pas.

— La clé. Prends la clé.

Parler lui était douloureux, l'adrénaline quittant son corps à présent qu'il était là.

— Où est-elle, bébé ? demanda-t-il, sa voix un grognement sourd.

— Le coin, chuchota-t-elle, ayant du mal à parler.

— Prends la clé, Brynn, cria-t-il derrière lui.

— Je l'ai. Oh, miséricorde ! souffla Brynn. Oh ! Brie, ma chérie, on va te faire sortir d'ici.

— Je crois qu'on y a infusé de la magie, dit Brie, s'efforçant de continuer à parler pour ne pas craquer à présent que son compagnon était là.

Gideon lui passa la main sur la joue. Elle grimaça, ayant été giflée de nombreuses fois, et il poussa un grognement.

— Je ne sais pas où te toucher sans te faire mal.

— Reste juste avec moi, dit-elle simplement.

— Ça y est ! dit Brynn alors que les chaînes retombaient. Brie tenta de se lever mais la douleur lui coupa le souffle. Gideon grogna.

— Ne bouge pas. Walker ! viens ici.

— Tu peux me porter, dit-elle doucement. Je veux juste rentrer à la maison.

— À la maison, chuchota-t-il. C'est dans mes cordes. Si on te déplace tout de suite cependant, on pourrait te faire encore plus de mal. Laisse Walker te guérir juste un peu pour qu'on puisse t'emmener.

Ça se tenait, mais en toute franchise elle ne voulait pas rester dans cette pièce plus longtemps que nécessaire. Brynn sembla comprendre et lui prit la main. Celle-ci était indemne, heureusement.

— Ça ne sera pas long. (Brynn tapota l'oreillette dans son oreille droite et hocha la tête.) Kameron dit que ceux qui étaient là sont partis depuis longtemps.

Elle jura.

— Leo a dit que ce n'était qu'un avertissement, précisa Brie.

Gideon lui effleura les lèvres des siennes avec douceur et elle gémit, non de douleur, mais sous l'effet d'une émotion bien plus déchirante : l'espoir.

— Laisse Walker te guérir et après tu pourras tout nous raconter.

— Je suis là, dit Walker, le regard triste. Ça pourrait faire un peu mal, Brie, mais tu ressentiras ensuite une chaleur.

Elle prit une inspiration.

— Je sais. Je me suis cassé le bras une fois et Hannah l'a guéri.

Walker lui adressa un sourire empreint de douceur.

— Alors laisse-moi juste travailler et ne lutte pas contre le lien du Guérisseur.

Elle eut le souffle coupé quand il se mit à l'œuvre. Il posa les paumes sur ses entailles les plus profondes et une chaleur se répandit dans son corps. Elle éprouva un picotement tandis que sa peau se soudait d'une façon étrange. Se connaissant, elle ne regarda pas ce qu'il faisait précisément.

— Shannon ! cria-t-elle. Bon sang ! Shannon. Elle est dans le coup.

Gideon lui adressa un signe de tête avec raideur.

— On est au courant. J'ai senti son odeur à l'extérieur de la maison ainsi qu'ici. (Il lui couvrit la joue de la main avec douceur, faisant attention à ses ecchymoses.) J'ai coupé son lien avec la meute. Elle a été bannie. Elle ne pourra plus te faire de mal.

— Je suis où ? s'enquit-elle, le corps endolori.

— Dans un vieux bâtiment abandonné à l'extérieur de notre territoire. On ignorait jusqu'à l'existence de cet endroit jusqu'à ce qu'ils t'amènent ici. Viens, petite louve, allons-y.

Brie secoua la tête et grimaça.

— Elle a dit que ce n'était que le début. Elle doit avoir des complices qui font encore partie de la meute.

— Alors nous les retrouverons, dit Kameron derrière Gideon, les yeux remplis de rage. Ils ne s'en prendront pas de nouveau à la meute.

Gideon l'embrassa avant de la soulever dans ses bras quand Walker lui donna le feu vert.

— On terminera cette conversation dans la tanière, mais retiens bien ça, Shannon et Leo ont signé leur arrêt de mort. Je n'aurai aucune pitié pour eux.

— Ils n'en sont pas dignes, dit simplement Brie.

Il croisa son regard et elle y lut le soulagement. Il ne baisserait pas dans son estime s'il tuait ceux qui s'en étaient pris à la meute – y compris à elle. C'était pour cette raison qu'il était l'Alpha et elle l'aimait – avec sa violence et tout.

Et elle n'attendrait pas non plus un autre jour pour le lui dire. Dès qu'ils seraient seuls, elle lui dirait qu'il était sien de toutes les façons possibles et imaginables. L'occasion avait bien failli lui filer sous le nez une fois. Elle ne prendrait plus ce risque.

Leo et Shannon s'en étaient pris à la mauvaise soumise. Il était temps qu'ils apprennent l'existence de toutes sortes de forces.

Une bonne fois pour toutes.

Chapitre 16

Brynn se tenait devant l'une des deux entrées de la tanière, le corps tremblant. Peut-être à cause de ce qu'elle avait vu dans la chambre de torture où ils avaient découvert Brie, mais elle en doutait.

C'était à cause du loup qu'elle était venue retrouver.

Lorsqu'ils étaient tombés sur Iona qui se vidait de son sang sur la route et qui suffoquait encore, le cerveau de Brynn s'était mis à travailler à cent à l'heure. Iona et les lieutenants avaient tué la plupart des loups qui avaient attaqué Brie, mais ils n'avaient pas réussi à empêcher Shannon d'enlever la femelle Alpha. Ils connaissaient l'identité des traîtres, mais ignoraient celle de leurs complices éventuels qui ne s'étaient pas battus. Iona survivrait par la seule force de sa volonté, et le fait qu'elle avait tout fait pour sauver Brie l'avait fait légèrement remonter dans l'estime de Brynn ; néanmoins les choses n'avaient pas tardé ensuite à aller à vau-l'eau.

Ils avaient rallié les troupes et suivi la piste de Brie jusqu'à la chambre de torture de Leo. Malgré la rage qui lui embrouillait l'esprit, Brynn avait pensé à son retour à informer les Redwood de ce qui s'était passé. Elle aurait dû le faire avant de se lancer à la recherche de Brie, mais elle n'avait songé qu'à cette dernière et aux conséquences de son agression au sein de la meute, pas en dehors.

Une erreur qu'elle ne referait pas.

Brie et Gideon étaient enfermés chez eux et Brynn savait qu'ils avaient besoin de rester entre eux. Non seulement ils venaient de s'unir, mais Brie avait bien failli mourir, Comme Walker l'avait guérie, elle ne devait plus trop souffrir, mais elle l'avait échappé de peu. Dès que le loup de Gideon se serait calmé, Brynn et le reste de la bande se réuniraient pour dresser un plan d'attaque ; cependant, ils n'avaient certainement pas besoin qu'on leur fasse une scène.

Et c'était bien ce qui pourrait arriver quand Finn se pointerait.

Finn.

Ce satané loup !

Même si le reste des Redwood avait sans doute voulu venir s'assurer que Brie était bien saine et sauve, Finn avait réussi à les convaincre de le laisser se déplacer uniquement accompagné de sa cousine Charlotte. Finn était l'Héritier et Charlotte était l'une des meilleures amies de Brie et sa cousine. En plus, la jeune femme avait apparemment vécu un enfer quand elle était enfant et serait donc à même d'aider Brie si elle en avait vraiment besoin. Pour une raison ou une autre, le reste de la meute était resté dans la tanière, comptant sur Finn et Charlotte pour tout leur raconter en détail. Elle ne savait pas comment s'y était pris Finn, car elle connaissait Jasper et Willow et ils n'étaient pas du genre à attendre les bras croisés quand leur fille avait un problème.

Ils devaient faire sacrément confiance à Finn.

Si seulement elle avait pu en faire autant.

Ce n'était pas le fait qu'il soit l'Héritier d'une autre meute – non, cela n'était pas un souci – mais parce qu'elle l'avait croisé plusieurs fois à présent et que ce maudit loup ne l'avait pas prise en compte en dehors du fait qu'elle était une Griffes.

Il ne se raidissait pas en sa présence, ne humait pas son parfum. Il ne cherchait pas à la toucher.

Il se comportait comme s'il n'y avait rien entre eux.

Peut-être était-ce le cas. Pour lui.

Finn et Charlotte se garèrent et elle releva le menton.

— Finn. Charlotte.

Elle savait que sa voix était glaciale, mais elle ne pouvait rien y faire. Si elle se laissait aller à éprouver ce que ressentait sa louve, elle craquerait et elle le refusait.

Charlotte, une belle femme aux longs cheveux foncés et aux yeux sombres, lui sourit, même si Brynn vit qu'elle était tendue.

— Merci de m'autoriser à voir ma cousine, Brynn.

Elle serra rapidement Brynn dans ses bras puis s'écarta pour que Finn puisse les rejoindre.

La rage que Brynn lut dans les yeux du jeune homme lui coupa le souffle. Elle savait qu'il était un loup et un Héritier puissants, mais elle n'avait jamais senti son loup comme en cet instant.

— Où est-elle ? lâcha-t-il sans s'encombrer de civilités.

— Finn, arrête de te comporter comme un enfoiré, dit Charlotte d'un ton brusque. Brie va bien et on va aller s'assurer que c'est effectivement le cas pour que nos loups et le reste de la famille ne pètent pas les plombs. Brynn n'est pas responsable de ce qui est arrivé.

À en juger par le regard accusateur de Finn, Brynn doutait qu'il abonde dans ce sens. La culpabilité menaça de l'envahir, et elle savait que Charlotte pensait la même chose que lui. Brie avait failli mourir sous sa garde et elle ne se le pardonnerait jamais si ça se reproduisait. Elle retrouverait Leo et Shannon et les étriperait.

Non qu'elle compte se justifier auprès de Finn. Rien ne l'y obligeait. Il était un Redwood, pas un Griffes. Il n'était rien pour elle.

Ou, du moins, il devrait l'être.

— Laisse-moi te conduire auprès de Brie histoire que tu arrêtes de souffler et de grogner, dit-elle d'un ton brusque, dégoûtée d'avoir laissé le loup l'atteindre.

Finn inspira par le nez, ses narines se dilatant, puis poussa un profond soupir.

— Je suis désolé d'avoir employé ce ton. Tu n'as pas à essuyer ma colère. Je te suis reconnaissant de me conduire auprès de Brie.

— Suivez-moi.

Tellement cérémonieux. Comme s'il n'y avait rien entre eux.

Brynn se mordit méchamment la lèvre inférieure, se laissant submerger par la douleur pour ne pas ressentir celle qui la rongeait à l'intérieur.

Finn Jamenson était son compagnon.

Sa louve le savait.

Sa moitié humaine le savait.

Pourtant, pour une raison ou une autre, Finn semblait l'ignorer.

Il était censé être fait pour elle, mais le destin n'avait jamais dit que la réciproque était vraie.

Elle cligna des yeux pour chasser une unique larme et redressa les épaules alors que Finn et Charlotte la suivaient.

Elle se pencherait sur ces pensées un autre jour. Pour l'heure il était question de Brie et des mesures à prendre pour s'assurer que les Griffes et les Redwood étaient en sécurité. Une menace se profilait à l'horizon, même si elle n'arrivait pas à déterminer quoi. Elle aurait besoin d'avoir la tête sur les épaules.

Qu'elle puisse ne jamais avoir le compagnon après lequel soupirait sa louve était un problème dont elle se soucierait plus tard.

Voire jamais.

Chapitre 17

Gideon avait encore les mains qui tremblaient, ce qui ne l'empêcha pas de palper le corps de Brie. Walker avait guéri chacune de ses entailles, mais cela ne lui semblait pas suffisant. Il devait être absolument certain que sa compagne allait bien. Ils étaient assis dans leur chambre, Brie au pied du lit et lui agenouillé devant elle. Finn et Charlotte étaient passés et repartis convaincus que Brie ne risquait rien, cependant Gideon n'était pas complètement prêt à l'accepter.

Brie le laissa la toucher et la tenir. Elle ne dit rien, mais garda les yeux posés sur lui, comme si elle était celle qui devait l'apaiser et pas le contraire.

Ce qui ne fit que l'enrager encore plus.

Son loup faisait les cent pas, ayant besoin de sang plutôt que de calme. Ils n'avaient pas terminé leur battue et n'avaient pas attrapé Leo pour lui faire payer ce qu'il avait fait à Brie. Shannon courait toujours aussi. Il avait beau avoir coupé son lien, la condamnant à souffrir seule sans la moindre aide, ce n'était pas suffisant. Il avait besoin de la voir mourir pour ses crimes.

L'ancienne avait détruit tant de vies, et c'était sa faute à lui. Il avait été obligé de la garder au sein de la meute à cause de son rang. Dans la pratique, elle n'avait jamais rien fait qui justifiait qu'elle soit bannie ou exécutée. Ce qui lui avait donc laissé la possibilité de tisser sa toile de duplicité pendant bien trop longtemps.

Plus jamais ça.

Brie lui prit le visage entre les mains et il plongea enfin le regard dans ses yeux, cessant d'inspecter les plaies qui avaient été guéries.

— Gideon, mon loup, je t'en prie, respire.

Il prit une profonde inspiration, son loup ayant plus de contrôle qu'il ne l'aurait dû. Il grogna, mais Brie ne se laissa pas démonter. Elle fit descendre sa main sur son torse et son ventre, jusqu'au bord de sa chemise. Lorsqu'elle lui toucha la peau, il retint son souffle mais s'apaisa un peu. Peau à peau… et il fut de nouveau capable de réfléchir.

— Hors de question que tu sois blessée de nouveau, grogna-t-il.

Elle secoua la tête.

— Cela pourrait encore arriver, Gideon. (Elle planta les ongles dans son torse quand un grondement sourd s'en éleva, l'ancrant dans l'instant présent.) Notre monde est à l'aube d'une nouvelle ère, on le sait. Leo et Shannon n'en ont pas encore fini. Je ne vais pas rester assise à ne rien faire pendant que d'autres meurent pour moi.

Il lui pinça le menton pour pouvoir plonger les yeux dans les siens.

— Je ne peux pas te perdre. Tu comprends ça ? Tu n'étais pas censée être mienne. Je suis, et je le serai toujours, trop dangereux pour toi, mais je suis égoïste et je te veux quand même. Maintenant que je t'ai, tu ne peux pas me quitter. Je ne te laisserai pas partir – ni être blessée parce que d'autres veulent t'arracher à moi.

Ses yeux se remplirent de larmes et elle se pencha en avant, l'obligeant à lui lâcher le menton alors qu'elle appuyait les lèvres avec douceur contre son torse.

— Je suis là. Je n'irai nulle part.

Il poussa un soupir tremblant puis l'attira tout contre lui, ayant plus besoin d'elle qu'il ne l'aurait jamais cru possible. Il l'embrassa sur le sommet de la tête et passa une nouvelle fois les mains sur son corps, juste au cas où quelque chose lui aurait échappé les quatre premières fois.

Son loup le tanna, voulant plus de contact physique. Il glissa les mains sous la chemise de la jeune femme, sa chaleur corporelle l'apaisant et le mettant encore plus à cran tout à la fois.

— Tu ne peux pas me quitter, souffla-t-il.

— On ne laisse personne s'en prendre à notre meute, Gideon.

— La meute fait partie de moi, dit celui-ci dans un accès de franchise. Mais elle n'est pas toi. (Il s'écarta pour qu'elle puisse lire la vérité dans ses yeux.) Tu n'étais pas censée compter autant, mais apaiser les liens au sein de la meute. Tu n'étais pas censée être mon cœur.

Brie le dévisagea en clignant des yeux, le regard embué de larmes.

— Je suis restée à l'écart pendant si longtemps parce que je ne pensais pas être assez bien, assez forte pour être ta compagne.

Il grogna.

— Tu as eu tort, putain ! J'ai eu tort. Tu es plus forte que tous les loups que j'aie jamais rencontrés.

Elle secoua la tête.

— Je n'irais pas aussi loin.

— Si. Cela requiert de la force de caractère et du courage de gouverner une meute à mon côté sans avoir soif de domination. Voilà ce qui te rend forte. Pourquoi tu es mienne, petite louve.

— Je savais que tu me retrouverais. J'ai essayé de m'en sortir seule, et, quand je n'ai pas réussi, j'ai fait de mon mieux pour rester calme et découvrir un autre moyen de me libérer. Pendant tout ce temps, cependant, je savais que tu viendrais. (Elle déglutit péniblement.) Quand je me suis unie à toi, j'ai cru que tu ne me ferais pas de place dans ta vie. Je n'aurais jamais pensé faire à ce point confiance à quelqu'un. Je te fais confiance, Gideon. Je te confie tout ce que je suis.

Il l'embrassa alors, un doux frôlement de lèvres pour ne pas la faire fuir.

— Je t'aime tant, putain ! petite louve. Tu es dans mon cœur, mon âme. Tu es tout pour moi. S'il t'arrivait quoi que ce soit, j'ignore ce que je ferais. (Il poussa un soupir tremblant, mettant son âme à nue comme il ne s'en serait jamais cru capable.) Je t'aime, Brie Brentwood. Je t'aime de toutes les fibres de mon être et de mon loup. Aime-moi en retour et je te promets que je ferai de mon mieux pour m'assurer que tu es chérie et aimée jusqu'à la fin de mes jours.

Des larmes roulèrent sur les joues de sa compagne et il les essuya une à une d'un baiser, n'aimant pas la voir pleurer.

— Ne pleure pas, petite louve, chuchota-t-il.

— Je vais pleurer, Gideon. Je vais beaucoup pleurer. Plus d'une fois. C'est plus fort que moi. C'est qui je suis. Mais, là tout de suite ? je pleure parce que je suis tellement heureuse. Je n'ai jamais cru que je trouverais mon compagnon. (Elle secoua la tête.) Non, ce n'est pas exact. Je t'ai trouvé bien avant que tu me trouves. Je n'aurais juste jamais cru que je me laisserais attraper. (Elle s'humecta les lèvres et il sentit son loup lui frôler la peau.) Je t'aime, mon compagnon, mon Alpha, mon Gideon.

Il s'empara alors de ses lèvres, incapable de se retenir plus longtemps. Il lui mordilla la lèvre inférieure, puis le menton, adorant les petits halètements qu'elle poussait. Il entrelaça sa langue à la sienne quand il revint à sa bouche. Elle avait un goût sucré et de sa Brie, une saveur unique en soi. Il aurait soif de celle-ci jusqu'à la fin des temps et ne se lasserait jamais d'elle. Lorsqu'il le lui dit, elle serra les jambes autour de lui, l'attirant plus près.

Il lui enleva sa chemise et gémit à la vue de ses seins habillés de dentelles, pleins et guillerets – parfaits pour ses mains. Elle tendit la main derrière elle, un air entendu sur le visage, et dégrafa son soutien-gorge. Quand les bonnets tombèrent, elle les fit glisser peu à peu pour révéler sa voluptueuse poitrine couronnée de rose. Incapable de résister, il prit un sein dans sa main, adorant son poids. Il en effleura le mamelon du pouce, lui coupant le souffle.

— J'adore que tu sois aussi moelleuse, aussi pleine et ronde. Il y a largement de quoi saisir à pleines mains et c'est facile de t'empoigner quand je te baise.

Elle rougit, même si elle arqua un sourcil.

— La plupart des femmes – surtout les louves – n'aiment pas être décrites par des termes comme « pleine », « ronde » ou « moelleuse », mon Alpha à moi.

Il lui pinça le téton et elle rejeta la tête en arrière.

— Tu n'es pas la plupart des femmes. Tu es adorable et mienne. Et je t'aime tout entière. Je t'adore, putain ! tout entière. Ne l'oublie jamais.

Il se pencha et aspira un mamelon dans sa bouche, jouant adroitement avec l'autre des doigts. Elle entortilla les doigts dans ses cheveux, le tirant encore plus vers elle. Il grogna doucement, la mordillant jusqu'à ce qu'elle se fige, le cœur battant.

— Je vais me délecter de tes nichons puis te lécher le corps en descendant jusqu'à ta chatte, dit Gideon d'une voix rauque, lui donnant des coups de langue et des baisers entre chaque mot. J'adore ta saveur, petite louve. Tu es si sucrée et juteuse, comme une pêche mûre, bien ronde et délectable.

— Tu deviens doué pour dire des trucs cochons.

Elle gloussa, avant de pousser un petit cri quand il se frotta contre la couture de son jean entre ses cuisses.

— Tu n'as encore rien vu, promit-il avant d'être fidèle à sa promesse, se délectant de sa poitrine.

Elle trembla dans son étreinte, se courbant alors qu'elle jouissait sous ses caresses.

— Nom de Dieu ! je n'ai jamais eu d'orgasme quand tu me caressais les seins avant.

Il se fendit d'un grand sourire.

— On n'est ensemble que depuis peu de temps toi et moi, dit-il, s'attaquant des doigts au bouton de son jean.

Elle souleva les fesses, l'aidant à lui ôter le reste de ses vêtements, offrant sa nudité à son regard, à ses caresses.

— Je vais adorer découvrir quelles parties de toi ont meilleur goût et celles qui te font frissonner et jouir quand je les touche.

Elle se pencha en arrière et posa le pied sur son épaule.

— Je t'en prie, le taquina-t-elle, lui arrachant un grognement.

— J'adore quand tu essaies de prendre le contrôle. (Un grand sourire aux lèvres, il lui embrassa l'arrière du genou et elle poussa un petit cri.) « Essaies » est le bon terme ici. Parce que j'aurai toujours le contrôle, Brie. Je ne suis pas le genre d'homme capable d'y renoncer.

— Je ne te changerais pour rien au monde.

Il traça un chemin de baisers jusqu'à l'intérieur de sa cuisse puis s'arrêta juste avant de parvenir à son sexe chaud.

Elle se poussa contre lui, mais il recula quand elle geignit, décidant de réserver le même traitement à son autre jambe. Il avait ses deux cuisses sur ses épaules et son sexe devant le visage, prêt, mouillé, tout à lui.

— Caresse-toi les seins pour moi, Brie. Joue avec tes tétons pendant que je te bouffe la chatte. Je veux que tu sentes chaque coup de langue, chaque coup de dent et que tu jouisses sur ma langue avant que je glisse en toi.

Elle frissonna, les prunelles sombres et cerclées d'or.

— Je vais jouir rien qu'en t'entendant parler.

Il lui embrassa encore l'intérieur de la cuisse à l'endroit où elle rejoignait la hanche.

— Un défi.

Elle s'appuya sur ses coudes et commença à rouler ses tétons entre ses doigts. Il s'humecta les lèvres, la vision de Brie qui se caressait lui étant presque insoutenable. Mais il brûlait de la goûter comme jamais et réprima l'envie de la pénétrer d'une poussée. Il lui écarta les cuisses, l'exposant à son regard, le désir le submergeant. Son clitoris était gonflé, petit paquet de nerfs qui pointait le bout de son nez derrière son capuchon. Elle était luisante, rose et mouillée après son orgasme, mais il refusait qu'elle s'arrête à un seul. Non, il lui en donnerait au moins deux autres cette nuit, peut-être plus si sa petite louve y était prête.

Il baissa la tête et aspira son clitoris dans sa bouche. Elle bondit au-dessus du lit et il posa la main sur sa hanche, la maintenant en place. Il lui donna des petits coups de langue sans relâche, avant de titiller sa fente du doigt.

— S'il te plaît ! Gideon, j'en veux plus. J'y suis presque.

Il grogna, les vibrations arrachant un petit cri à la jeune femme. Bien.

Il la baisa avec un doigt puis un deuxième, tout en gardant la bouche sur elle, adorant l'entendre gémir et haleter à chacun de ses assauts.

Quand elle jouit, son nom s'échappant de ses lèvres, il lécha chaque goutte de son nectar, refusant d'en perdre une seule. Le corps alerte, il se leva et se dévêtit, le loup près d'émerger mais l'homme toujours aux commandes.

En un clin d'œil il fut au-dessus d'elle, s'enfouissant brusquement en elle d'un seul coup de reins. Ils crièrent tous deux, leurs corps se figeant.

— Je t'aime, grogna-t-il, s'emparant de ses lèvres. Je… (nouvel assaut) t'aime… (nouvel assaut).

Elle enroula les jambes autour de sa taille et lui planta les ongles dans les fesses.

— Je t'aime aussi. Maintenant, baise-moi. Fais-moi l'amour. Fais-moi tienne.

Il l'embrassa encore, ondulant des hanches à un rythme effréné. Son sexe l'agrippa quand elle jouit encore, mais il ne s'arrêta pas. Il l'amènerait à un autre orgasme et grimperait aux rideaux à son tour, mais pas avant. Il voulait qu'elle soit comblée, sienne pour toujours et à jamais.

Lorsqu'elle jouit de nouveau, laissant retomber ses bras sur le côté, il lui assena un dernier coup de reins puis éjacula dans un rugissement, le corps tremblant. Il la remplit, les hanches étroitement jointes aux siennes. Il voulait la marquer de son empreinte, de son odeur, et que son ventre s'arrondisse un jour avec son enfant. La partie primitive en lui poussa un cri de triomphe et Gideon embrassa sa compagne somnolente.

— Mienne, grogna-t-il.

Une promesse. Une vie.

— Tienne, chuchota-t-elle.

— Nous n'avons connaissance que d'une partie de son plan, dit Brie le lendemain matin, les mains jointes devant elle.

Gideon tendit la main pour prendre une des siennes dans l'un de ses grandes paumes, n'aimant pas la voir si stressée. Son loup se calma en sentant son amour à travers le lien. Il ne s'y était pas encore habitué, pourtant il ne savait pas ce qu'il ferait sans à présent.

— Il a voulu nous mettre à l'épreuve, dit Brynn alors qu'elle faisait les cent pas dans la maison. Il a voulu nous signifier qu'il pouvait non seulement s'en prendre à la compagne de l'Alpha, mais à n'importe qui à l'intérieur des barrières.

Kameron grogna, les griffes sorties. Gideon ne blâmait pas son frère pour son manque de contrôle. En tant qu'Exécuteur, ça devait le tuer autant que Gideon qu'ils aient des failles qu'ils ne pouvaient pas colmater.

— Les sorcières devraient en avoir bientôt fini avec la nouvelle couche de magie, mais ce n'est pas assez rapide, lâcha Kameron.

— Shannon ne peut plus pénétrer sur les terres de la meute sans aide, ce qui nous fait une belle jambe puisqu'on ignore qui sont ses complices, ajouta Gideon. On a déjà affecté un maximum d'hommes aux patrouilles.

Ça lui faisait grincer des dents, mais leur meute n'était pas aussi importante que celle des Redwood. Avec des traîtres en leur sein, ils seraient dans la merde tant qu'ils n'auraient pas identifié leurs ennemis.

— Les souterrains sont presque terminés, ajouta Mitchell. On peut compter sur le traité qu'on a conclu avec les Redwood et le lien de parenté qu'on a désormais avec eux. Si l'avancée des nouvelles technologies devait nous contraindre à cacher certains d'entre nous, c'est désormais possible. Mais d'abord nous devons régler ce problème.

— J'ignore pourquoi, mais je ne perçois aucune dissension, lâcha Brandon, que Gideon n'avait pas vu aussi en colère depuis des années. J'aurais dû pouvoir vous aider, mais c'est comme si j'avais les sens embrouillés.

Brie glissa son bras libre dans le dos de Brandon. Le loup de Gideon ne se mit pas en rogne car Brandon en avait besoin et qu'elle était heureuse de pouvoir l'apaiser.

— Je pense que Shannon, avec ses complices, a commencé à comploter en secret bien avant que tu entres en possession de tes pouvoirs, dit Brie avec calme. Ils ont réussi à se cacher d'une façon ou d'une autre. Nous les vaincrons, mais pour cela il faudra peut-être d'abord qu'ils viennent nous attaquer.

— Ce qui est affreusement dangereux, grommela Brynn.

— Nous sommes tous sur le qui-vive, dit Gideon. Les sentinelles sont de service et les soldats au guet. Tout le monde dans cette meute sait que des traîtres se cachent parmi nous. Je ne voulais pas en informer la meute pour ne pas lui mettre un coup au moral, mais dissimuler leur existence ne ferait que nous nuire davantage.

Brie lui serra la main.

— La meute est plus forte que ça. Elle ne perdra pas espoir. On savait tous qu'il y avait du poison dans nos rangs. (Elle parlait comme si elle avait été une Griffes toute sa vie et il n'aurait pas pu être plus fier.) La meute ne tombera pas sans se battre. Elle est avec toi, Gideon. Nous le sommes tous.

Il porta sa main à ses lèvres et embrassa les jointures de ses doigts. Max s'esclaffa tout bas à côté de lui, mais Gideon ne lui prêta pas attention.

— Nous devons découvrir le plan de Shannon et Leo, poursuivit Gideon. Ils ne voulaient pas juste la mort de Brie et prendre la tête des Griffes, ils avaient un autre projet.

Brie se mordit la lèvre inférieure.

— Ils ont dit qu'ils voulaient aussi prendre le contrôle des Redwood. On aurait dit que les Reyes étaient de retour.

— Et que voulaient les Reyes ? demanda Gideon, même s'il connaissait la réponse, l'effroi lui tordant le ventre.

— S'ils avaient pris le contrôle des Redwood, rien n'aurait pu les arrêter, répondit Brie. Ils voulaient régner sur les humains, pas juste sur les loups. (Elle écarquilla les yeux et secoua la tête.) Pour pouvoir les gouverner, ils auraient révélé au monde qui ils étaient. Tu ne penses pas...

Gideon jura.

— Un des complices de Shannon aurait pu avoir vent de nos nombreux projets concernant les souterrains et nos magouilles politiques au cas où l'existence des loups était bel et bien révélée.

— Qu'est-ce que ça leur rapporterait de révéler notre existence ? demanda Brynn, le regard apeuré. Nous ne sommes pas en sécurité dans le monde des humains. Ils essaient de réduire au silence ce qu'ils ne comprennent pas.

— Nous tirons des conclusions hâtives, là, dit Ryder, toujours la voix de la raison même s'il avait l'air sceptique.

— Nous devons être vigilants par rapport à ça aussi, dit Gideon. Nous nous cachons depuis si longtemps, nous coupant de plus en plus du monde extérieur à mesure que les humains se rapprochent, que ce pourrait être désastreux si jamais Leo montrait au monde notre vraie nature.

— Nous ignorons si c'est ce qu'il souhaite, dit Brie. C'était peut-être ce que souhaitaient les Reyes, mais ça ne signifie pas qu'il suit la même voie. D'après ce que nous en savons, il espère juste gouverner en secret jusqu'à sa mort.

Gideon soupira.

— Leo n'a jamais été du genre à s'arrêter une fois ses objectifs atteints, quitte à tuer tous ceux qui se dressent sur son chemin.

Il refusa de regarder Max et Mitchell en prononçant ces mots, mais il sentit qu'ils étaient tendus. Leo était leur père, l'homme qui aurait dû prendre soin d'eux avant tout. Mais il était celui qu'ils devraient tuer pour protéger leur peuple. Les frères le feraient, tout comme Gideon l'avait fait avec Joseph, mais ce ne serait pas facile.

Ils étaient à l'orée d'une guerre, le champ de bataille rempli de secrets et de souffrances.

Le talkie-walkie de Gideon émit un bip et il baissa les yeux dessus, répondant aussitôt :

— Que se passe-t-il ?

— Leo et Shannon sont juste devant les barrières, commença le soldat. Ils ont un louveteau, mon Alpha. Ils disent que, si vous ne venez pas les voir avec Brie, ils le tueront puis en tueront d'autres jusqu'à ce que vous acceptiez de les rencontrer.

Gideon poussa un grognement bas, redoutable.

— On arrive.

Les autres avaient entendu la conversation et se ruaient déjà vers la porte. Il embrassa passionnément Brie et l'attira tout contre lui.

— Je viens. Tu ne peux pas m'en empêcher.

Il soupira, l'entraînant avec lui alors qu'ils couraient vers la guérite.

— Je ne peux pas t'empêcher de venir, Brie. Je ne peux pas non plus laisser mourir ce louveteau.

— Nous nous battrons pour la meute, Gideon.

Il lui serra la main, son loup rôdant sous sa peau. La guerre était arrivée à leur porte, et cette fois ils ne pourraient plus retourner en arrière. Quelque chose clochait dans cette histoire, et il savait qu'ils se jetaient dans un piège, mais il ne voyait pas comment faire autrement.

Des vies étaient en jeu et il avait une chance de les sauver. Il espérait ne pas avoir commis d'erreur.

Chapitre 18

La louve de Brie rageait, désireuse de tuer l'homme en face d'elle et, en même temps, n'éprouvant aucune envie de se battre. Sa nature soumise n'avait jamais été aussi tiraillée, mais elle s'en foutait. Elle se battrait pour protéger son compagnon, sa famille et le louveteau qui était aux mains de Leo, sous sa forme humaine. Peu importait que ça aille à l'encontre des désirs les plus profonds de sa louve. Seule sa meute comptait.

Leo et Shannon avaient rassemblé au moins quatre-vingts loups pour prendre le contrôle de la meute entière. Brie ne comprenait pas comment ces deux-là espéraient gagner, au-delà du fait que Gideon et les autres ne leur laisseraient pas faire de mal au louveteau. Alors, dès qu'ils auraient sauvé le petit garçon, ils pourraient jouer le grand jeu.

À condition que ces deux-là n'aient pas un autre tour dans leur sac. Brie les soupçonnait de réserver bien pire aux siens et elle n'avait pas la moindre idée de ce que ça pouvait être.

— C'est simple, cher neveu, cria Leo. Livre-moi la meute et je ne tuerai pas le louveteau.

— Jeremiah ! hurla une femme, la mère du louveteau, derrière Gideon, qui jura.

Les parents de Jeremiah devaient être arrivés. Il ne les laisserait pas endurer la souffrance de voir leur fils mourir.

Le louveteau en question hurla à la mort et pleurnicha, gigotant pour tenter de se libérer. Leo lui serra le bras et le petit garçon se calma. Brie grogna, ses griffes menaçant de sortir.

Gideon ne regarda même pas l'enfant et elle savait que ça devait le tuer. Jamais il ne mettrait la meute en danger pour sauver une seule personne, mais il ne laisserait pas non plus mourir le louveteau.

Ils se battraient.

Tant mieux, parce que Leo et Shannon devaient mourir.

Tout comme les autres loups qui se battaient à leurs côtés.

Ryder s'approcha dans le dos de Brie et se pencha vers elle, la voix assez basse pour qu'elle soit la seule à l'entendre.

— Seulement cinq de ces loups sont des nôtres. (Il s'interrompit.) Étaient des nôtres. Les autres sont des loups solitaires. Voilà qui expliquerait les combats auxquels a été mêlé Gideon ces dernières semaines.

Elle acquiesça d'un signe de tête, gardant les yeux rivés sur Shannon. Le tour que prenaient les événements semblait excessivement réjouir l'ancienne. Les Griffes pouvaient déchiqueter tous ces loups, pourtant on aurait dit que c'étaient Leo et Shannon qui avaient le dessus.

Quelque chose devait lui échapper.

— Vous n'avez aucune chance de l'emporter, cria Gideon, sa voix à cent pour cent celle d'un Alpha.

Le pouvoir de son compagnon glissa sur elle, lui donnant une force qu'elle ignorait pouvoir posséder.

— Qu'il en soit ainsi.

Leo jeta le louveteau vers Shannon et appuya sur une télécommande que Brie n'avait pas vue dans son autre main.

— Des caméras, dit Kameron d'un ton brusque. Il va filmer les combats.

Brie en eut le souffle coupé. Elle avait eu raison, même si ç'avait été une idée tirée par les cheveux. Ce que faisait Leo transgressait toutes les limites possibles et imaginables.

— Qu'allons-nous faire ?

Ils ne pouvaient pas se transformer alors qu'ils étaient filmés, ni se battre dans les faits. Bon sang !

— On sauve notre meute, dit Gideon doucement. Ne vous transformez pas. Pas même partiellement.

— Si on est diffusés en direct, on va se faire emmerder par les autorités, souligna Ryder.

— Je suis en relation avec la police locale et certaines sommités, dit Brynn, ce qui ne surprit absolument pas Brie.

Chaque meute bénéficiait de l'aide d'humains qui étaient au courant de leur existence et avaient toute sa confiance. C'était ce qui leur avait permis de rester cachés si longtemps.

— Tant qu'on ne tue personne et qu'on ne se transforme pas devant les caméras, on ne sera pas inquiétés, poursuivit Brynn.

— Dans ce cas, on s'occupe du louveteau et des caméras, grogna Gideon, puis on bute tous les autres.

— Sois prudent, chuchota-t-elle à son compagnon, mourant d'envie de le serrer dans ses bras tout en sachant que ce n'était pas possible.

Ils avaient beau être à l'intérieur des barrières, ils n'y resteraient pas longtemps.

— Toujours.

Leo cria à ses loups d'avancer. Ils ne pouvaient pas franchir les barrières, pas en la présence de Gideon, qui aurait coupé les liens de ceux qui avaient autrefois été des Griffes. Mais, pour sauver le louveteau, certains Griffes n'auraient d'autre choix que de sortir de leurs terres pour se battre.

Gideon esquissa un pas et Brie ne fut pas surprise. Son compagnon ne laisserait personne se battre quand il pouvait le faire lui-même. Il n'aurait pas été l'Alpha autrement.

Elle suivit son compagnon alors qu'une explosion retentissait juste de l'autre côté des barrières. Le sol trembla et Gideon lui agrippa la main, l'aidant à rester debout.

— À l'assaut ! cria-t-il.

Les loups s'élancèrent.

Ils gardèrent leur forme humaine, leurs mains ne se muant même pas en griffes, mais ils se battraient pour la meute. Pour ce faire, ils durent sortir à l'extérieur des barrières, mais, en l'occurrence, il était plus important de contenir la menace que de profiter d'une sécurité relative à l'intérieur d'une enceinte magique.

Une petite femme attaqua Brie et Gideon lui lâcha la main pour affronter un homme plus costaud. Brie para un coup de pied visant son visage et flanqua son poing dans la figure de la femme. Celle-ci tenta de la mordre, son visage s'allongeant un peu de sorte que ses crocs jaillirent. Par la déesse ! Brie priait pour que les caméras n'aient pas filmé ça. Elle assomma la femme mais ne la tua pas. Elle entendait toujours les caméras qui les filmaient. Kameron et Mitchell étaient en train de les chercher pour les détruire, mais en attendant ils devaient tous se montrer prudents. Nul ne savait ce qui adviendrait si l'existence des créatures surnaturelles qui rôdaient la nuit venait à être révélée.

— J'en ai une ! hurla Kameron pour se faire entendre par-dessus le vacarme des combats.

Brie se réjouit en son for intérieur alors même qu'elle affrontait un autre loup. Elle tentait d'approcher du louveteau pour le conduire de l'autre côté des barrières – comme la plupart d'entre eux –, mais Shannon s'était entourée de tant de loups que ce n'était pas une mince affaire. On aurait dit Grosminet qui aurait croqué Titi, la putain d'ancienne gardant le petit garçon près d'elle pendant qu'elle esquivait les loups qui essayaient de s'en prendre à elle. Les loups qui se trouvaient dans son camp se jetaient devant elle, la protégeant de leur vie.

Ils mourraient tous, cependant.

Il ne pouvait pas en être autrement.

Brie espérait juste qu'eux-mêmes ne risqueraient pas leur avenir pour y parvenir.

Elle roula au sol quand on tenta de lui sauter dessus et fit tomber son agresseur en lui flanquant un coup de pied dans les jambes. Celui-ci gronda en montrant les dents et elle lui écrasa son pied dans la figure. Il s'évanouit et elle s'éloigna. Elle détestait se battre au plus haut point, mais elle avait appris auprès des meilleurs à se protéger sous ses deux formes.

Shannon lui sourit encore et Brie eut envie de lui arracher son sourire d'un coup de griffes.

— Tu ne gagneras pas ce combat, petite soumise.

— Parle pour toi, ma chérie.

Brie bondit sur l'ancienne, ayant vu Brynn qui se tenait derrière elle. Celle-ci tordit le bras de Shannon, l'obligeant à lâcher le petit garçon, puis rattrapa l'enfant dans le creux de son bras alors que Brie grondait d'un air féroce, faisant tomber Shannon.

— Je t'ai, mon ange, je t'emmène auprès de maman et papa, dit Brynn au louveteau alors que Brie continuait à se battre.

Le petit garçon geignit, mais ne pleura pas. Un louveteau fort.

Brie flanqua un coup de poing dans le visage de Shannon, la rage bouillonnant dans ses veines, prête à éclater. Elle devait encore se maîtriser. Jusqu'à ce qu'elle soit sûre que les siens étaient à l'abri des regards indiscrets.

Gideon grogna près d'elle, la main sur la nuque de Leo.

— Kameron ?

— Il m'en manque une ! J'entends cette maudite caméra, mais je n'arrive pas à la trouver.

Brie maintenait Shannon clouée au sol, appuyant fort. Elle voyait les autres loups subir le même sort. Tant qu'ils ne tuaient personne sous le regard des caméras, ils ne risquaient rien.

— Vous ne la trouverez pas. (Leo se fendit d'un large sourire.) L'heure est venue pour un nouveau départ. L'heure des loups. Les humains se sont complu dans la gloutonnerie et l'orgueil pendant bien trop longtemps. Ils mourront de nos mains. Ils nous imploreront en hurlant pour échapper à nos dents et nos griffes acérées.

Par la déesse ! cet homme était fou.

— Kameron ! hurla Gideon.

— Je l'ai ! cria l'Exécuteur en réponse.

— Trop tard, dit Leo avant de hurler à la mort, le corps tremblant.

Gideon lui tordit le cou alors que Shannon tentait de se relever. En un instant, l'homme que Gideon avait autrefois appelé oncle et qui avait hanté ses rêves était mort.

— Jamais plus tu ne feras de mal à ma famille.

Brie tordit rapidement le cou de Shannon, ne souhaitant pas prolonger le combat. Non qu'elle soit cruelle, mais sa mort la laissa indifférente.

Gideon l'attira dans ses bras et l'embrassa passionnément pendant que les autres loups s'occupaient de l'ennemi.

— Qu'a-t-il voulu dire par « trop tard » ? demanda Brie d'une voix mal assurée.

— Aucune idée.

— Je sais, dit Mitchell à côté d'eux, son loup dans les yeux. Ils ont filmé bien plus longtemps qu'on l'a cru. Putain ! ils se sont transformés devant les caméras, Gideon. (Il déglutit péniblement et Brie sentit soudain un poids dans son ventre.) C'est diffusé en direct, autrement dit tous ceux qui ont vu la transmission savent que nous existons. (Il croisa le regard de Brie.) Et où nous sommes.

— Tout le monde à l'intérieur des barrières. Tout de suite ! cria Gideon. Prenez les morts avec vous, ne laissez aucune trace derrière vous.

La meute de Brie s'exécuta rapidement, sa peur palpable.

— Combien de temps avons-nous ? s'enquit Gideon.

Ryder les rejoignit à toutes jambes.

— Kameron a envoyé une poignée de soldats en reconnaissance et Brynn est en train d'appeler les Redwood.

— Putain ! lâcha Gideon. Nous ne sommes pas sans ressources face à cette situation. Nous ne sommes pas complètement acculés, mais Leo nous a bien foutus dans la merde.

Brie s'humecta les lèvres, la rage et la peur ne formant plus qu'une seule émotion en elle.

— Leo n'a jamais voulu être l'Alpha. Pas plus que Shannon. Ils avaient juste soif de changement. (Elle croisa les yeux de son compagnon où la peur faisait rage également.) Et on peut dire que c'en est un !

Gideon lui prit le visage entre les mains.

— Kade et moi avons placé des loups partout à travers le monde dans cette éventualité, Brie. On ne nous aura pas facilement. On occupe des postes en politique et dans l'armée. Cela fait trente ans qu'on se prépare pour ce genre de situation, depuis la dernière guerre. Mais qu'ils se soient transformés ? Devant les caméras ? On va être dans la merde pendant un moment maintenant.

Elle tira sur sa main.

— On doit aller à l'intérieur des barrières.

— Elles ne nous protégeront pas longtemps, murmura Gideon d'une voix basse. Mais elles feront l'affaire le temps qu'on sache ce que comptent faire les humains. J'ignore si nous serons capables d'endiguer leur attaque cette fois.

Elle l'entraîna de l'autre côté des barrières magiques, et les autres les rejoignirent. Elle garda les yeux rivés sur l'horizon, la peur en elle se muant en une torpeur qu'elle n'était pas sûre de pouvoir supporter.

— On va trouver une solution, chuchota-t-elle. On n'est pas des sauvages.

— Non, et on a plus de pouvoir que lors de la dernière guerre, dit Gideon derrière elle, le regard déterminé, la faisant tourner pour qu'elle soit face à lui. Quoi qu'il arrive, petite louve, je serai à ton côté. Je ne te quitterai pas. Je ne laisserai pas les humains détruire ce qu'on a.

Elle lui prit le visage entre les mains et l'embrassa sur le menton.

— Je t'aime, mon Alpha. Nous nous battrons s'il le faut et trouverons la paix que nous désirons tous. Nos secrets ne le seraient jamais restés indéfiniment et peut-être trouverons-nous une trêve dans l'ombre.

Le bruit des pales d'un hélicoptère retentit au loin et Brie se raidit avant de jeter les bras autour du cou de son compagnon. Il l'embrassa passionnément, son amour émanant de tout son être.

— Je serai à jamais à toi, Brie.

— On s'en sortira, répondit-elle. On n'a pas le choix.

Les humains arrivaient. L'existence des loups était révélée au grand jour. Fini l'époque où on chuchotait des formules magiques. Fini l'époque où on se transformait en toute sécurité dans la forêt avec la bénédiction de la déesse.

Le changement était parvenu jusqu'à la meute des Griffes dans le sillage d'un passé qui était encore bien présent dans leur mémoire.

Brie prit la main de son compagnon. Elle pouvait compter sur le dévouement et l'amour d'un Alpha.

Ils survivraient.

Ils étaient des loups.

Ils étaient des Redwood.

Ils étaient des Griffes.

Ils étaient des survivants.

REMERCIEMENTS

Merci infiniment d'avoir lu ce livre. S'il vous a plu, j'espère que vous en ferez part car votre commentaire pourrait intéresser d'autres lecteurs tout en me permettant de connaître vos préférences. J'adore lire les critiques des lecteurs et discuter avec eux. Si vous voulez être informés de mon actualité, vous pouvez vous abonner à ma *newsletter* à l'adresse www.carrieannryan.com, me suivre sur Twitter à @CarrieAnnRyan ou sur ma page Facebook. J'ai également un fan-club sur Facebook où nous publions diverses choses qui devraient faire votre bonheur. Grâce à vous, chers lecteurs, j'ai la chance de faire ce qui me plaît et je vous en remercie.

Gideon est le premier tome de la série *Griffes* ! D'autres suivront, avec *Finn* pour commencer. Cependant, si vous découvrez l'univers des métamorphes, assurez-vous de jeter un coup d'œil à la série *Redwood. Griffes* prend place dans le même monde et s'inscrit à sa suite ! Les parents de Brie ainsi que ses tantes et oncles ont trouvé leurs compagnons et, ce faisant, ont déclenché les événements de la série *Griffes*. Vous ne voudrez pas rater leurs aventures !

Pour être tenus au courant des prochaines parutions, pensez à vous inscrire sur ma *mailing list*. Vous y trouverez également des cadeaux et des histoires gratuites.

Si vous avez aimé cette histoire, jetez un coup d'œil à mes autres séries : *Redwood* bien sûr, mais aussi *Montgomery Ink* !

Merci infiniment de m'accompagner dans ce voyage. Sans vous, mes lecteurs, je ne serais pas où j'en suis aujourd'hui.

Je vous remercie encore d'avoir lu ce livre et espère sincèrement vous revoir.

Carrie Ann

Achevé d'imprimer en février 2021
Par CPI Brodard & Taupin à La Flèche
N° d'impression : 3041827
Dépôt légal : mars 2021
Imprimé en France
81122007-1